Luka
et le Feu de la Vie

DU MÊME AUTEUR

Aux Éditions Plon

Le Dernier Soupir du Maure, 1996 (Pocket, 1997, 10/18, 1998 et Folio, 2009).
Est, Ouest, 1997.
La Honte, 1997 (première édition, Stock, 1984).
Les Enfants de minuit, 1997 (première édition, Stock, 1983, Le Livre de poche, 1989 et Folio, 2010).
Le Sourire du jaguar, 1997 (première édition, Stock, 1987).
Les Versets sataniques, 1999 (première édition, Bourgois, 1989 et Pocket, 2000).
La Terre sous ses pieds, 1999 (Pocket, 2000 et 10/18, 2002).
Furie, 2001 (Pocket, 2003).
Franchissez la ligne, 2002 (10/18, 2005).
Haroun et la mer des histoires, 2004 (première édition, Bourgois, 1991 et Folio, 2010).
Shalimar le clown, 2005 (Pocket, 2007).
L'Enchanteresse de Florence, 2008 (Folio, 2010).

Aux Éditions Lattès

Grimus, 1977.

Aux Éditions Christian Bourgois

Patries imaginaires, 1993 (10/18, 1995).

Aux Éditions Nouveau Monde

La Magicien d'Oz, 2002.

Salman Rushdie

Luka
et le Feu de la Vie

Traduit de l'anglais
par Gérard Meudal

FEUX CROISÉS
PLON

Titre original
Luka and the Fire of Life

Collection Feux Croisés

Ce livre est publié
sous la direction éditoriale
d'Ivan Nabokov

Édition originale :
ISBN édition originale : 978-0-224-06162-9, Jonathan Cape (Random House), Londres, 2010.
ISBN Plon : 978-2-259-21193-2

www.plon.fr

M agie, ton territoire s'étend au monde entier
I ci, ailleurs et sous nos pieds
L es univers fabuleux et leurs contes variés
A nnoncent tous cette secrète vérité
N ul autre que l'amour ne rend le monde magique.

1

L'Horrible Catastrophe Qui Se Produisit Par Une Belle Nuit Étoilée

Il était une fois, dans la ville de Kahani au pays d'Alifbay, un garçon prénommé Luka qui avait deux compagnons, un ours appelé Chien et un chien appelé Ours. Ainsi quand il criait « Chien ! », l'ours se dressait gentiment sur ses pattes arrière et, quand il lançait « Ours ! », le chien bondissait à sa rencontre en agitant la queue. Chien, l'ours brun, pouvait parfois se montrer bourru et mal léché mais il dansait à la perfection ; il savait se mettre sur ses pattes arrière et danser avec grâce et subtilité la valse, la polka, la rumba, le wah-watusi et le twist mais aussi des danses plus régionales comme le bhangra cadencé, le pirouettant *ghoomar* (qu'il exécutait en revêtant une jupe sertie d'éclats de verre) et les danses guerrières comme le *spaw,* le *thang-ta* ou la danse du paon originaire du sud. Ours, le chien était un labrador chocolat, un compagnon doux et affectueux bien que parfois nerveux et irritable mais totalement incapable de danser, étant doté, comme le dit le dicton, de quatre pattes gauche ; en revanche, pour compenser sa maladresse, il possédait un don, celui de la musique, il savait chanter à pleine voix, hurlant les mélodies de toutes les chansons populaires sans jamais faire la moindre fausse note. Ours, le chien et Chien, l'ours étaient très vite devenus pour Luka bien plus que des animaux de compagnie. C'étaient ses plus fidèles alliés et ses protecteurs les plus loyaux, si prompts à le défendre que personne n'aurait jamais osé lui chercher des histoires quand ils étaient auprès de lui, pas même son affreux condisciple Crotte-de-Rat, dont le comportement était généralement incontrôlable.

Voici comment Luka fit la connaissance de ces singuliers compagnons. Un beau jour alors qu'il avait douze ans, un cirque vint s'installer en ville, et pas n'importe quel cirque mais le GROF, rien de moins que le Grand Orbe de Feu, le plus fameux cirque de tout Alifbay, capable d'exécuter « la Célèbre et Incroyable Illusion du Feu ». Aussi Luka fut-il au début amèrement déçu lorsque son père, le conteur Rachid Khalifa, lui dit qu'ils n'assisteraient pas au spectacle. « Ils maltraitent les animaux, expliqua Rachid. Autrefois certes, il a connu ses jours de gloire mais aujourd'hui le GROF est tombé bien bas. » Rachid raconta à Luka que la Lionne perdait ses dents, que la Tigresse était aveugle, les Éléphants affamés et tout le reste de la ménagerie réduit à une pitoyable misère. Le Grand Maître des Orbes de Feu était l'énorme et terrifiant Capitaine Aag, le Seigneur des Flammes. Les animaux redoutaient si fort le claquement de son fouet que la Lionne avec ses rages de dents et la Tigresse aveugle continuaient à sauter à travers des cerceaux et à faire le mort et que les Éléphants efflanqués continuaient à édifier leurs Pyramides de Pachydermes tant ils avaient peur de sa colère; Aag était en effet un homme prompt à se mettre en rage et lent à se dérider. Même lorsque, un cigare allumé à la bouche, il introduisait sa tête dans la gueule grande ouverte de la Lionne, celle-ci était trop effrayée pour le décapiter d'un coup de dents, craignant qu'il ne la tue même après avoir été avalé dans son estomac.

Rachid était allé chercher Luka à l'école, et il rentrait à la maison, portant comme à son habitude une de ses sahariennes aux couleurs vives (celle-ci était vermillon) et son panama bien-aimé tout cabossé, chemin faisant il écoutait Luka lui raconter sa journée. Luka avait oublié le nom de la pointe sud de l'Amérique et l'avait appelée Hawaii dans une interrogation écrite de géographie. En revanche, il s'était rappelé le nom du premier président de son pays et l'avait correctement orthographié dans une interrogation d'histoire. Il avait aussi reçu sur la tempe un coup de batte flanqué par

Crotte-de-Rat au cours d'un match de hockey. En revanche il avait marqué deux buts et avait gagné la partie contre l'équipe de son ennemi. Il avait aussi fini par trouver le truc pour bien claquer des doigts et obtenir un son tout à fait satisfaisant. Il y avait donc du pour et du contre. Après tout ce n'était pas une mauvaise journée mais elle allait se révéler d'une importance capitale parce que c'était le jour où ils aperçurent la grande parade du cirque qui se dirigeait vers les rives du puissant fleuve Silsila pour y dresser son Grand Chapiteau. Le Silsila était ce large fleuve trouble et indolent aux eaux boueuses dont le cours traversait la ville non loin de chez eux. En voyant les perroquets décatis dans leurs cages et les tristes dromadaires avançant en soupirant dans la rue, le jeune et généreux Luka eut le cœur serré. Mais le plus triste de tout, à son avis, c'était une cage dans laquelle étaient enfermés un chien mélancolique et un ours lugubre qui jetaient alentour des regards misérables. Fermant la cavalcade venait le Capitaine Aag avec ses yeux noirs et perçants de pirate et sa barbe broussailleuse de barbare. Luka se sentit pris d'une colère soudaine (et c'était un garçon lent à se mettre en colère et prompt à rire). Quand le Grand Maître du Feu se trouva juste à sa hauteur, Luka lui hurla de toutes ses forces :

« Puissent vos animaux cesser d'obéir à vos ordres et vos orbes de feu réduire en cendres votre stupide chapiteau ! »

Il se trouva que l'instant choisi par Luka pour crier sa colère fut l'un de ces rares moments où par un inexplicable accident tous les bruits de l'univers se taisent en même temps, les voitures cessent de klaxonner, les scooters de pétarader, les oiseaux de cacarder dans les arbres et toutes les conversations s'arrêtent au même moment et dans ce silence magique la voix de Luka claqua aussi fort qu'un coup de fusil et ses mots s'étirèrent au point d'emplir le ciel tout entier et peut-être même se frayèrent-ils un chemin jusqu'à la demeure invisible du Destin, qui, selon certains, gouverne l'univers. Le Capitaine Aag tressaillit comme s'il venait de recevoir une gifle puis il fixa Luka droit dans les yeux, lui adressant un regard flambant de tant de haine que le jeune garçon faillit en tomber à la renverse. Puis le monde reprit son vacarme habituel, la caravane du cirque poursuivit son chemin, Luka et Rachid rentrèrent dîner à la maison. Mais les mots de Luka flottaient toujours dans l'air, où ils agissaient secrètement.

Ce soir-là on apprit aux actualités télévisées que, par un étrange concours de circonstances, les animaux du cirque GROF avaient d'un commun accord tous refusé d'exécuter leur numéro. Sous un chapiteau bondé et devant les yeux ébahis des clowns costumés mais aussi des spectateurs normalement habillés, ils s'étaient montés contre leurs maîtres en une rébellion sans précédent. Le Grand Maître du Feu, debout au milieu du cercle central des Trois Grands Orbes de Feu, hurlait des ordres et faisait claquer son fouet mais quand il vit tous les animaux commencer à s'avancer vers lui, lentement et calmement, marchant au pas comme une armée, bloquant toute tentative de fuite dans quelque direction que ce soit jusqu'à former un cercle de rage animale, il craqua et tomba à genoux, pleurant, gémissant et suppliant qu'on l'épargne. Le public se mit à le huer et à lui lancer des fruits, des coussins et des objets plus durs comme des pierres, des noix et des annuaires de téléphone. Aag tourna les talons et décampa. Les rangs des animaux s'écartèrent pour lui laisser le passage et il s'enfuit en pleurnichant comme un bébé.

Ce fut là le premier prodige. Le deuxième se produisit plus tard dans la soirée. On entendit tout à coup un bruit aux alentours de minuit, un bruit qui évoquait le froissement et le craquement d'un milliard de feuilles d'automne, ou peut-être même d'un milliard de milliards, un bruit qui courut depuis le Grand Chapiteau sur les rives du Silsila jusqu'à la chambre de Luka et le tira de son sommeil. Il regarda par la fenêtre de sa chambre et vit alors que le Grand Chapiteau était en feu, ravagé par un incendie qui flamboyait dans le pré au bord du fleuve. Le Grand Cercle de Feu flambait et ce n'était pas une illusion.

La malédiction de Luka avait opéré.

Le troisième prodige se produisit le lendemain matin. Un chien qui avait à son collier une médaille sur laquelle on pouvait lire « Ours » et un ours qui avait à son collier une médaille sur laquelle on pouvait lire « Chien » se présentèrent chez Luka – celui-ci se demanda après coup comment ils avaient bien pu trouver leur chemin aussi sûrement –, et Chien l'ours se mit à danser et à se trémousser avec enthousiasme tandis que Ours le chien jappait une mélodie entraînante en tapant du pied. Luka, son père Rachid Khalifa et sa mère Soraya ainsi que son frère aîné Haroun se rassemblèrent sur le seuil pour contempler le spectacle tandis que, depuis sa véranda, leur voisine Miss Oneeta criait :

« Prenez garde ! Lorsque les animaux commencent à chanter et à danser c'est qu'il y a de la sorcellerie dans l'air ! »

Mais Soraya se mit à rire.

« Ces animaux ne font que fêter leur liberté », dit-elle.

Puis Rachid, prenant un air grave, raconta à sa femme l'épisode de la malédiction de Luka.

« Il me semble, fit-il en hochant la tête, que s'il y a de la sorcellerie là-dessous, c'est notre jeune Luka qui l'a mise en œuvre et que ces braves bêtes sont venues le remercier. »

Les autres animaux du cirque s'étaient échappés dans la Nature et on ne les revit plus jamais, mais l'ours et le chien avaient manifestement l'intention de rester. Ils avaient même apporté leurs provisions personnelles. L'ours transportait un seau plein de poissons et le chien était revêtu d'un petit manteau pourvu d'une poche remplie d'os.

« Après tout, pourquoi pas ? s'écria joyeusement Rachid Khalifa. Mes spectacles de conteur pourraient être améliorés. Rien de mieux qu'un numéro chanté et dansé par un ours et un chien pour captiver l'attention du public. »

Ainsi fut-il décidé et, un peu plus tard ce jour-là, ce fut Haroun, le frère de Luka, qui eut le dernier mot.

« Je savais que cela n'allait pas tarder. Tu es arrivé à l'âge où les membres de notre famille franchissent la frontière du monde enchanté. C'est à ton tour de vivre l'aventure, oui c'est enfin arrivé ! et on dirait bien que tu t'y es sérieusement engagé. Mais fais bien attention. La malédiction est un pouvoir dangereux. Moi-même je n'ai jamais été capable de faire une chose, disons, aussi *terrible*. »

Une aventure pour moi tout seul, pensa Luka, émerveillé, et son grand frère lui sourit parce qu'il était parfaitement au courant de la jalousie secrète de Luka, qui était en réalité un Secret de Polichinelle. Quand il avait l'âge de Luka, Haroun avait accompli un voyage sur la deuxième lune de la terre, il s'était lié d'amitié avec des poissons qui parlaient en vers et un jardinier fait de racines de lotus, il avait aidé à renverser Khattam-Shud le méchant Grand Prêtre qui voulait détruire la Mer des Histoires elle-même. Par contraste, la plus grande aventure de Luka à ce jour s'était déroulée lors des Grandes Guerres sur le terrain de jeu de l'école, il y avait mené sa bande, l'Équipe des Pingouins Intergalactiques, à une victoire fameuse contre l'Armée de Son Altesse Impériale, celle de son rival détesté Adi Crotte-de-Rat, *alias* Cul-Rouge. Il avait remporté la bataille grâce à une formidable attaque aérienne composée d'avions en papier chargés de poudre à gratter. Il avait été extrêmement agréable de voir Crotte-de-Rat plonger dans la mare du terrain de jeux pour calmer la démangeaison qui l'avait saisi de la tête aux pieds, mais Luka n'ignorait pas que, comparé aux exploits de Haroun, cela était vraiment peu de chose. Haroun de son côté savait bien que Luka voulait vivre une véritable aventure dans laquelle interviendraient de préférence des créatures improbables, des voyages sur d'autres planètes (ou au moins sur d'autres satellites) et des S2TTCAE, des Systèmes De Transmission Trop Compliqués À Expliquer. Mais jusqu'à présent Haroun s'était toujours efforcé de calmer les envies de Luka.

« Fais bien attention à ce que tu désires », lui avait-il dit, ce à quoi Luka avait répondu :

« Franchement, c'est de loin la chose la plus stupide que tu aies jamais dite. »

Quoi qu'il en soit, les deux frères Haroun et Luka se disputaient rarement, de fait ils s'entendaient même étonnamment bien. Une différence d'âge de dix-huit ans s'était révélée un excellent moyen pour éliminer la plupart des problèmes qui surgissent parfois entre des frères, toutes ces petites contrariétés qui incitent l'aîné à balancer la tête du petit frère contre un mur de pierre ou à lui placer par erreur un oreiller sur le visage pendant qu'il dort ou qui poussent le benjamin à trouver que ce serait une bonne idée de remplir les chaussures du grand frère de confiture de mangue bien sucrée et poisseuse ou bien d'appeler sa nouvelle petite amie par un autre prénom que le sien avant de prétendre que c'était juste un malheureux lapsus. Rien de tout cela ne s'était produit. Au contraire, Haroun apprit à son frère bien des choses utiles, la boxe française par exemple, les règles du cricket, quelle musique était cool et laquelle ne l'était pas ; et Luka adorait tout simplement son grand frère. Il trouvait qu'il avait l'air d'un gros ours, pas très différent en somme de Chien l'ours, ou peut-être d'une montagne accueillante et velue, éclairée par un grand sourire à son sommet.

Luka avait d'emblée étonné tout le monde par le seul fait de naître, parce que son frère Haroun avait déjà dix-huit ans quand sa mère Soraya, elle-même âgée de quarante et un ans, donna le jour à un deuxième beau petit garçon. Son mari Rachid en perdit la parole, puis comme toujours se mit à parler beaucoup trop. Dans la chambre d'hôpital de Soraya, il prit son fils nouveau-né et le berça doucement entre ses bras puis le bombarda de questions.

« Qui l'eût cru ? D'où viens-tu, mon pote ? Comment es-tu arrivé jusqu'ici ? Qu'as-tu à dire pour ta défense ? Comment t'appelles-tu ? Que vas-tu devenir quand tu seras grand ? Qu'est-ce que tu veux ? »

Il avait également une question pour Soraya.

« À notre âge, fit-il d'un air émerveillé en secouant sa tête chauve, quel est le sens d'un tel prodige ? »

Rachid avait cinquante ans à la naissance de Luka mais à ce moment il s'exprimait comme n'importe quel jeune père tout novice, interloqué par le poids de nouvelles responsabilités, et même un peu effrayé.

Soraya reprit le bébé et calma le père.

« Il s'appelle Luka, dit-elle, et la signification de ce prodige est que apparemment nous avons mis au monde un garçon capable de renverser le cours du Temps, de le faire couler à l'envers et de nous rendre notre jeunesse. »

Soraya avait vu juste. À mesure que Luka grandissait, ses parents semblaient rajeunir. Ainsi quand le petit Luka parvint à rester assis pour la première fois, ses parents devinrent incapables de rester assis calmement. Quand il commença à ramper, ils se mirent à faire des bonds comme des lapins en folie. Quand il fit ses premiers pas, ils sautèrent de joie. Et quand il prononça ses premiers mots, eh bien, on aurait dit que le légendaire Torrent des Mots tout entier commençait à se déverser de la bouche de Rachid et que plus jamais il ne s'arrêterait de dégoiser à propos du grand exploit de son fils.

Le Torrent des Mots jaillit de la Mer des Histoires pour se déverser dans le Lac de la Sagesse dont les eaux sont illuminées par l'Aube des Jours et qui s'écoule dans le Fleuve du Temps. Le Lac de la Sagesse, c'est bien connu, se tient à l'ombre de la Montagne de la Connaissance, au sommet de laquelle flamboie le Feu de la Vie. Tout ce qu'il importe de savoir au sujet de l'organisation, et pour tout dire de l'existence même du Monde Magique, a été gardé secret pendant des milliers d'années par d'étranges et ténébreux trouble-fête qui se font appeler les Aalim, ou les Initiés. Quoi qu'il en soit, le secret est éventé à présent. Il a été porté à la connaissance du grand public par Rachid Khalifa dans bon nombre de ses fameux contes. Tous les habitants de Kahani savaient donc parfaitement qu'il existe un Monde Fantastique parallèle au nôtre, ordinaire, et que c'est de cette Réalité que proviennent la Magie Blanche, la Magie Noire, les rêves, les cauchemars, les histoires, les mensonges, les dragons, les fées, les génies à la barbe bleue, les oiseaux mécaniques capables de lire les pensées, les trésors enfouis, la musique, la fiction, l'espoir, la peur, le don de la vie éternelle, l'ange de la mort, l'ange de l'amour, les interruptions, les blagues, les bonnes idées, les mauvaises idées, les fins heureuses, bref presque tout ce qui présente de l'intérêt. Les Aalim, convaincus que la Connaissance était leur bien propre, trop précieux pour être partagé avec quiconque, devaient sans doute détester Rachid Khalifa pour avoir laissé le chat s'enfuir du sac.

Mais le moment n'est pas encore venu de parler de chat et nous aurons plus tard à y revenir. Il convient avant tout de raconter le terrible événement qui se produisit lors de la belle nuit étoilée.

Quand il grandit, on découvrit que Luka était gaucher et il avait souvent l'impression que ce n'était pas lui mais les autres qui faisaient les choses de travers. Les poignées de porte tournaient dans le mauvais sens, les vis tenaient absolument à être vissées dans le sens des aiguilles d'une montre, les guitares étaient encordées à l'envers et l'écriture de la plupart des langues courait maladroitement de gauche à droite, à l'exception d'une seule que bizarrement il ne parvint pas à maîtriser. Les tours des potiers avaient la rotation perverse, les derviches auraient bien mieux tourné s'ils avaient choisi d'osciller dans le sens contraire et le monde entier, pensait Luka, serait tellement plus beau et plus sensé si le soleil se levait à l'ouest pour se coucher à l'est. Quand il rêvait de la vie dans cette Autre Dimension à la Widdershins, sur cette Planète des Gauchers inversée où il aurait été normal au lieu d'être bizarre, Luka éprouvait parfois de la tristesse. Son frère Haroun était droitier comme tout le monde, par conséquent tout semblait lui être plus facile et cela n'était pas juste. Soraya exhortait son fils à ne pas se décourager.

« Tu es un enfant aux dons multiples et peut-être as-tu raison de penser que les gauchers sont sur le droit chemin et que nous autres droitiers sommes gauches et nous fourvoyons. Laisse donc tes mains te mener selon leur volonté. Contente-toi de toujours les occuper, c'est tout. Sers-toi comme tu l'entends de ta main gauche, mais ne traîne pas et ne remets jamais les choses à demain. »

Après l'effet spectaculaire de la malédiction de Luka sur le cirque aux Grands Orbes de Feu, Haroun avait souvent mis son frère en garde, lui disant que le fait d'être gaucher pouvait être le signe de sombres pouvoirs qui bouillonnaient en lui.

« Fais bien attention, déclarait Haroun, de ne pas prendre la Voie de la Main Gauche. »

La Voie de la Main Gauche était apparemment celle qui menait à la Magie Noire mais Luka n'avait pas la moindre idée de la façon dont il aurait pu suivre cette voie même s'il l'avait voulu, aussi écartait-il les avertissements de son frère comme une de ces remarques que Haroun faisait parfois pour le taquiner, sans comprendre que Luka n'aimait pas du tout être taquiné.

Peut-être parce qu'il rêvait d'émigrer au Pays des Gauchers, ou peut-être parce que son père faisait profession de conteur, ou peut-être à cause de la grande aventure qu'avait vécue Haroun, ou peut-être sans raison particulière si ce n'est que tel était son tempérament, Luka en grandissant développa un grand intérêt pour les autres réalités et de véritables aptitudes. À l'école il devint un acteur si remarquable que, lorsqu'il jouait un bossu, un empereur, une femme ou un dieu, tous ceux qui assistaient à son numéro étaient convaincus que le jeune garçon avait, on ne sait comment, réussi, l'espace d'un instant, à se faire pousser une bosse, qu'il était monté sur un trône, qu'il avait changé de sexe ou qu'il était devenu divin. Et quand il dessinait et peignait les histoires que racontait son père, celle par exemple des Oiseaux-Mémoire à la tête d'éléphant, capables de retenir tout ce qui s'était passé de toute éternité, ou bien celle des Poissons Malades qui nageaient dans le Fleuve du Temps, ou de la Terre de l'Enfance Perdue ou du Pays où ne Vivait Personne, elles prenaient vie et couleurs d'une manière prodigieuse. Dans le domaine des mathématiques et de la chimie, malheureusement, il n'était pas aussi doué. Cela contrariait sa mère qui, même si elle savait chanter comme un ange, avait toujours été une personne pratique et rationnelle, mais cela ravissait secrètement son père; pour Rachid Khalifa en effet, les mathématiques étaient aussi mystérieuses que le chinois et aussi peu intéressantes, d'ailleurs quand il était gamin Rachid avait échoué à son examen de chimie en renversant de l'acide sulfurique concentré sur sa copie qu'il avait rendue pleine de trous.

Par chance pour Luka, il vivait à une époque où une quantité quasi illimitée de réalités parallèles étaient désormais disponibles à la vente sous forme de jouets. Comme tous ses camarades il avait grandi en passant son temps à détruire des flottes d'envahisseurs à bord de vaisseaux spatiaux, il avait accompli le voyage d'un petit plombier à travers différents niveaux pleins de rebonds, de flammes, de distorsions et de bouillonnements pour délivrer une prude princesse prisonnière du château d'un monstre, il s'était transformé en porc-épic supersonique, en justicier des villes et en rock star et, revêtu d'une cape et d'une cagoule, il avait tenu bon sans frémir tandis qu'un être démoniaque aux cornes trapues et au visage rouge et noir bondissait autour de lui en brandissant sous son nez un double sabre lumineux. Comme tous ses camarades, il avait rejoint des communautés imaginaires dans le cyber-espace, des électro-clubs sous l'identité imaginaire par exemple d'un Pingouin Intergalactique portant le nom d'un des Beatles ou, plus tard, il était devenu un être volant complètement imaginaire dont il pouvait modifier à loisir la taille, la couleur des cheveux et même le sexe. Comme tous ses camarades Luka possédait tout un assortiment de petites boîtes au format de poche, remplies de réalités alternatives et passait le plus clair de son temps à s'évader de son monde pour entrer dans les univers riches, colorés, musicaux et passionnants que contenaient ces boîtes, des univers où la mort n'était que provisoire (à moins d'avoir commis trop d'erreurs auquel cas elle devenait définitive) et où une vie était une chose que l'on pouvait gagner, ou économiser, ou se voir offrir par miracle parce que l'on avait frappé de la tête dans la bonne brique ou mangé le bon champignon ou franchi la bonne cascade magique et vous pouviez garder en réserve autant de vies que votre habileté ou votre chance vous permettait d'obtenir. Dans la chambre de Luka, près d'un petit téléviseur, il y avait son bien le plus précieux, la boîte la plus magique de toutes, celle qui offrait les voyages les plus riches et les plus complexes dans l'autre espace et dans l'outre temps, dans le territoire des vies multiples et de la mort provisoire : son nouveau Muu. Et de la même façon qu'il était devenu sur le terrain de jeu de l'école le puissant Général Luka, vainqueur de l'Armée de Son Altesse Impériale, commandant en chef de la redoutable LAF, la Luka Air Force, composée d'avions en papier chargés de bombes de poudre à gratter, Luka, lorsqu'il quittait le monde des mathématiques et de la chimie pour entrer dans la Zone de Muu, se sentait chez lui, *chez lui* d'une façon complètement différente qu'il avait de se sentir *chez lui* quand il était à la maison mais chez lui tout de même et c'est ainsi qu'il devint, du moins dans son imagination, Super Luka, Grand Maître des Jeux.

Là encore c'était son père Rachid Khalifa qui encourageait Luka, et qui s'efforçait, avec une maladresse risible, de le suivre dans ses aventures. Soraya, dédaigneuse, ne s'en laissait pas conter et comme elle était une femme pleine de bon sens qui se méfiait de la technologie, elle craignait que toutes ces boîtes magiques n'émettent des ondes et des rayons invisibles qui viendraient attaquer le cerveau de son fils bien-aimé. Rachid balayait ces inquiétudes, ce qui rendait Soraya encore plus soucieuse.

« Il n'y a pas d'ondes ! Pas de rayons ! s'exclamait Rachid. Par contre, vois un peu comme il développe ses réflexes, et il résout aussi des problèmes, il trouve la solution d'énigmes, il surmonte des obstacles et progresse à travers des niveaux de plus en plus difficiles tout en acquérant des aptitudes extraordinaires.

— Des aptitudes bien inutiles, rétorquait Soraya. Dans le monde réel il n'existe pas de niveaux mais seulement des difficultés. Si au cours du jeu il commet une erreur par étourderie, il a droit à une autre chance. S'il commet une étourderie lors d'un contrôle de chimie, il obtient une mauvaise note. La vie est plus dure que les jeux vidéo. C'est ce qu'il devrait apprendre, et toi aussi d'ailleurs. »

Rachid ne se laissait pas démonter.

« Regarde ses mains sur les manettes, lui disait-il. Dans ces mondes-là le fait d'être gaucher n'est pas un handicap. C'est fantastique, il est pratiquement ambidextre. »

Soraya répliquait avec humeur :

« Tu as vu son écriture. Tu crois que ce sont ces porcs-épics et ces plombiers qui vont l'améliorer ? Est-ce que tous ces *ploufs* et ces *pschitts* vont l'aider à étudier ? Qu'est-ce que c'est que ces noms ? On se croirait aux toilettes ! »

Rachid eut un sourire conciliant.

« Le terme exact est console, commença-t-il, mais Soraya lui tourna les talons et s'en alla, agitant une main au-dessus de sa tête et lui lançant par-dessus son épaule :

— Ne me parle pas de ces choses-là. (Avant d'ajouter d'un ton grandiloquent :) Je suis in-console-able. »

Rachid Khalifa n'était pas très doué avec la Muu mais cela n'avait rien d'étonnant. Pendant la majeure partie de sa vie il avait été célèbre pour son éloquence, mais sa dextérité n'était pas à la hauteur. Il avait les mains raides, maladroites, gourdes. On aurait dit, selon l'expression populaire, qu'il n'avait que des pouces. En soixante-deux ans d'existence elles avaient laissé tomber un nombre incalculable d'objets, en avaient cassé encore davantage, elles avaient mis la pagaille dans tout ce qu'elles n'avaient pas réussi à briser ou à laisser tomber et cochonnaient tout ce qu'elles écrivaient. En général ses mains étaient tout sauf manuelles. Si Rachid essayait d'enfoncer un clou dans un mur, un de ses doigts se mettait inévitablement en travers et il se comportait comme un gamin quand il avait mal. Et donc chaque fois que Rachid proposait un coup de main à Soraya, elle le priait, de façon pas très charitable, de bien vouloir garder ses mains dans ses poches.

Néanmoins, Luka se souvenait parfaitement d'une époque où son père avait eu la main heureuse.

C'était la vérité. Quand Luka n'avait encore que quelques années, les mains de son père semblèrent devenir vivantes et même intelligentes. Elles avaient même un nom. Il y avait Personne (la main droite) et Absurde (la gauche). Elles étaient devenues plutôt obéissantes et faisaient ce que Rachid attendait d'elles ; ainsi elles balayaient l'air quand il voulait attirer l'attention (car il adorait parler) ou elles mettaient de la nourriture dans sa bouche (car il adorait manger). Elles acceptaient même de laver cette partie du corps de Rachid qu'il appelait son Po-po-tin, ce qui était très obligeant de leur part. Mais comme Luka le découvrit très vite, elles avaient aussi une propension spontanée aux chatouilles, particulièrement lorsqu'il passait à leur portée.

Parfois c'était la main droite qui se mettait à chatouiller Luka et celui-ci suppliait :

« Arrête, s'il te plaît, arrête ! »

Son père répondait alors :

« Ce n'est pas moi. En fait c'est Personne qui te chatouille. »

Et quand la main gauche s'y mettait à son tour et que Luka, mort de rire, protestait :

« Arrête, tu me chatouilles, son père répliquait :

— Tu sais quoi ? C'est Absurde. »

Plus tard, cependant, les mains de Rachid semblèrent perdre leur vivacité et redevinrent de simples mains. En réalité c'est Rachid tout entier qui paraissait ralentir. Il marchait plus lentement (bien qu'il n'ait jamais marché très vite), il mangeait plus lentement (mais pas tellement) et surtout, le plus ennuyeux, il se mit à parler plus lentement (alors qu'il avait toujours parlé très très vite). Il fut plus lent à sourire qu'autrefois et par moments, se disait Luka, on aurait dit que les pensées elles aussi ralentissaient dans la tête de son père. Même les histoires qu'il racontait semblaient se dérouler plus lentement que jadis et cela n'était pas bon pour son métier. « S'il continue à ralentir à ce rythme, se disait parfois Luka inquiet, il va finir par s'immobiliser complètement. » L'image d'un père totalement arrêté, bloqué au milieu d'une phrase, au milieu d'un geste, au milieu d'un pas, figé dans l'instant pour toujours, était effrayante, et pourtant il semblait bien que c'était là la tournure que prenaient les choses à moins qu'on ne puisse trouver une solution pour rendre à Rachid Khalifa sa célérité d'autrefois. Luka se mit donc à réfléchir à un moyen pour rendre à son père sa vitesse; y avait-il une pédale sur laquelle appuyer pour restaurer son tonus déclinant? Mais avant qu'il ait pu résoudre ce problème, le terrible événement se produisit lors de la belle nuit étoilée.

Un mois et un jour après l'arrivée de Chien l'ours et d'Ours le chien chez les Khalifa, la voûte céleste au-dessus de la ville de Kahani, du fleuve Silsila et de la mer au-delà se remplit comme par miracle d'étoiles et elles brillaient d'un tel éclat que même les poissons-chagrins tapis dans les profondeurs des eaux montèrent tout surpris à la surface et, bien malgré eux, se mirent à sourire (et s'il vous est arrivé de voir un poisson-chagrin sourire de surprise, vous savez que ce n'est pas beau à voir). Comme par magie la grande traînée d'étoiles de la galaxie se mit à flamboyer, se détachant sur le ciel clair de la nuit et rappelant à chacun à quoi ressemblait le monde autrefois avant que les hommes ne polluent l'air et ne rendent les cieux invisibles. En raison du smog il était devenu si inhabituel de voir la Voie Lactée que les gens dans la ville s'appelaient d'une maison à l'autre pour inciter les voisins à sortir dans la rue assister au spectacle. Tous les habitants accoururent dehors et restèrent le menton en l'air comme s'ils attendaient qu'on les chatouille et Luka pensa un instant qu'il se verrait bien le chatouilleur-en-chef mais il eut ensuite une meilleure idée.

Les étoiles semblaient danser dans le ciel, tournant sur elles-mêmes en formant de grandes figures complexes comme des femmes à un mariage, parées de leurs plus beaux atours, des femmes étincelant du blanc, du vert, du rouge des diamants, des émeraudes et des rubis, des femmes brillantes qui dansaient dans les cieux, resplendissantes de superbes joyaux. Et la danse des étoiles se refléta dans les rues de la ville, les gens sortirent tambours et tambourins et firent la fête comme si on célébrait un anniversaire. Ours et Chien se mirent aussi de la partie, hurlant et bondissant, et Haroun, Luka, Soraya et leur voisine Miss Oneeta se mirent à danser à leur tour. Rachid fut le seul à ne pas prendre part aux réjouissances. Il restait assis sur le seuil à regarder et personne, pas même Luka, ne put le convaincre de se mettre debout.

« Je me sens lourd, disait-il. J'ai les jambes comme des sacs de charbon et les bras comme des bûches, ça doit être la pesanteur qui je ne sais comment s'est accrue autour de moi car je me sens plaqué au sol. »

Soraya lui répondit qu'il n'était qu'un flemmard et au bout d'un moment Luka lui-même laissa son père tranquille, assis là à manger une banane d'un régime qu'il avait acheté à un vendeur ambulant, et partit courir en tous sens sous le carnaval des étoiles.

Le grand spectacle céleste se prolongea jusque tard dans la nuit et tant qu'il dura il sembla être un bon présage, le signe de l'avènement de temps heureux inespérés. Mais Luka comprit assez vite que ce n'était pas cela du tout. Peut-être était-ce plutôt une sorte d'adieu, un dernier hourra, parce que ce fut cette nuit-là que Rachid Khalifa, le fameux conteur de Kahani, s'endormit, un sourire sur le visage, une banane à la main, une ride au front, pour ne pas se réveiller le lendemain matin. Au lieu de cela il continua à dormir, ronflant légèrement, un doux sourire aux lèvres. Il dormit toute la matinée, puis tout l'après-midi, puis toute la nuit suivante et cela dura ainsi, matin, après-midi et nuit, les uns après les autres.

Personne ne parvint à le réveiller.

Au début, Soraya pensa que c'était simplement une question de surmenage, elle allait et venait en faisant signe à chacun de se taire et demandant à tous de ne pas le déranger. Mais elle se mit rapidement à s'inquiéter et essaya elle-même de le réveiller. Elle commença par lui parler doucement, par lui murmurer des mots d'amour. Puis elle lui caressa le front, l'embrassa sur la joue et lui chanta une petite chanson. Finalement, perdant patience, elle lui chatouilla la plante des pieds, le secoua violemment par les épaules et en désespoir de cause lui hurla de toutes ses forces dans les oreilles. Il poussa un grognement approbateur, son sourire s'élargit un peu mais il ne s'éveilla pas.

Soraya s'assit par terre près du lit et enfouit son visage dans ses mains.

« Que vais-je faire? se lamenta-t-elle. Il a toujours été rêveur et voilà qu'il est parti et a décidé de choisir ses rêves plutôt que moi. »

Les journaux ne tardèrent pas à avoir vent de l'état de Rachid et des reporters vinrent rôder en essayant de tirer les vers du nez du voisinage. Soraya chassa les photographes mais l'affaire fut tout de même racontée.

PLUS DE BLABLA POUR LE SHAH DE BLAH, proclamaient les gros titres, non sans cruauté. LE VOILÀ TRANSFORMÉ EN BELLE AU BOIS DORMANT. SAUF QU'IL N'EST PAS SI BEAU QUE ÇA.

Quand Luka vit sa mère pleurer et son père prisonnier du Grand Sommeil, il sentit que le monde, ou en tout cas une grande partie de son monde à lui, s'écroulait. Pendant toute sa vie il avait tenté de se glisser le matin de bonne heure dans la chambre de ses parents et de les surprendre dans leur sommeil et chaque fois ils s'étaient réveillés avant qu'il ne parvienne jusqu'à leur lit. Mais à présent, Rachid ne s'éveillait pas et Soraya était vraiment inconsolable, un mot qui, Luka le savait bien, n'avait en fait rien à voir avec les jeux vidéo, même si en ce moment précis il aurait bien aimé se trouver dans une version imaginaire de la réalité prêt à cliquer sur le bouton « Sortie » pour réintégrer sa vraie vie. Mais il n'y avait pas de bouton « Sortie ». Il était chez lui, même si sa maison lui apparaissait soudain comme un endroit très étrange et effrayant, un endroit sans rires, et pis que tout sans Rachid. On aurait dit qu'une chose totalement impossible était devenue possible, qu'une chose impensable était devenue pensable et, cette chose, Luka n'avait aucune envie de la nommer.

Des médecins vinrent à la maison et Soraya les conduisit dans la chambre où dormait Rachid et elle en referma la porte. Haroun fut autorisé à y entrer mais Luka dut rester dehors avec Miss Oneeta et il n'aima pas du tout cela parce qu'elle le gava de bonbons et attira son visage contre elle, de sorte qu'il se trouva coincé entre ses seins comme un voyageur égaré dans une vallée inconnue sentant le parfum bon marché. Au bout d'un moment, Haroun vint le trouver.

« Ils disent qu'ils ne savent pas ce qu'il a, annonça-t-il à Luka. Il dort tout simplement mais ils ne comprennent pas pourquoi. Ils lui ont mis une perfusion dans le bras puisqu'il ne peut ni boire ni manger et qu'il a besoin de se nourrir. Mais s'il ne se réveille pas...

— Il va se réveiller, cria Luka. Il va se réveiller d'une minute à l'autre !

— S'il ne se réveille pas, poursuivit Haroun, et Luka remarqua que celui-ci serrait les poings et que sa voix elle-même semblait nouée, alors ses muscles vont dépérir puis son corps tout entier et puis...

— Et puis, rien du tout, fit Luka en l'interrompant d'un air farouche. Il se repose, c'est tout. Il a perdu de son entrain, il s'est senti lourd et il a eu besoin de repos. Il s'est occupé de nous toute sa vie, voilà la vérité, et maintenant il a bien le droit de prendre un peu de repos, n'est-ce pas, Tatie Oneeta ?

— Oui, Luka, répondit Miss Oneeta, tu as raison, mon chéri. J'en suis presque tout à fait sûre », et une larme roula sur sa joue.

Puis les choses empirèrent.

Luka, cette nuit-là, était allongé dans son lit, trop bouleversé et malheureux pour pouvoir dormir. Ours le chien était couché à côté de lui, il geignait et grognait, perdu dans un rêve canin, et Chien l'ours était étendu immobile, par terre sur une natte de paille. Mais Luka, lui, était bien réveillé. Par la fenêtre il voyait que le ciel nocturne n'était plus dégagé, au contraire il était bas et nuageux et semblait en colère, on entendait l'orage gronder au loin comme la voix d'un géant irrité. Puis Luka entendit tout près le bruit d'un battement d'ailes, il bondit de son lit pour courir à la fenêtre, avança la tête et se tordit le cou afin de regarder vers le ciel.

Sept vautours se dirigeaient vers lui, ils portaient des collerettes comme des nobles européens sur les tableaux d'autrefois ou comme des clowns dans un cirque. Ils étaient laids, méchants et sentaient mauvais. Le plus gros, le plus laid, le plus puant et le plus méchant des rapaces se posa sur le rebord de la fenêtre de Luka, tout près de lui, comme s'ils étaient de vieux amis tandis que les six autres planaient autour en restant hors de portée. Ours le chien s'éveilla et bondit à la fenêtre en grognant et en montrant les crocs. Chien l'ours se leva lui aussi au bout d'un instant et s'approcha de Luka, le dominant de toute sa masse comme s'il voulait déchiqueter le vautour séance tenante.

« Un instant », leur dit Luka car il venait de remarquer un détail qui méritait d'être tiré au clair.

Accrochée à sa collerette, autour de son cou, le Chef des Vautours portait une petite bourse. Luka s'en saisit et le vautour le laissa faire. Il y avait à l'intérieur un rouleau de papier, et sur ce rouleau, un message du Capitaine Aag.

« Horrible marmot à la langue perfide, disait le message, sale petit sorcier, tu ne pensais quand même pas que j'allais rester sans réagir après ce que tu m'as infligé ? N'as-tu pas compris, minable apprenti sorcier, que je pouvais te faire bien plus de mal que tu ne m'en as fait ? Étais-tu donc arrogant et stupide, microscopique jeteur de sorts à la petite semaine, au point de croire que tu étais le seul magicien dans cette ville ? Tu lances une malédiction alors que tu n'es même pas capable de la contrôler, misérable marabouteur à la noix, sans penser qu'elle allait te revenir en pleine figure. Ou plutôt, en l'occurrence, et la vengeance n'en est que plus délicieuse, qu'elle allait mettre KO une personne qui t'est chère. »

Luka se mit à frissonner malgré la chaleur de la nuit. Et si c'était vrai ? Si la malédiction incendiaire qu'il avait lancée contre le directeur du cirque avait entraîné en guise de réplique un sort qui plongeait son père dans le sommeil ? Si c'était le cas, pensa Luka horrifié, c'était lui le responsable du Grand Sommeil. L'arrivée dans sa vie de Chien l'ours et d'Ours le chien ne pouvait pas remplacer la perte de son père. Et pourtant il avait remarqué la baisse d'entrain de son père bien avant la nuit de la danse des étoiles ; ce message n'était peut-être après tout qu'un odieux mensonge. Quoi qu'il lui en coûtât, il était bien décidé à ne pas montrer au Vautour en Chef à quel point il était bouleversé, aussi, d'un ton ferme et bien assuré comme celui qu'il employait dans les jeux à l'école, il déclara :

« Je déteste les vautours, pour vous dire la vérité, et cela ne m'étonne pas que vous soyez les seules créatures à être restées fidèles à ce terrible Capitaine Aag. Et puis quelle idée de présenter un numéro de vautours dans un cirque ! Cela montre à quel genre de type on a affaire. Tout comme ceci, ajouta Luka en déchirant en mille morceaux le message juste devant le bec cynique du vautour, qui est la lettre d'un méchant homme qui se prétend capable de rendre mon père malade. Manifestement il est bien incapable d'ôter la santé à qui que ce soit, mais il donne la nausée à tout le monde. »

Puis, rassemblant tout son courage, il chassa le gros oiseau du rebord et referma la fenêtre.

Les vautours s'enfuirent à la débandade et Luka s'effondra sur son lit en tremblant. Son chien et son ours vinrent le réconforter à coups de museau mais il était inconsolable. Rachid était plongé dans le Sommeil et Luka n'arrivait pas à se défaire de l'impression que c'était bien lui, et lui seul, qui avait attiré la malédiction sur sa famille.

Après une nuit sans sommeil, Luka se leva avant l'aube et se glissa dans la chambre de ses parents, comme il l'avait fait si souvent en des temps plus heureux. Son père était couché là, endormi, des tuyaux dans ses bras pour l'alimenter, et un écran de contrôle enregistrait les battements de son cœur sous la forme d'une ligne verte tremblotante. À vrai dire, Rachid n'avait pas l'air d'être sous le coup d'une malédiction, il n'avait même pas l'air triste. Il semblait... *heureux*, comme s'il rêvait des étoiles; comme s'il dansait avec elles tout en dormant, comme s'il vivait avec elles dans les cieux et il souriait. Mais les apparences sont trompeuses, Luka le savait bien, le monde n'était pas toujours ce qu'il avait l'air d'être. Soraya dormait assise par terre, le dos appuyé au mur. Ils ne se réveillèrent ni l'un ni l'autre, comme ils le faisaient chaque fois que Luka se faufilait jusqu'à eux. C'était déprimant. En traînant les pieds, Luka regagna sa chambre. Il vit par la fenêtre que le ciel commençait à pâlir. En principe la venue de l'aube réjouissait les gens mais Luka n'avait vraiment aucun motif de s'égayer. Il s'avança vers la fenêtre pour tirer le rideau afin de s'allonger dans le noir et se reposer un moment, et c'est à ce moment-là qu'il vit le prodige extraordinaire.

Debout dans l'allée devant la maison des Khalifa il y avait un homme, vêtu d'une saharienne vermillon familière et portant un panama cabossé bien reconnaissable, il observait manifestement la maison. Luka était sur le point de l'apostropher et peut-être même d'envoyer Ours et Chien chasser l'intrus, quand l'homme leva la tête et le regarda droit dans les yeux.

C'était Rachid Khalifa ! C'était son père qui se tenait là sans rien dire mais qui avait l'air parfaitement éveillé !

Mais si Rachid était là debout dans l'allée, qui donc dormait dans son lit ? Et si Rachid dormait dans son lit, comment pouvait-il être dehors ? Luka en avait le vertige et son esprit ne savait plus quoi penser, ses pieds en revanche s'étaient mis en mouvement. Suivi de près par son ours et son chien, Luka se précipita à toute vitesse vers l'endroit où son père l'attendait. Il dévala l'escalier pieds nus, trébucha légèrement, fit un pas à droite, éprouva l'espace d'un instant un curieux vertige, retrouva l'équilibre et franchit en un éclair la porte de la maison. C'était merveilleux, se dit Luka. Rachid Khalifa s'était réveillé et, on ne sait comment, était sorti faire quelques pas. Tout allait s'arranger.

2

Papapersonne

En sortant à toute vitesse de la maison, suivi de Chien et d'Ours, Luka éprouva une impression des plus étranges : c'était comme s'ils venaient de franchir une frontière invisible, comme si une dimension secrète venait de s'ouvrir et qu'ils avaient passé la porte qui permettait de l'explorer. Il eut un léger frisson, tout comme l'ours et le chien, et pourtant l'aube n'était pas fraîche. Les choses avaient une couleur étrange, le ciel était trop bleu, la terre trop brune, la maison d'un rose et d'un vert plus soutenus que d'habitude, *et son père n'était pas son père*, à moins que Rachid Khalifa n'eût trouvé le moyen de devenir en partie transparent. Ce Rachid Khalifa ressemblait en tout point au fameux Shah de Blah. Il avait son panama et portait sa saharienne vermillon et, quand il marchait et parlait, on remarquait à l'évidence que sa voix était celle de Rachid et que sa façon de se déplacer était également une réplique exacte de l'original; sauf que ce Rachid Khalifa était transparent, pas complètement mais de manière un peu brouillée, comme s'il était à moitié une personne réelle et à moitié une illusion d'optique. Quand les premiers murmures de l'aube se firent entendre dans le ciel, la transparence du personnage devint encore plus évidente. Luka en eut le vertige. Qu'était-il arrivé à son père? Est-ce que ce père translucide n'était pas une sorte de… une sorte de…

« Êtes-vous une sorte de fantôme? demanda-t-il d'une toute petite voix. Vous êtes à coup sûr quelque chose de spécial et de surprenant, c'est le moins qu'on puisse dire.

— Suis-je vêtu d'un drap blanc? Est-ce que j'agite des chaînes? Est-ce que tu me trouves l'air d'un spectre? demanda le fantôme d'un air dédaigneux. Ai-je l'air effrayant? Bon d'accord, oublie cela. La vérité c'est que les fantômes et les spectres n'existent pas, par conséquent je ne peux pas en être un. Et laisse-moi te dire tout de suite que je ne suis pas moins étonné que toi. »

Ours avait les poils hérissés et Chien hochait la tête d'un air perplexe, comme si un souvenir commençait à s'éveiller en lui.

« Mais pourquoi êtes-vous tellement surpris? demanda Luka d'une voix qu'il voulait ferme. Après tout je ne suis pas transparent à vos yeux. »

Le Rachid Khalifa translucide se rapprocha et Luka dut se retenir pour ne pas se sauver en courant.

« Ce n'est pas pour toi que je suis venu, et donc il est, disons inhabituel, que tu te sois trouvé sur mon chemin alors que tu es en pleine forme. Et il en va de même pour ton chien et ton ours d'ailleurs. Toute cette affaire est hautement anormale. On ne peut guère ignorer aussi facilement la Frontière.

— De quoi parlez-vous? De quelle Frontière? Qu'est-ce que vous venez faire ici? (À l'instant même où il posait cette dernière question il en comprit la réponse et il en oublia aussitôt la première question.) Oh, fit-il, oh, cela veut dire que mon père est...

— Pas encore, rétorqua le Rachid translucide, mais je suis du genre patient.

— Allez-vous-en, dit Luka. Personne ne veut de vous ici, M..., et d'ailleurs quel est votre nom? »

Le Rachid translucide eut un sourire amical qui avait cependant quelque chose d'inamical et il entreprit d'expliquer d'une voix chaleureuse qui ne l'était pas non plus tout à fait. « Je viens chercher ton père car je suis sa mo...

— Ne prononcez pas ce mot! s'écria Luka.

— Ce que j'essaie de t'expliquer, si tu veux bien me laisser poursuivre, expliqua le fantôme, c'est que chaque individu possède sa propre mo...

— Taisez-vous ! hurla Luka.

— Il n'y en a pas deux semblables. Chaque être vivant est différent de tous les autres. Chaque vie connaît un commencement unique et singulier, un milieu unique et singulier et par conséquent possède de façon unique et singulière sa propre mo...

— Taisez-vous ! hurla Luka.

— ... Et je suis celle de ton père ou je vais le devenir sans tarder, et à ce moment-là je ne serai plus transparent à tes yeux car je serai devenu la chose véritable tandis que lui, je suis désolé, n'existera plus du tout.

— Personne ne va m'enlever mon père, s'écria Luka. Pas même vous, Monsieur je ne sais qui, avec vos histoires effrayantes.

— Personne, reprit le Rachid translucide. Tu peux m'appeler ainsi. C'est bien moi, en effet. Personne va emmener ton père, c'est l'exacte vérité et la Personne en question, c'est moi. Je suis, en quelque sorte, ton Papapersonne.

— C'est absurde, dit Luka.

— Non non, corrigea le Rachid transparent. J'ai bien peur que cette affaire n'ait rien d'Absurde. Tu ne vas pas tarder à t'apercevoir que je ne suis vraiment pas du genre Absurde. »

Luka s'assit sur le seuil de la maison et se prit la tête entre les mains. *Papapersonne*. Il comprenait parfaitement ce que le Rachid translucide lui expliquait. À mesure que son père s'effacerait progressivement, le fantôme Rachid gagnerait en consistance et, pour finir, il ne resterait que le Papapersonne et plus de père du tout. Mais il y avait une chose dont il était parfaitement convaincu : il n'était pas prêt à se passer de son père. Il ne serait jamais prêt à cela. Cette certitude inébranlable grandit en lui et lui donna de la force. Il n'y avait, se dit-il, qu'une chose à faire. Il fallait barrer la route à ce Papapersonne et il devait trouver un moyen d'y parvenir.

« Pour être franc, dit Papapersonne, et dans un souci de totale transparence, je dois dire une fois de plus que tu as accompli un exploit extraordinaire en franchissant la ligne, par conséquent il se pourrait bien que tu sois capable d'autres exploits. Et pourquoi pas d'accomplir la chose dont tu rêves en ce moment même; peut-être – Ha! Ha! – parviendras-tu à me détruire. Un adversaire! Quel bonheur! Comme cela est véritablement... *charmant.* Je suis si excité! »

Luka releva la tête.

« Qu'entendez-vous exactement par franchir la ligne?

— Ici, où tu es, n'est pas là où tu étais, expliqua Papapersonne avec bienveillance. Tout ce que tu vois autour de toi n'est pas ce que tu voyais il y a un instant. Cette allée-ci n'est pas l'autre allée, cette maison n'est pas l'autre maison et ce papa, comme je te l'ai déjà expliqué, n'est pas l'autre. Si ton univers tout entier pouvait faire un demi-pas à droite, il entrerait en collision avec ce monde-ci. Et s'il faisait un demi-pas à gauche... bon, laissons cela de côté pour l'instant. Ne vois-tu pas à quel point chaque objet ici a des couleurs plus vives que chez toi? Ici, vois-tu... je ne devrais même pas te le dire... ici c'est le Monde de la Magie. »

Luka repensa au faux pas qu'il avait fait en franchissant le seuil et à la sensation de vertige brève mais intense qu'il avait éprouvée. Était-ce à ce moment-là qu'il avait franchi la frontière? Et avait-il trébuché vers la droite ou vers la gauche? Vraisemblablement vers la droite. Il devait donc se trouver à présent sur le Droit Chemin. Mais était-ce bien celui qui lui convenait le mieux? En tant que gaucher, n'aurait-il pas dû trébucher vers la gauche?... Il s'aperçut qu'il n'avait pas la moindre idée de ce que tout cela signifiait. Pourquoi se retrouvait-il sur un Chemin, quel qu'il soit, au lieu d'être dans l'allée devant chez lui? Où un tel Chemin pouvait-il bien mener et était-il raisonnable d'envisager de le suivre? Ne ferait-il pas mieux de s'éloigner de cet inquiétant Papapersonne pour se retrouver en toute sécurité dans sa chambre? Toute cette histoire de magie, c'en était décidément trop pour lui.

Luka connaissait évidemment très bien le Monde de la Magie. Il avait grandi en écoutant son père lui en parler tous les jours et il y avait cru. Il en avait même dressé des cartes et dessiné des images. Le Torrent des Mots qui se jette dans le Lac de la Sagesse, la Montagne de la Connaissance et le Feu de la Vie, et toutes ces histoires-là ; mais il n'y avait pas cru de la façon dont il croyait dans l'existence d'une table, d'une rue, ou des maux de ventre. Ce monde n'avait pas été réel au sens où l'amour était réel ou bien la tristesse ou la peur. Il n'était réel que comme le sont les histoires pendant qu'on les lit, les mirages tant que vous ne vous en approchez pas trop ou les rêves pendant que vous rêvez.

« Suis-je dans un rêve ? » se demanda-t-il, et le Rachid translucide qui se faisait appeler Papapersonne hocha lentement la tête d'un air pensif.

« Voilà qui expliquerait très bien la situation, répondit-il d'un air cordial. Pourquoi ne pas le vérifier par une expérience ? Si nous sommes dans un rêve, alors peut-être ton chien et ton ours ne vont-ils pas demeurer plus longtemps des animaux privés de parole. Je connais bien ton vœu secret, vois-tu. Tu aimerais bien qu'ils sachent parler, n'est-ce pas, qu'ils puissent s'exprimer dans ta propre langue et te raconter leurs histoires. Je suis certain qu'ils ont des histoires extrêmement intéressantes à raconter.

— Comment savez-vous cela ? demanda Luka, interloqué, mais de nouveau la réponse lui vint à l'esprit dès qu'il eut posé la question. Oh, vous le savez parce que mon père le sait. Je le lui ai confié un jour et il m'a dit qu'il inventerait une histoire à propos d'un ours et d'un chien doués de la parole.

— C'est exactement cela, répondit tranquillement Papapersonne, tout ce que ton père a été, tout ce qu'il a connu, tout ce qu'il a dit et accompli se transfuse lentement en moi. Mais cela ne doit pas nous détourner de notre conversation. Je crois bien que tes amis essaient d'attirer ton attention. »

Luka tourna la tête et vit avec stupéfaction qu'Ours le chien s'était dressé sur ses pattes arrière et se raclait la gorge comme un ténor à l'opéra. Puis il se mit à chanter, non pas cette fois en aboiements, grognements et jappements canins, mais en prononçant de véritables paroles compréhensibles. Il chantait avec un léger accent étranger, remarqua Luka, comme s'il était un voyageur venu d'un autre pays, mais ses mots se comprenaient bien, même si l'histoire qu'ils racontaient était stupéfiante.

C'est moi Barak du peuple des It-Barak,
Les Hommes-Chiens Immortels d'autrefois,
Nés de l'œuf d'un faucon magique,
Capables de chanter, combattre, aimer et parler
Et que jamais personne n'aurait pu tuer.

Oui je suis Barak du peuple des It-Barak,
Âgé de mille ans et même davantage,
Me nourrissant de perles noires, épousant des jeunes filles,
J'ai gouverné mon royaume tel un comte emperruqué,
Et je chantais avec un dédain digne des anges.

Tel est l'hymne des It-Barak,
Vieux de mille ans, telle est la vérité.
Mais nous fûmes vaincus par un sort chinois,
Transformés en cabots, en clebs, en pékinois,
Et le Royaume des Chiens ne fut plus que marécages et sables [mouvants,
Nous perdîmes l'usage du chant et ne sûmes plus qu'aboyer,
Nous marchâmes à quatre pattes au lieu de rester debout.
Et à présent nous marchons à quatre pattes et non debout.

Vint alors le tour de Chien l'ours, qui se dressa lui aussi sur ses pattes arrière et croisa ses pattes avant sur sa poitrine comme un écolier lors d'un examen oral. Puis il se mit à s'exprimer en langage humain parfaitement clair et sa voix ressemblait de façon remarquable à celle de Haroun, le frère de Luka, qui faillit tomber à la renverse en l'entendant. Papapersonne le retint en tendant le bras pour l'empêcher de chuter, tout à fait comme s'il était Rachid Khalifa en personne.

« Ô puissant libérateur minuscule, fit l'ours d'un ton grandiloquent mais dans lequel Luka décela un certain manque d'assurance, Ô enfant jeteur de sorts, unique en son genre, sache que je n'ai pas toujours eu l'apparence sous laquelle tu me vois mais que je fus jadis le monarque de, hum, un pays du Nord couvert de vastes forêts et de neige étincelante, caché derrière une chaîne de montagnes circulaire. Je ne m'appelais pas Chien à l'époque mais, euh... Artha-Shastra, Prince de Qâf. Dans cette contrée superbe mais glaciale nous dansions pour nous réchauffer et nos danses donnèrent naissance à notre légende car, tandis que nous tapions du pied et bondissions, nos virevoltes brillantes tissaient l'air autour de nous de fils d'or et d'argent, et c'est ainsi que s'édifièrent notre fortune et notre gloire. Eh oui, tourbillonner et virevolter, c'étaient là nos délices et ce faisant nous prospérions, et notre pays doré devint un prodige et nos habits brillaient comme le soleil. »

Sa voix se raffermit comme s'il était devenu plus assuré de l'histoire qu'il racontait.

« Nous devînmes prospères, poursuivit-il, mais non sans éveiller la jalousie de nos voisins et l'un d'eux, le géant féérique, le prince à tête d'oiseau nommé – et là encore Chien l'ours s'embrouilla – Hum... ah... mais oui bien sûr, Bulbul Dev, le Roi Ogre de l'Est, qui chantait comme un rossignol mais dansait comme un balourd, était le plus envieux de tous. Il lança contre nous sa légion de géants, les... les... *Trente Oiseaux*, des monstres pourvus de bec au corps tacheté et nous, peuple doré de danseurs, étions bien trop innocents et trop aimables pour pouvoir faire face. Mais nous étions des gens obstinés et nous refusâmes de révéler les secrets de notre danse. Oui, oui ! s'exclama-t-il tout excité, se hâtant d'achever son récit. Quand les Ogres-Oiseaux comprirent que nous n'allions pas leur enseigner l'art de filer l'air pour en faire de l'or et que nous étions prêts à mourir plutôt que de trahir notre grand secret, ils se mirent à battre l'air de leurs ailes à grand renfort de criaillements et de croassements d'une manière si horrible et si terrifiante qu'il s'agissait là à l'évidence d'un tour de Magie Noire. En un instant le peuple de Qâf tomba en miettes, fracassé par les cris des ogres, et se mit à perdre forme humaine pour se transformer en animaux dépourvus de parole, en ânes, en marmousets, en fourmiliers et aussi en ours, tandis que Bulbul Dev s'écriait : "Essayez donc de danser vos gigues dorées à présent, bande d'idiots, tourbillonnez dans vos virevoltes argentées ! Le pouvoir que vous ne vouliez pas partager, vous l'avez perdu à jamais en même temps que votre forme humaine. De vulgaires bêtes fouissant les ordures, voilà ce que vous serez désormais et pour l'éternité à moins que, Ha ! Ha ! , vous ne parveniez à dérober le Feu de la Vie pour vous libérer." Par là il voulait dire bien sûr que nous resterions à jamais prisonniers de ce sortilège car le Feu de la Vie n'est qu'un mythe et, même dans les contes, personne ne peut s'en emparer. Et c'est ainsi que je devins un ours, un ours savant capable de danser mais en aucun cas un danseur doré, et je m'en fus çà et là sous ma forme d'ours jusqu'à être capturé par le Capitaine Aag qui me prit dans son cirque et c'est ainsi, jeune maître, que je t'ai rencontré. »

C'était là, se dit Luka, le genre d'histoires que Haroun aurait pu raconter, un conte à dormir debout directement issu de la grande Mer des Histoires. Mais après l'avoir écouté jusqu'au bout, Luka se sentit envahi par une profonde déception.

« Vous êtes donc humains, tous les deux ? demanda-t-il plein de regrets. Vous n'êtes pas en réalité mon ours et mon chien mais des princes ensorcelés métamorphosés en ours et en chien ? Et je suppose que je ne peux plus vous appeler Chien et Ours mais Artha-je ne sais quoi et Barak ? Et moi qui suis déjà mort d'inquiétude à cause de mon père, je vais devoir en plus me préoccuper de trouver un moyen de vous rendre votre véritable apparence ? Vous vous souvenez, j'espère, que je n'ai que douze ans. »

L'ours se remit à quatre pattes.

« Ça va bien, dit-il. Tant que je garde l'apparence d'un ours, tu peux continuer à m'appeler Chien.

— Et moi, tant que je suis un chien, dit le chien, tu peux continuer à m'appeler Ours. Mais il est vrai que puisque nous sommes ici dans le Monde de la Magie, nous aimerions bien trouver le moyen de briser le sort dont nous sommes prisonniers. »

Papapersonne battit des mains.

« Oh parfait, s'écria-t-il. Une quête ! J'adore les quêtes, et voilà que nous en avons trois en une. Car toi aussi tu mènes une quête, n'est-ce pas, mon jeune ami?... C'est bien évident, reprit-il avant que Luka n'ait pu placer un mot. Tu veux sauver ton père, naturellement. Tu voudrais que moi, ton Papapersonne détesté, je me dissipe, et que ton père redevienne lui-même. Tu veux me détruire, pas vrai, mon jeune ami? Tu veux me tuer mais tu ne sais pas comment t'y prendre. Sauf que, en réalité, tu connais le moyen. Tu connais le nom de la seule chose dans quelque monde que ce soit, Réel ou Magique, qui peut te permettre d'obtenir ce que tu désires. Et même si tu l'avais oublié, ton ami l'ours parlant vient de te le rappeler.

— Vous voulez dire le Feu de la Vie, demanda Luka. C'est bien cela, n'est-ce pas? Le Feu de la Vie qui brûle au sommet de la Montagne de la Connaissance.

— Bingo, en plein dans le mille! s'écria Papapersonne. La Tour Infernale, la Brûlure au Troisième Degré, la Combustion Spontanée, la Flamme des Flammes, c'est bien cela. »

Il était si content qu'il se trémoussait, esquissant un pas de danse et jonglant avec son panama. Luka devait bien reconnaître que cette petite cabriole était exactement le genre de chose que faisait Rachid Khalifa quand il était un peu trop content de lui. Mais l'effet était encore plus saisissant quand on pouvait voir à travers le danseur.

« Mais ce n'est qu'une histoire, dit Luka d'une petite voix.

– *Qu'une histoire?* reprit en écho Papapersonne sur un ton qui semblait sincèrement horrifié. *Rien qu'un conte?* Je n'en crois pas mes oreilles. Un petit malin comme toi ne peut pas dire une telle bêtise. Après tout, tu es une petite Goutte issue de l'Océan des Notions, un Éclat blême du Shah de Blah. Plus que tous les autres garçons, tu devrais savoir que l'Homme est le seul Animal qui raconte des histoires et que ces histoires constituent son identité, sa signification et le sang qui le fait vivre. Est-ce que les rats racontent? Est-ce que les canards se narrent? Est-ce que les éléphants éléphantasment? Bien sûr que non, et tu le sais aussi bien que moi. Il n'y a que l'homme qui s'enflamme pour les livres.

Mais pourtant le Feu de la Vie... *ce n'est qu'un conte de fées* », insistèrent d'une même voix Chien l'ours et Ours le chien.

Papapersonne se redressa d'un air indigné.

« Est-ce que j'ai l'air de sortir d'un conte de fées ? Vous trouvez peut-être que je ressemble à un elfe ? Est-ce que j'ai des ailes diaphanes dans le dos ? Voyez-vous la moindre trace de poudre de perlimpinpin ? J'affirme que le Feu de la Vie est aussi réel que moi-même et que seul ce Flamboiement Inextinguible peut vous permettre de réaliser vos désirs. Il métamorphosera l'ours en Homme et le chien en Homme-Chien et il sera aussi Ma Fin. Luka ! Espèce de petit assassin ! Rien que d'y penser, tu as les yeux qui brillent ! Comme c'est excitant ! Je suis entouré d'assassins ! Eh bien, qu'attendons-nous ? On y va ? C'est parti. Tic, Tac. Pas de temps à perdre ! »

Aussitôt Luka eut la sensation qu'on lui chatouillait délicatement la plante des pieds. Le disque argenté du soleil apparut au-dessus de l'horizon et quelque chose d'extraordinaire se produisit dans le quartier, le quartier qui n'était pas le vrai quartier de Luka, enfin pas tout à fait. Et d'abord pourquoi le soleil était-il argenté ? Et pourquoi chaque chose était-elle trop colorée, trop parfumée, trop bruyante ? Sur la charrette du vendeur ambulant au coin de la rue, les friandises semblaient avoir un drôle de goût, elles aussi. C'était d'ailleurs bizarre que Luka puisse voir la charrette du vendeur ambulant parce qu'elle était toujours stationnée au carrefour et qu'il ne pouvait pas l'apercevoir de chez lui, et pourtant elle était bien là, juste devant lui, entièrement recouverte de ces friandises au goût et aux couleurs étranges et assaillie par un drôle d'essaim de mouches au bourdonnement bizarre. Comment était-ce possible ? Après tout, il n'avait pas bougé d'un pas et le vendeur dormait sous sa charrette, preuve que lui non plus ne s'était pas déplacé, et puis comment le carrefour était-il arrivé jusque-là ou plutôt, voyons, comment lui était-il arrivé jusqu'au carrefour ?

Il fallait qu'il réfléchisse. Il se rappela la règle d'or d'un de ses professeurs, M. Sherlock, le professeur de sciences, un homme qui fumait la pipe et avait une loupe et qui s'habillait toujours trop chaudement. Il lui avait appris ceci : *Éliminez l'impossible, et ce qui reste, aussi improbable que cela paraisse, c'est la vérité.* « D'accord, se dit Luka, mais qu'est-ce que je fais si c'est l'impossible qui reste ? Si l'impossible demeure la seule explication ? » Il trouva lui-même la réponse à la question en appliquant la règle d'or de M. Sherlock. « Alors c'est l'impossible qui est vrai. » Et l'explication impossible en l'occurrence était que ce n'était pas lui qui se déplaçait mais que c'était le monde qui bougeait autour de lui. Il baissa les yeux pour regarder ses pieds qui le démangeaient. C'était bien cela ! Le sol glissait sous ses pieds nus, le chatouillant doucement au passage. Déjà le vendeur ambulant était loin derrière lui.

Il regarda Chien et Ours qui se comportaient bizarrement comme s'ils étaient sur une patinoire mais sans patins à glace, ils glissaient et dérapaient sur la chaussée en mouvement et poussaient à qui mieux mieux des grognements de surprise et de protestation. Luka se tourna vers Papapersonne pour lui lancer d'un ton accusateur :

« C'est vous qui faites cela, n'est-ce pas ? »

Celui-ci ouvrit des yeux tout ronds, écarta les bras et répliqua d'un air innocent :

« Quoi ? Excuse-moi ? Il y a un problème ? Je croyais qu'on était pressés. »

Le pire avec Papapersonne, ou peut-être le mieux, c'est qu'il se comportait exactement comme Rachid Khalifa. Il avait les mêmes expressions que Rachid, il avait ses gestes et son rire et il pouvait faire l'innocent tout en sachant parfaitement qu'il ne l'était pas à la manière de Rachid quand il était maladroit, qu'il avait tort ou qu'il mijotait une surprise. Sa voix était celle de Rachid et il avait le même bedon tremblotant. Il commençait même à traiter Luka comme un enfant gâté, tout à fait comme Rachid. Depuis toujours, Luka avait compris que c'était sa mère qui faisait régner la loi et qu'il fallait la traiter en conséquence, alors que Rachid, pour dire les choses franchement, était plutôt coulant. Est-ce que le tempérament de Rachid avait commencé à s'infiltrer chez

Papapersonne, son ennemi en puissance ? Est-ce pour cette raison que cet effrayant anti-Rachid semblait sincèrement vouloir aider Luka ?

« Très bien. Arrêtez la course du monde, ordonna Luka à Papapersonne. Il y a deux ou trois points qu'il faut absolument tirer au clair avant que qui que ce soit vous accompagne où que ce soit. »

Il lui sembla entendre très loin dans les hauteurs le bruit d'une machinerie qui s'arrêtait brusquement dans un crissement étouffé et ses pieds ne le démangèrent plus tandis que Chien et Ours cessaient de glisser en tous sens. Ils avaient parcouru un bon bout de chemin depuis leur départ de la maison et se trouvaient par l'effet du hasard (mais peut-être n'était-ce pas le hasard) à peu près à l'endroit précis où Luka se tenait le jour où il avait invectivé le Capitaine Aag, tandis qu'avec Rachid il contemplait la triste parade des animaux du cirque enfermés dans leurs cages. La ville s'éveillait. De la fumée s'élevait des échoppes au bord de la route où l'on préparait du thé au lait fort et sucré. Quelques commerçants matinaux ouvraient leurs volets, laissant apparaître de longues cavernes étroites où s'entassaient des tissus, des produits alimentaires et des médicaments. Un policier armé d'une longue matraque bâilla en passant près d'eux vêtu d'un short bleu marine. Des vaches dormaient sur le trottoir, des gens aussi, mais bicyclettes et vélomoteurs envahissaient déjà les rues de leur tintamarre. Un bus bondé les dépassa, emportant ses passagers vers la zone industrielle où se trouvaient autrefois les usines de tristesse. Mais les choses avaient changé à Kahani et la tristesse n'était plus le principal produit d'exportation comme du temps de la jeunesse de Haroun, le frère de Luka. Les gens ne voulaient plus de poissons-chagrins, ils préféraient des produits plus savoureux importés de contrées plus lointaines, les anguilles souriantes du sud, la viande de cerf-espérance venue du nord et surtout toujours plus d'aliments pour régimes végétariens ou non que l'on trouvait dans les magasins du Gai Verger qui s'ouvraient un peu partout. Les gens voulaient se sentir bien même s'ils n'avaient pas tellement de motifs de se réjouir, et les usines de tristesse avaient donc été transformées en Obliviums, d'immenses centres commerciaux où les gens venaient danser, faire du shopping, parader et oublier. Luka, quant à lui, n'était pas d'humeur à se bercer d'illusions. Il voulait des réponses.

« Assez de mystification, dit-il d'une voix ferme. Je voudrais des réponses claires à des questions claires. » Il avait du mal à contrôler sa voix mais il y parvint et balaya le sentiment d'épouvante qui l'emplissait tout entier. « Premièrement, s'écria-t-il, qui t'envoie? D'où viens-tu? Où... (et à ce stade Luka hésita parce que cette question était effrayante) quand tu... auras accompli.... ta tâche.... si jamais tu y arrives, ce qui... ne sera pas le cas.... mais en admettant que tu y arrives... où comptes-tu aller?

— Cela fait trois questions, numéro un, numéro deux et numéro trois, répondit Papapersonne, et à cet instant Luka, ahuri et horrifié, vit qu'une vache qui passait par là le *traversait* pour aller plus loin vaquer à ses occupations. Mais ne chipotons pas. (Puis il resta un long moment silencieux, absorbé dans ses pensées.) As-tu entendu parler du Bang?

— Le *Big* Bang? demanda Luka. Ou quelque autre Bang dont je n'aurais pas connaissance ?

— Il n'y a jamais eu qu'un seul Bang, répondit Papapersonne, l'adjectif Big est redondant et ne veut rien dire. Le Bang ne pourrait être qualifié de Big que s'il existait un Petit Bang ou un Moyen ou même un plus Grand auxquels le comparer et qui permettraient de l'en différencier. »

Luka ne voulait pas perdre de temps à discuter.

« Oui j'en ai entendu parler, fit-il.

— Alors dis-moi, qu'existait-il avant le Bang? »

C'était là une de ces Vastes Questions auxquelles Luka avait souvent tenté de répondre sans vraiment y parvenir. « Et d'abord qu'est-ce qui avait provoqué le Bang? se demandait-il. Et comment tout pouvait-il démarrer par un Bang s'il n'y avait rien auparavant? » Cela lui donnait mal à la tête de réfléchir à ce Bang et, du coup, il n'y pensait pas très souvent.

« Je sais en principe quelle est la réponse, dit-il. Il faudrait normalement répondre *Rien* mais, pour être franc, je n'y crois pas vraiment et, de toute façon, ajouta-t-il en prenant son air le plus sévère, cela n'a rien à voir avec la question qui nous occupe. »

Papapersonne lui brandit un doigt sous le nez.

« Bien au contraire, jeune assassin en puissance, c'est au cœur du sujet. Parce que si l'univers tout entier peut exploser hors du Néant et se mettre à Être, ne vois-tu pas que l'inverse pourrait aussi se produire ? Qu'il est possible d'imploser et de Non-Être aussi bien que d'exploser et d'Être ? Tous les êtres humains, Napoléon Bonaparte par exemple ou l'Empereur Akbar ou Angelina Jolie ou encore ton père peuvent tout simplement retourner au néant une fois qu'ils ont vécu. Dans une sorte d'Anti-Bang qu'on pourrait qualifier de Petit, je veux dire par là, personnel.

— Un Anti-Bang ? répéta Luka, quelque peu dépassé.

— Tout à fait, dit Papapersonne. Pas une expansion mais une concentration.

— Es-tu en train de me dire, fit Luka, en sentant la colère monter en lui, que mon père est sur le point d'imploser dans le Néant ? C'est bien ce que tu essaies de m'expliquer ? »

Papapersonne ne répondit pas.

« Et que fais-tu de la vie après la mo... commença Luka, puis il s'interrompit, se frappa le front et reformula sa question. Que fais-tu du Paradis ? »

Papapersonne garda le silence.

« Es-tu en train de prétendre qu'il n'existe pas ? demanda Luka, parce que, si c'est cela que tu essaies de me dire, je connais pas mal de gens en ville qui ne seront pas du tout d'accord avec toi. »

Toujours pas un mot de la part de Papapersonne.

« Te voilà bien silencieux tout à coup, fit Luka d'un air fâché. Tu ne connais peut-être pas autant de réponses que tu le prétends. Tu n'es peut-être pas aussi malin que tu crois.

— Ne fais pas attention à lui, dit Chien l'ours sur un ton qui ressemblait étrangement à celui d'un grand frère. Tu devrais rentrer à la maison maintenant.

— Ta mère va s'inquiéter », dit Ours le chien.

Luka n'était pas encore habitué à ce nouveau pouvoir que les animaux avaient de parler.

« Je veux une réponse avant de partir », déclara-t-il d'un air buté.

Papapersonne hocha la tête lentement comme si la conversation qu'il menait avec quelqu'un d'invisible venait de prendre fin.

« Je peux te dire une chose. Quand ma tâche sera accomplie et que j'aurai entièrement ravi à ton père son... bon, peu importe ce que je lui aurai ravi, s'empressa-t-il d'ajouter en voyant l'expression de Luka, alors, moi, en effet, moi-même j'imploserai. Je m'effrondrerai en moi-même et je cesserai tout simplement d'Être. »

Luka était stupéfait.

« Toi ? C'est toi qui vas mourir ?

— Non-Être, le corrigea Papapersonne. C'est le terme technique et, comme j'ai commencé par répondre à ta troisième question, j'ajouterai que, premièrement, personne ne m'a envoyé mais quelqu'un m'a convoqué et que, deuxièmement, je ne viens pas de quelque part mais je viens de quelqu'un, et si tu y réfléchis un instant, tu comprendras qui est celui qui m'a convoqué et celui dont je viens et qu'ils ne sont qu'une seule et même personne et que je suis leur portrait craché à ces Deux qui ne sont qu'Un. »

À l'est le soleil argenté brillait d'un éclat plus vif. Chien et Ours paraissaient inquiets. Il était vraiment temps que Luka rentre à la maison et se prépare pour l'école. Soraya devait se faire un sang d'encre. Elle avait peut-être envoyé Haroun à sa recherche dans les rues du quartier. Quand Luka allait rentrer à la maison prendre son petit déjeuner, il allait devoir affronter une myriade de problèmes. Mais Luka ne pensait ni au petit déjeuner ni à l'école. Ce n'était pas le moment de se préoccuper de céréales, de Crotte-de-Rat ou de géographie. Il pensait à la Vie et à la Mo, disons à la Non-Vie. Il ne pouvait se résoudre à prononcer cet autre mot incomplet.

« Et le Feu de la Vie pourra sauver mon père ?

— Si tu parviens à le dérober à son intention, alors certainement, sans l'ombre d'un doute.

— Et il permettra aussi à Chien et à Ours de retrouver leur vraie nature d'autrefois ?

— En effet.

— Et que t'arrivera-t-il si nous réussissons ? »

Papapersonne ne répondit pas.

« Tu ne vas pas devoir imploser, si ? Tu ne vas pas Non-Être ?

— Mais si. Ce sera mon heure.

— Donc tu vas partir.

— Oui, répondit Papapersonne.

— Tu vas partir et ne jamais revenir.

— Jamais est un bien grand mot.

— D'accord... mais tu ne reviendras pas avant très longtemps. »

Papapersonne hocha la tête.

« Très, très longtemps », insista Luka.

Papapersonne pinça les lèvres et écarta les bras comme s'il abandonnait.

« Très, très, très...

— N'exagère pas tout de même, répondit sèchement Papapersonne.

— Et c'est pour cela que tu essaies de nous aider, n'est-ce pas ? conclut Luka. Tu n'as pas envie d'imploser. Tu essaies de sauver ta peau.

— Je n'ai pas de peau.

— Je n'ai aucune confiance en lui, dit Ours le chien.

— Je ne l'aime pas, dit Chien l'ours.

— Je ne crois pas un traître mot de ce qu'il raconte, dit Ours le chien.

— Je ne crois pas un seul instant qu'il va s'en aller comme cela, dit Chien l'ours.

— C'est une ruse, dit Ours le chien.

— C'est un piège, dit Chien l'ours.

— Il y a un truc, dit Ours le chien.

— Il doit y avoir un *hic*, dit Chien l'ours.

— Tu n'as qu'à lui demander », dit Ours le chien.

Papapersonne retira son panama, gratta sa tête chauve, baissa les yeux et soupira.

« Oui, dit-il, il y a un *hic*. »

En réalité il y avait deux *hics*. Le premier, selon Papapersonne, c'est *que personne dans toute l'histoire du Monde de la Magie n'avait jamais réussi à voler le Feu de la Vie,* qui était protégé par tant d'obstacles que, toujours d'après Papapersonne, on n'aurait pas eu le temps d'en énumérer le dixième. Les dangers étaient pratiquement infinis, les risques vertigineux, et seuls les plus intrépides aventuriers auraient pu envisager de relever un tel défi.

« Personne ne l'a *jamais* fait? demanda Luka.

— Personne n'y est jamais parvenu, répondit Papapersonne.

— Qu'est-il arrivé à ceux qui ont essayé?

— Tu n'as pas à le savoir, répondit Papapersonne d'un air sinistre.

— Très bien, dit Luka, et quel est le second *hic*? »

Les ténèbres s'installèrent, pas partout mais seulement autour de Luka, de Chien, d'Ours et de leur étrange compagnon. On aurait dit qu'un nuage venait de cacher le soleil, et pourtant celui-ci brillait toujours dans le ciel vers l'est. Papapersonne lui-même sembla se rembrunir. La température chuta. Les bruits alentour s'estompèrent. Papapersonne finit par déclarer d'une voix lente et grave :

« Quelqu'un doit mourir. »

Luka était à la fois en colère, bouleversé et effrayé.

« Qu'est-ce que tu veux dire? s'écria-t-il. Quelle sorte de *hic* est-ce là?

— Du moment que quelqu'un comme moi a été convoqué, un être vivant doit payer cette convocation de sa vie. Je suis désolé mais c'est le règlement.

— C'est un règlement stupide, si tu veux mon avis, dit Luka du ton le plus ferme possible, même s'il avait l'estomac à l'envers. Qui a édicté une loi aussi stupide?

— Qui a édicté les Lois de la Gravité, du Mouvement ou de la Thermodynamique? demanda Papapersonne. Tu sais peut-être qui les a découvertes, mais ce n'est pas la même chose n'est-ce pas? Qui a inventé le Temps, l'Amour ou la Musique? Certaines choses existent, conformément à leurs propres principes et tu n'y peux rien changer; moi-même je n'y peux rien. »

Tout doucement, l'obscurité qui les avait enveloppés tous les quatre se dissipa et la lumière argentée du soleil baigna leur visage. Luka s'aperçut avec horreur que Papapersonne n'était plus aussi transparent qu'avant et la seule explication était que Rachid Khalifa s'était affaibli pendant son sommeil. Cela régla l'affaire. Ils n'avaient plus de temps à perdre en bavardages.

« M'indiqueras-tu le chemin qui mène à la Montagne ? demanda Luka à Papapersonne, lequel afficha un sourire totalement dépourvu d'humour avant de hocher la tête. Parfait, dit Luka, allons-y. »

3

La Rive Gauche du Fleuve du Temps

Le Silsila n'était pas un beau fleuve, de l'avis de Luka. Sans doute avait-il pris sa source joliment quelque part dans les montagnes sous la forme d'un ruisseau scintillant et bondissant, glissant sur des pierres polies mais ici, en bas, dans les plaines côtières, il était devenu large, lent et sale. Il clapotait d'une rive à l'autre, tout en sinuosités, et sa couleur était dans l'ensemble brun clair à l'exception des endroits où il semblait vert et gluant, en plus il était recouvert çà et là de traînées d'huile pourpre et on voyait dériver de temps en temps des cadavres de vaches flottant tristement vers la mer. C'était aussi un fleuve dangereux en raison de son débit capricieux; il pouvait accélérer sans prévenir et emporter votre embarcation, ou bien vous coincer dans les remous circulaires d'un lent tourbillon où vous restiez bloqué pendant des heures à appeler à l'aide inutilement. Il y avait aussi des hauts-fonds trompeurs capables de vous faire échouer en naufragé solitaire sur un banc de sable ou même couler un grand bateau, un ferry-boat ou une péniche s'ils heurtaient quelque récif à fleur d'eau. Il y avait aussi de sombres abîmes où devait vivre, s'imaginait Luka, tout ce qu'il y a de plus sale, de plus dégoûtant et de plus poisseux, et en tout cas, il n'y avait nulle part dans tout ce flot puant rien qui vaille la peine d'être pêché et mangé. Si on tombait dans le Silsila, il fallait aller à l'hôpital se faire nettoyer, et on vous faisait même un vaccin contre le tétanos.

Le seul aspect positif de ce fleuve c'est que, au cours de milliers d'années, il avait déposé sur chacune de ses rives de hauts talus de terre qu'on appelait les Butées, de sorte qu'on ne voyait plus son cours à moins d'escalader une de ces digues pour apercevoir d'en haut le serpent liquide qui s'écoulait en dégageant son horrible puanteur. Et grâce aux Butées, le fleuve ne débordait jamais, même à la saison des pluies quand son niveau ne cessait de monter, et la ville échappait ainsi au cauchemar de voir se déverser dans ses rues ces eaux brunes, vertes et pourpres charriant quantité de monstres gluants innommables et de bétail crevé.

Le Silsila connaissait une grande activité. On y transportait du grain, du coton, du bois et du combustible de la campagne jusqu'à la mer en traversant la ville, mais les mariniers qui convoyaient ce fret sur de longues barges plates étaient réputés pour leur mauvais caractère. Ils vous parlaient grossièrement, vous bousculaient sur les trottoirs, et Rachid Khalifa avait coutume de dire que le Vieil Homme du Fleuve les avait maudits, les rendant aussi mauvais et dangereux que le fleuve lui-même. Les habitants de Kahani s'efforçaient d'ignorer autant que possible l'existence du fleuve, mais voilà que Luka se trouvait juste devant sa Butée gauche, c'est-à-dire sa rive sud, se demandant comment il avait pu arriver jusque-là sans bouger le petit doigt. Chien l'ours et Ours le chien étaient à ses côtés, l'air tout aussi égaré, et bien entendu Papapersonne était là également, souriant de son sourire mystérieux qui ressemblait exactement à celui de Rachid Khalifa sans que ce soit le sien.

« Que sommes-nous venus faire ici ? demanda Luka.

— Tes désirs sont des ordres, répondit Papapersonne en croisant les bras sur sa poitrine. Allons-y, as-tu dit, eh bien, nous y sommes allés, *Shazam* !

— Il se prend pour une sorte de génie sortant d'une sorte de lampe, fit Chien l'ours d'un air dédaigneux avec la grosse voix de Haroun. Comme si nous ne savions pas que la Lampe Merveilleuse appartient au Prince Aladdin et à sa Princesse Badr al-Budur et ne peut donc pas se trouver ici.

— Hum, fit Ours le chien qui avait la voix douce et le sens pratique, à combien de vœux exactement a-t-on droit ? Et n'importe qui peut-il faire un vœu ?

— Il n'a rien d'un génie, dit Chien l'ours avec ses manières d'ours. Personne n'a rien frotté du tout. »

Luka n'en revenait toujours pas.

« Quel intérêt de venir au Fleuve Puant ? Il ne fait que couler vers la mer et franchement il ne peut nous être d'aucune utilité, même s'il n'était pas le Fleuve Puant, ce qu'il est pourtant en réalité.

— En es-tu sûr ? demanda Papapersonne. Ne veux-tu pas grimper au sommet de la Butée pour jeter un coup d'œil ? »

Luka grimpa donc, suivi de Chien et d'Ours, et Papapersonne on ne sait comment les attendait déjà au sommet quand ils y parvinrent, l'air aussi frais qu'un soda sur des glaçons. Mais pour l'instant, Luka ne se préoccupait pas de savoir comment avait fait Papapersonne pour atteindre le sommet de la Butée parce qu'il contemplait un spectacle véritablement issu d'un autre monde. *Le fleuve qui coulait à l'endroit où aurait dû se trouver le Silsila nauséabond était un tout autre fleuve.*

Le nouveau fleuve brillait à la lumière argentée du soleil, il étincelait comme des pièces de monnaie, comme un million de miroirs orientés vers le ciel, comme un espoir nouveau. Et tandis que Luka plongeait son regard dans les flots et observait les mille mille mille et un courants différents qui s'écoulaient de concert, ne cessaient de se mêler les uns aux autres, se fondaient et se séparaient pour se transformer en mille mille mille et un nouveaux courants différents, il sut tout à coup ce qu'il était en train de contempler. C'étaient les mêmes eaux enchantées que son frère Haroun avait découvertes, il y a dix-huit ans dans l'Océan des Courants d'Histoire ; elles s'étaient déversées en un Torrent de Mots de la Mer des Histoires dans le Lac de la Sagesse et s'en étaient écoulées pour venir à sa rencontre. C'était donc cela, à l'évidence, ce que Rachid Khalifa avait appelé le Fleuve du Temps, et l'histoire entière de toute chose glissait sous ses yeux sous la forme de courants d'histoire entremêlés, multicolores et scintillants. Il avait fait par hasard un pas gauche sur la droite et avait pénétré dans un Monde qui n'était pas le sien, et dans ce Monde-là, il n'y avait pas de Fleuve Puant mais à la place ces eaux miraculeuses.

Il regarda dans le sens du courant mais une brume s'éleva près de l'horizon et l'empêcha de voir distinctement. « Je ne peux pas distinguer l'avenir et cela paraît une bonne chose », se dit Luka qui se retourna pour regarder dans l'autre direction où la visibilité était bonne, du moins sur une certaine distance, presque aussi loin que la vue pouvait porter, mais la brume vint s'installer là aussi. Il connaissait bien cela; il avait oublié certains épisodes de son passé et ne savait pas grand-chose de celui de l'univers. Devant lui coulait le Présent, brillant, fascinant, et il était tellement plongé dans sa contemplation qu'il ne vit pas le Vieil Homme du Fleuve avant que le type à la longue barbe ne soit pile devant lui, brandissant un Terminator, une sorte d'énorme désintégrateur de science-fiction, et ne lui tire en pleine figure.

BLLLAAARRRT !

C'est intéressant, se dit Luka tandis qu'il se désintégrait en un million de minuscules fragments étincelants, de voir qu'il était encore capable de penser. Il n'aurait jamais imaginé qu'on puisse encore penser quand on vient de se faire pulvériser par un désintégrateur géant digne de la science-fiction. À présent, le million de minuscules fragments était parvenu on ne sait comment à se rassembler en un petit tas tandis qu'Ours le chien et Chien l'ours se lamentaient à grands cris à côté, et voici que les fragments commencèrent à s'assembler tout en émettant des petits bruits de succion et tout à coup il jaillit! Le revoilà, de nouveau en un seul morceau, de nouveau lui-même debout sur la Butée auprès de Papapersonne qui prenait un air amusé tandis que le Vieil Homme du Fleuve avait disparu.

« Tu as bien de la chance, dit Papapersonne d'un air pensif. Je t'avais octroyé quelques vies gratuites pour t'aider à débuter. Tu ferais bien d'en récolter quelques autres avant son retour et aussi de penser à élaborer une stratégie contre lui. C'est un vieil homme irascible mais il y a moyen de le neutraliser. Tu sais comment ça marche. »

Et Luka s'aperçut qu'il le savait effectivement. Il regarda autour de lui. Chien l'ours et Ours le chien s'étaient déjà mis au travail. Ours creusait des trous, persuadé qu'il y avait plein d'os à déterrer, des petits os bien croquants qui étaient l'équivalent d'une vie et d'autres plus gros qui étaient difficiles à sortir de terre et prenaient du temps pour être croqués, mais qui valaient entre dix et cent vies chacun. Pendant ce temps-là, Chien l'ours était grimpé dans les arbres alignés sur la Butée et cherchait parmi les branches les ruches qui donnaient droit à cent vies, et en chemin il écrasait et gobait quantité d'abeilles dorées valant chacune une vie. Des vies, il y en avait partout, dans tous les objets, camouflées dans les pierres, les légumes, les buissons, les insectes, les fleurs, les barres chocolatées abandonnées ou les bouteilles de soda; un lapin détalant devant vous pouvait être une vie, de même qu'une plume que le vent faisait voleter sous votre nez. Faciles à trouver, faciles à engranger, les vies étaient la petite monnaie de ce monde-ci, et si on en perdait quelques-unes, cela n'avait pas d'importance; il y en avait toujours davantage.

Luka se mit en chasse. Il mit en œuvre ses tours favoris. Donner des coups de pied dans les troncs d'arbre ou ébouriffer les buissons était toujours efficace. Sauter en l'air et se laisser lourdement retomber sur les deux pieds faisait dégringoler les vies du feuillage et même les faisait chuter du ciel comme de la pluie. Mais le mieux, comme le découvrit Luka, c'était de boxer ces étranges créatures en forme de quilles à la base arrondie qui sautaient nonchalamment le long du haut Chemin, cette promenade élégante ombragée par les arbres qui suivait le haut de la Butée. Ces créatures ne s'écroulaient pas quand on les frappait, mais se balançaient violemment d'un côté à l'autre en poussant force cris et gloussements de plaisir, s'exclamant dans une sorte d'extase : « Encore ! Encore ! », tandis que les vies que Luka recherchait s'échappaient d'elles comme de minuscules insectes. (Lorsque ces culbutos avaient perdu tous leurs insectes vitaux, ils déclaraient d'un ton sinistre : « Assez ! Assez ! », penchaient leur petite tête et disparaissaient en bondissant d'un air honteux.)

Quand les vies que Luka avait dénichées tombaient sur la Butée, elles se transformaient en petites roues dorées et prenaient immédiatement le large. Luka devait les poursuivre en prenant garde de ne pas tomber du Chemin dans les Eaux du Temps. Il ramassait les vies à pleines poignées et les fourrait dans ses poches où, en émettant un petit *ting*, elles se dissolvaient pour entrer en lui ; et c'est alors qu'il remarqua un détail nouveau dans sa perception. Un petit compteur à trois chiffres venait d'apparaître mystérieusement dans un coin en haut à gauche de son champ de vision. Il restait là, toujours au même endroit, quelle que soit la direction vers laquelle il portait le regard, même s'il se frottait très fort les yeux ; et les chiffres de plus en plus grands ne cessaient de défiler à mesure qu'il avalait ou absorbait ces nombreuses vies, en émettant, il en était sûr, une sorte de petit ronronnement. Il se dit qu'il pouvait aisément accepter ce nouveau phénomène. Il fallait qu'il soit capable de tenir le rythme parce que, s'il se trouvait à court de vies, la partie serait finie et peut-être aussi cette autre vie, la vraie, celle dont il aurait bien besoin au moment où il regagnerait le monde réel, celle où son vrai père gisait endormi, comptant désespérément sur son aide.

Il avait récolté 315 vies (en se fondant sur le compteur à trois chiffres en haut à gauche de son écran personnel il se dit que le maximum qu'il pouvait amasser était probablement 999) lorsque le Vieil Homme du Fleuve refit son apparition sur le Chemin, son Terminator à la main. Luka, pris de panique, chercha un endroit pour se cacher tout en s'efforçant de se rappeler ce que son père lui avait raconté à propos du Vieil Homme qui, apparemment, n'était pas seulement une invention de Rachid Khalifa ou plutôt, s'il se trouvait ici dans ce Monde de la Magie, c'était *parce que* Rachid Khalifa l'avait inventé. Luka se rappelait ce que racontait Rachid :

Le Vieil Homme du Fleuve a une barbe en cascade,
Elle lui tombe jusqu'aux pieds.
Il se tient sur le Chemin, une arme à la main,
C'est le plus méchant Vieil Homme que l'on puisse
[rencontrer.

Et voici que ce Vieil Homme en personne avec sa longue barbe blanche en cascade et son désintégrateur arrivait sur la rive et gravissait la Butée pour monter jusqu'au Chemin. Luka fit de son mieux pour retrouver dans ses souvenirs des détails supplémentaires que lui avait racontés le Shah de Blah à propos de ce malveillant génie des eaux. Il avait parlé, semble-t-il, de poser des questions au Vieil Homme. Non, *des devinettes*, c'était cela ! Rachid adorait les devinettes. Il avait tourmenté Luka à coups d'énigmes jour après jour, nuit après nuit, année après année, jusqu'à ce que celui-ci soit assez calé pour le tourmenter à son tour. Tous les soirs, il s'asseyait à sa place favorite dans son fauteuil branlant et Luka sautait sur ses genoux malgré les réprimandes de Soraya qui lui disait que le fauteuil n'était pas assez solide pour supporter leurs deux poids. Luka n'en tenait pas compte, c'est là qu'il voulait s'asseoir et le fauteuil n'avait jamais cédé, pas encore en tout cas, et finalement tout cet entraînement allait se révéler très utile.

Oui, le Vieil Homme du Fleuve était un amateur d'énigmes, c'est bien ce que Rachid avait dit de lui ; il en était dépendant comme un joueur du jeu ou un alcoolique de la boisson et c'était là le défaut de sa cuirasse. Le problème était de pouvoir s'approcher suffisamment du Vieil Homme pour lui parler alors qu'il brandissait son Terminator et paraissait décidé à tirer à vue.

Luka l'esquiva en se penchant d'un côté et de l'autre, mais le Vieil Homme continuait à marcher droit sur lui et bien qu'Ours le chien le premier, puis Chien l'ours aient tenté de s'interposer un double *BLLLAAARRRTT* les réduisit en pièces, les obligeant à attendre que leur corps se reconstitue ; un instant plus tard, Luka à son tour était désintégré et devait subir tout le processus consistant à exploser en un million de fragments brillants, puis à se reconstituer en faisant ces petits bruits de succion, bien soulagé de constater que perdre une vie n'était pas la même chose que mourir. Puis il se remit à récolter des vies, mais cette fois-ci Luka avait noté très précisément l'endroit exact de la Butée où le Vieil Homme apparaissait avant de sauter sur le Chemin ; et quand il eut ramassé six cents vies, il arrêta sa moisson, prit position et attendit.

À peine la tête du Vieil Homme avait-elle fait son apparition que Luka hurla de toutes ses forces :

« Devinette et Barbichette, viens que je t'escampette ! », ce qui, comme il l'avait appris lors des soirées avec Rachid, était la formule consacrée pour défier un amateur d'énigmes.

Le Vieil Homme du Fleuve s'arrêta net et un sourire mauvais s'étala sur son visage. « Qui m'appelle ? coassa-t-il d'une voix de rogome. Qui prétend vaincre le Rätselmeister, le Roi des Énigmes, le Pahelian-ka-Padishah, le Seigneur des Bons Mots ? Sais-tu ce que tu risques ? Comprends-tu de quel pari il s'agit ? L'enjeu est énorme ! Le plus élevé de tous ! Regarde-toi, tu n'es rien, tu n'es qu'un enfant ; je me demande si je vais accepter le défi, non, je ne vais pas me mesurer avec toi, tu n'en vaux pas la peine – oh, très bien, puisque tu insistes. Mais si tu perds, gamin, toutes tes vies seront à moi – tu comprends cela ? *Toutes tes vies seront à moi.* L'Extermination Finale. Ici, dès le début, tu connaîtras ta Fin. »

Et voici ce que Luka aurait pu répondre, ce qu'il ne fit pas, préférant garder le silence. « Et ce que tu ne comprends pas, horrible Vieil Homme, c'est que premièrement, c'est mon père qui est le Roi des Énigmes et il m'a transmis tout son savoir. Ce que tu ne comprends pas davantage, c'est que nos joutes duraient des heures, des journées, des semaines, des années, de sorte qu'en matière de sport cérébral j'ai des réserves que tu ne parviendras jamais à épuiser. Mais surtout, ce que tu ne comprends absolument pas, c'est que j'ai découvert quelque chose d'important, à savoir que le Monde dans lequel je me trouve, ce Monde de la Magie, *n'est pas n'importe quel vieux Monde Magique, mais c'est celui que mon père a créé*. Et du moment que c'est *son* Monde Magique et celui de personne d'autre, je connais des secrets sur tout ce qui en fait partie, y compris sur toi, Ô terrible Vieil Homme. »

Les mots qu'il prononça à haute voix furent en réalité ceux-ci :

« Et si tu perds, Vieil Homme, tu devras te désintégrer toi-même, pas seulement temporairement mais une bonne fois pour toutes. »

Comme cela fit rire le Vieil Homme ! Il s'esclaffait jusqu'à en pleurer, pas seulement des yeux mais aussi par le nez. Il se tenait les côtes et faisait des bonds de côté et sa longue barbe blanche claquait dans l'air comme un fouet.

« Elle est bien bonne, finit-il par dire en tâchant de reprendre son souffle. *Si je perds*. Tu es impayable. Commençons donc. »

Mais Luka n'allait pas se laisser si facilement abuser. Les amateurs de devinettes sont roués, il le savait très bien, et il faut d'abord définir clairement l'enjeu avant la bataille, sinon ils essaieront de se défiler par la suite.

« Et si tu perds, tu feras ce que j'ai dit », insista-t-il.

Le Vieil Homme du Fleuve répondit d'un air maussade :

« Oui, oui, oui, si je perds, je me Désintégrerai Moi-Même, je m'Auto-Désintégrerai, la Désintégration de Moi par Moi aura lieu. Hi, hi, hi, je m'exploserai en petits morceaux.

— De façon définitive, précisa fermement Luka. Une bonne fois pour toutes. »

Le Vieil Homme devint sérieux et son visage prit une couleur désagréable.

« Très bien, aboya-t-il, parfaitement. Extermination Permanente si je perds ; en un mot, *Permination !* Mais comme tu ne vas pas tarder à t'en apercevoir, gamin, ce n'est pas moi qui vais perdre toutes mes vies. »

Ours et Chien étaient dans un état d'agitation extrême, Luka et le Vieil Homme tournaient l'un autour de l'autre en se dévisageant, et ce fut le Vieil Homme qui parla le premier et sa voix goulue jaillit entre des dents qui semblaient pressées de dévorer la pauvre petite vie de Luka.

« Qu'est-ce qui tourne toujours en rond autour du bois sans jamais y entrer ?

— L'écorce des arbres, dit aussitôt Luka, qui répliqua aussi sec : Il se tient sur une jambe et son cœur est dans sa tête.

— Le chou, fit sèchement le Vieil Homme. Que peux-tu garder après l'avoir donné à quelqu'un d'autre ?

— Ta parole. J'ai une petite maison et j'y vis seul. Elle n'a ni portes ni fenêtres et pour sortir je dois briser le mur.

— Un œuf. Qu'est-ce qu'une libellule sans ailes?

— Une ibeue. Que mangent les monstres marins?

— Fish and Ships. Pourquoi sept a-t-il peur de cinq?

— Parce que cinq scie sept. Qu'est-ce qui est là depuis des millions d'années sans jamais avoir plus d'un mois?

— La lune. Quand vous ne savez pas ce que c'est, c'est vraiment quelque chose mais quand vous savez ce que c'est, alors ce n'est plus rien.

— Facile, dit Luka, peinant à retrouver son souffle. Une devinette. »

Ils tournaient de plus en plus vite et les devinettes fusaient à un rythme de plus en plus rapide. Ce n'était pourtant que le début, Luka le savait bien; bientôt ce serait le tour des devinettes sur les chiffres et des histoires-devinettes. Le plus dur était encore à venir. Il n'était pas sûr de pouvoir tenir la distance, aussi l'astuce était de ne pas laisser le Vieil Homme imposer le rythme et le déroulement de la joute. Il était temps qu'il sorte son joker.

Il cessa de tourner en rond, prit son air le plus sévère et demanda :

« Qu'est-ce qui marche à quatre pattes le matin, sur deux à midi et sur trois pattes le soir? »

Le Vieil Homme s'arrêta lui aussi de tourner, et pour la première fois il y avait une sorte de fêlure dans sa voix et un tremblement dans ses membres.

« Qu'est-ce que tu manigances? demanda-t-il d'une voix faible. C'est la devinette la plus célèbre au monde.

— C'est vrai, dit Luka. Mais ne cherche pas à gagner du temps, réponds.

— Quatre pattes, deux pattes, trois pattes, dit le Vieil Homme du Fleuve. Tout le monde la connaît celle-là. Ha! C'est la plus Vieille du Livre. »

(« Le monstre femelle connu sous le nom de Sphinx, comme le racontait toujours Rachid Khalifa à Luka, se tenait aux abords de la cité de Thèbes et il défiait tous les voyageurs qui passaient par là en leur soumettant une énigme. S'ils ne parvenaient pas à trouver la réponse, il les tuait. Mais un jour un héros se présenta qui connaissait la réponse. — Et

que fit alors le Sphinx ? demanda Luka à son père. — Il se tua, répondit Rachid. — Et quelle était la réponse ? » demanda Luka, mais Rachid Khalifa fut bien obligé de reconnaître qu'il avait beau connaître par cœur cette satanée histoire, il ne parvenait jamais à se rappeler la réponse de l'énigme. « Et ce vieux Sphinx, disait-il sans excès de tristesse, m'aurait certainement dévoré. »)

« Alors ? dit Luka au Vieil Homme du Fleuve, ton Temps est écoulé. »

Le Vieil Homme du Fleuve regarda autour de lui.

« Je pourrais aussi bien te tirer dessus », dit-il.

Luka secoua la tête.

« Tu sais bien que tu ne peux pas faire cela, dit-il. Pas maintenant. Plus maintenant. (Puis Luka se permit de prendre un air un peu rêveur.) Mon père non plus n'arrivait jamais à se rappeler la réponse. Et voilà que nous sommes ici dans le Monde Magique de mon père et tu es son Poseur de Devinettes. Tu ne peux donc pas trouver ce que lui ne parvenait pas à se rappeler. À présent, le Sphinx et toi devez partager le même sort.

— Permination, dit à voix basse le Vieil Homme du Fleuve. Oui, c'est juste. »

Et sans faire plus d'histoires et sans exprimer le moindre sentiment il souleva son Terminator, régla la puissance au maximum, pointa l'arme sur lui et tira.

« La réponse c'est un homme, dit Luka dans le vide tandis que les minuscules particules brillantes du Vieil Homme s'effaçaient dans le néant, qui rampe à quatre pattes quand il est bébé, marche debout quand il est adulte et se sert d'une canne quand il est vieux. C'est ça la réponse : un homme. Tout le monde sait cela. »

La disparition du Gardien de la Porte fit immédiatement apparaître la Porte. Un portail à claire-voie sous une voûte de pierre enveloppé de fleurs de bougainvillier se dressa par magie sur le bord de la Butée et, derrière elle, Luka aperçut un élégant escalier qui descendait jusqu'au bord de l'eau. Il y avait un bouton doré placé sur le pilier gauche du portail.

« J'appuierais dessus, si j'étais à ta place, suggéra Papapersonne.

— Pourquoi ? demanda Luka. C'est comme tirer une sonnette pour être invité à entrer ? »

Papapersonne secoua la tête.

« Non, fit-il patiemment, cela sert à sauvegarder tes progrès, de sorte que la prochaine fois que tu perdras une vie, tu ne seras pas obligé de revenir ici et de recommencer ton combat contre le Vieil Homme du Fleuve qui d'ailleurs pourrait bien ne pas se laisser prendre à ta petite ruse la prochaine fois. »

Se sentant un peu stupide, Luka appuya sur le bouton, on entendit un petit air de musique en guise de réponse et les fleurs sur le portail s'épanouirent et prirent des couleurs plus vives tandis qu'un nouveau compteur apparaissait dans le champ de vision de Luka, dans le coin supérieur droit cette fois, un écran à une seule case dans laquelle on pouvait lire le chiffre « 1 ». Il se demanda combien de niveaux il allait affronter, mais après sa bévue concernant le bouton de sauvegarde, il estima que ce n'était pas le moment de poser la question.

Papapersonne conduisit le garçon, le chien et l'ours du haut de la Butée jusqu'à la rive gauche du Fleuve du Temps. Des culbutos s'avancèrent en bondissant à la rencontre des voyageurs, espérant bien être frappés, et ils poussaient d'avance des cris de plaisir : « Ouch ! Ouch ! Ouch ! », mais chacun avait d'autres chats à fouetter. Ours et Chien parlaient tous les deux en même temps à tue-tête de leur voix toute neuve, en partie excités, en partie terrifiés par le combat de Luka contre le Vieil Homme du Fleuve et par sa victoire, et il y avait tant de *comment* et de *quoi* et de *ho* et de *ha* dans leur bavardage que Luka ne pouvait placer la moindre réponse. De toute façon il était épuisé. « Il faut que je m'asseye », dit-il, et ses jambes cédèrent sous lui. Il se laissa tomber avec un bruit mat au bord de l'eau dans la poussière qui s'éleva autour de lui formant un petit nuage doré qui se transforma rapidement en une créature, une sorte de petite flamme vivante pourvue d'ailes.

« Si tu m'alimentes je vivrai, dit-elle d'un ton vif. Si tu m'abreuves, je meurs. »

La réponse était évidente.

« Le feu, dit tranquillement Luka et l'Insecte de Feu parut s'énerver.

— Ne dis pas cela ! siffla-t-il. Si tu t'amuses à crier feu à tue-tête, quelqu'un va sûrement arriver en courant armé d'un tuyau. De toute façon il y a beaucoup trop d'eau par ici à mon goût. Il est temps que je parte.

— Attends un instant, dit Luka, excité en dépit de sa fatigue. Peut-être es-tu celui que je recherche. Ta lumière est si belle, ajouta-t-il, estimant qu'un peu de flatterie ne pouvait pas faire de mal. Es-tu... est-ce que cette chose... ferais-tu partie... serais-tu une parcelle... du Feu de la Vie ?

— Ne parle pas de cela, s'empressa de dire Papapersonne, mais c'était trop tard.

— Comment connais-tu l'existence du Feu de la Vie ? voulut savoir l'Insecte de Feu, prenant tout à coup l'air méchant, puis il dirigea son mécontentement vers Papapersonne : Et vous, monsieur, d'après ce que je vois, vous devriez être bien loin d'ici, occupé à une tout autre tâche.

— Comme tu peux le constater, dit Papapersonne à Luka, les Insectes de Feu ont le tempérament un peu chaud. Néanmoins ils accomplissent une tâche mineure mais bien utile qui est de répandre la chaleur là où ils vont. »

L'Insecte de Feu flamboya en entendant ces mots.

« Vous voulez savoir ce qui me flanque le bourdon ? dit-il d'un air outré. C'est que personne n'éprouve d'amitié pour le feu. Oh bien sûr, il fait de l'effet dans la cheminée, disent les gens, il emplit la pièce d'une belle lueur, mais il faut toujours le surveiller au cas où il échapperait à tout contrôle et il faut toujours l'éteindre avant de quitter la maison. Quel que soit le besoin qu'on a de lui, il suffit de quelques incendies de forêt ou d'une éruption volcanique de temps en temps et notre réputation est ruinée. L'eau, par contre ! Ah ! Il n'y a pas de limites à la réputation de l'eau. Les inondations, les pluies, les ruptures de canalisations, tout cela ne compte pas. Tout le monde préfère l'eau. Ils vont même

jusqu'à l'appeler la Fontaine de la Vie ! Ah ! Cela me souffle. »
L'Insecte de Feu se décomposa un instant en un petit nuage de colère, plein d'étincelles sifflantes, avant de se reconstituer. « Fontaine de la Vie, siffla-t-il. Quelle idée ! La vie n'est pas un ruissellement. La vie est une flamme. De quoi croyez-vous que le *soleil* soit fait ? De *gouttes de pluie* ? Ça m'étonnerait. La vie n'est pas humide, jeune homme, la vie *brûle*.

— Nous devons y aller, à présent, l'interrompit Papapersonne en poussant Luka, Ours et Chien le long de la rive. (À l'Insecte de Feu, il déclara poliment :) Adieu, brillant esprit.

— Pas si vite, lança l'Insecte de Feu en flamboyant. Je sens un brasier couvant ici sous la surface. Quelqu'un ici, à savoir cet individu (et il pointa un petit doigt de feu en direction de Luka), a dit quelque chose à propos d'un certain Feu dont l'existence est supposée secrète et quelqu'un d'autre ici, à savoir moi-même, aimerait bien savoir comment cet autre quelqu'un en a entendu parler et ce que ce quelqu'un projette de faire. »

Papapersonne s'interposa entre Luka et l'Insecte.

« Ça suffit, Flammèche Insignifiante, dit-il de sa voix la plus sévère. Dégage. Grésille et pétille ! »

Il retira son panama et l'agita dans la direction de l'insecte incandescent. L'Insecte de Feu rougeoya, offensé.

« Ne fais pas le malin avec moi, cria-t-il. Tu ne sais donc pas que tu joues avec le Feu ? »

Puis il éclata pour former un nuage brillant, brûlant légèrement les sourcils de Luka au passage, et disparut.

« Voilà qui ne va pas nous simplifier les choses, dit Papapersonne. Il ne manquerait plus que ce maudit Insecte aille déclencher l'Alarme Incendie.

— L'Alarme Incendie ? » s'enquit Luka.

Papapersonne secoua la tête.

« S'ils sont au courant de ton arrivée, tes carottes sont cuites. Voilà tout.

— Mauvaises nouvelles, dit Luka d'un air tellement abattu que Papapersonne alla jusqu'à lui passer un bras autour des épaules.

— Mais il y en a une meilleure, c'est que les Insectes de Feu ne vivent pas longtemps, dit-il pour consoler son jeune compagnon. Ils flambent avec éclat mais s'éteignent jeunes. Et puis ils se laissent aller au gré du vent. De-ci de-là, c'est dans leur nature. Aucune constance dans les projets. Aussi y a-t-il peu de chances qu'il parcoure tout ce chemin pour aller prévenir... et sur ces mots la voix de Papapersonne s'affaiblit jusqu'à se taire.

— Pour prévenir qui ? insista Luka.

— Les puissances qui ne doivent pas être prévenues, les monstres avaleurs de feu et les pyromanes fous qui nous attendent en amont. Ceux qu'il faudra que tu parviennes à dépasser sous peine d'être détruit.

— Oh, fit Luka d'un ton amer. Si ce n'est que cela. Je croyais que tu voulais parler d'un sérieux problème. »

Le Fleuve du Temps, qui s'écoulait en silence la première fois où Luka l'avait découvert, était à présent envahi d'une activité fébrile. Toutes sortes de créatures étranges semblaient flotter sur ses eaux ou bondir des profondeurs pour en crever la surface, étranges mais familières pour Luka à cause des histoires de son père : de gros et longs Vers Blanchâtres aveugles qui, comme le lui rappela Papapersonne, étaient capables de percer des Trous dans la matière du Temps lui-même, plongeant sous la surface du Présent pour ressortir incroyablement loin de là dans le Passé ou l'Avenir, ces zones brumeuses où le regard de Luka ne parvenait pas à pénétrer. Et aussi ces pâles et funèbres Poissons-Malades qui se nourrissaient de la ligne de vie des morts.

On voyait courir le long de la rive un lapin blanc vêtu d'un gilet et qui regardait un réveil d'un air soucieux. Une cabine téléphonique britannique bleu marine destinée aux appels d'urgence à la police apparaissait et disparaissait à différents endroits de la Rive et on en voyait sortir régulièrement un homme à l'air perplexe armé d'un tournevis. On apercevait un groupe de bandits nains disparaître dans un trou du ciel.

« Des voyageurs temporels, fit Papapersonne d'une voix légèrement dégoûtée. On en trouve partout ces temps-ci. »

Au milieu du fleuve, différents engins bizarres tournaient vainement en rond à la grande fureur des hommes et des femmes qui étaient à bord, il y en avait qui étaient équipés de sortes d'ailes de chauve-souris mais qui semblaient incapables de voler, d'autres avaient à leur bord de gigantesques machineries de métal qui faisaient penser aux entrailles d'une vieille montre suisse.

« Les machines à voyager dans le temps ne sont pas aussi faciles à construire que les gens semblent le croire, expliqua Papapersonne. Le résultat c'est que beaucoup de ces explorateurs prétendument intrépides restent tout simplement coincés dans le Temps. De plus, en raison des étranges relations que le Temps entretient avec l'Espace, les gens qui parviennent à voyager dans le Temps font parfois, par la même occasion, un saut dans l'espace pour atterrir (et à ces mots sa voix prit un ton de désapprobation sévère) dans des endroits où ils n'ont rien à faire, comme ici par exemple, dit-il tandis qu'un coupé De Lorean surgissait à grand vacarme de nulle part. Ainsi ce savant fou américain qui semble incapable de rester tranquille dans son époque et, je dois dire que c'est une vraie plaie, cette invasion de robots tueurs expédiés du futur pour modifier le passé. Endormi sous ce banyan (il désigna l'endroit d'un geste du pouce), se trouve un certain Hank Morgan, de Hartford dans le Connecticut, qui s'est retrouvé un jour par accident transporté à la cour du Roi Arthur et qui y est resté jusqu'à ce que l'enchanteur Merlin ne l'endorme pour treize cents ans. Il était supposé se réveiller dans son époque, mais regardemoi ce paresseux ! Il continue à voyager en ronflant et il a raté le bon moment. Dieu seul sait comment il parviendra à rentrer chez lui désormais. »

Luka remarqua que Papapersonne n'était plus aussi transparent qu'un peu plus tôt, mais aussi que sa voix et ses gestes ressemblaient de plus en plus à ceux de l'intarissable Rachid Khalifa qui avait toujours toutes sortes de bêtises en tête.

« *Le temps,* chantait-il à mi-voix, *comme un incessant courant, emporte tous ses fils...* »

C'en était trop. Luka n'avait pas envie d'entendre cela. Comme si ce n'était pas assez grave que cette créature sortie du Monde Inférieur soit en train petit à petit de se remplir de son père bien-aimé, ce qui signifiait bien sûr que Rachid Khalifa endormi dans son lit devenait de plus en plus vide. Et à mesure que le côté Rachidien de Papapersonne se développait, Luka commençait confusément à éprouver une certaine affection pour lui et même de l'amour, mais qu'à présent cette entité étrange portant la saharienne de son père et son panama se mette à chanter avec l'exécrable voix de chanteur de Rachid, la plus horrible voix de chanteur de tout le monde connu, enfin la deuxième, mais seulement juste après la légendaire voix désaccordée de la Princesse Batcheat de Gup. Et quelle idée de choisir cette chanson :

« *Ils disparaissent dans l'oubli, tel un rêve...*

— Nous perdons du Temps, fit Luka en colère pour interrompre Papapersonne. Au lieu de chanter cette rengaine stupide, tu ferais mieux de nous suggérer un moyen de remonter jusqu'au Brouillard du Passé et trouver ce que nous sommes venus chercher, à savoir l'Aube du Temps, le Lac de la Sagesse, la Montagne de la Connaissance et le...

— Chut! crièrent d'une même voix Ours le chien et Chien l'ours. Ne prononce pas ce nom. »

Luka devint écarlate à l'idée de la bourde qu'il avait failli commettre.

« Tu sais bien de qui je parle, ajouta-t-il d'une voix moins ferme qu'il ne l'aurait voulu.

— Hum, fit Papapersonne d'un air pensif. Pourquoi ne prendrions-nous pas, par exemple, ce véhicule amphibie tout-terrain à fond plat équipé de huit roues capable aussi bien de rouler que de voguer, et qui a l'air si puissant, solide comme un tank et peut-être même pourvu d'un moteur à réaction, que je vois amarré là à cette petite jetée?

— Il n'y était pas il y a un instant, dit Chien l'ours.

— Je ne sais pas comment il a réussi ce tour-là, dit Ours le chien, mais cet engin ne m'inspire pas confiance. »

Luka savait bien qu'il ne pouvait pas se permettre de tenir compte de l'inquiétude de ses amis; il descendit donc d'un pas décidé vers l'énorme embarcation dont le nom écrit en grosses lettres à la poupe était *Argo*. Son père s'affaiblissait à mesure que Papapersonne prenait de la consistance, par conséquent la quête était devenue plus urgente que jamais. Luka avait l'esprit plein de questions dont il ignorait la réponse, des questions difficiles concernant la nature du Temps lui-même. Si le Temps était un fleuve – coulant éternellement et il le voyait bien, il avait sous les yeux le Fleuve du Temps –, cela signifiait-il que le Passé serait toujours là et que l'Avenir lui-même existait déjà ? Il est vrai qu'il ne pouvait pas les voir, enveloppés qu'ils étaient dans les brumes, à moins que ce ne soit des nuages, du brouillard ou de la fumée, mais il fallait pourtant bien qu'ils soient là, sinon comment le Fleuve du Temps pouvait-il exister ?

D'un autre côté, si le Temps coulait comme un fleuve, alors le Passé devait déjà s'être écoulé et, dans ce cas, comment pourrait-il y retourner pour trouver le Feu de la Vie qui brûlait sur la Montagne de la Connaissance, qui était située près du Lac de la Sagesse qui était illuminé par l'Aube des Jours ? Et si le Passé s'était déjà écoulé, qu'y avait-il donc à la source du Fleuve ? Et si l'Avenir existait déjà, peut-être que ce que Luka allait faire ne servirait à rien puisque, quels que soient ses efforts pour sauver son père, le destin de Rachid Khalifa était peut-être déjà décidé. Mais si l'Avenir pouvait être partiellement façonné par ses actes, alors le Fleuve allait-il modifier son cours en fonction de ce qu'il aurait accompli ? Qu'arriverait-il aux courants d'histoires qu'il contenait ? Allaient-ils se mettre à raconter d'autres histoires ? De ces deux hypothèses, quelle était la vraie : a) que c'étaient les gens qui faisaient l'histoire, et le Fleuve du Temps dans le Monde de la Magie enregistrait ce qu'ils avaient accompli, ou alors b) que c'était le Fleuve qui faisait l'histoire et que les gens dans le Monde Réel n'étaient que les pions d'un jeu éternel ? Lequel des deux Mondes était le plus réel ? Qui décidait de tout cela en définitive ? Oh, et puis encore une autre question, peut-être la plus pressante de toutes : *comment allait-il faire pour piloter l'*Argo*?* Il n'était qu'un garçon de douze ans qui n'avait jamais conduit de voiture ni gouverné de bateau à moteur ; Chien et Ours ne pouvaient lui être d'aucune utilité, et Papapersonne s'était allongé sur le pont, avait rabattu son panama sur son visage et avait fermé les yeux.

« Très bien, pensa Luka avec détermination, ça ne doit pas être si difficile que ça. » Il observa très attentivement les instruments du poste de commande. Il y avait une manette qui servait probablement à faire sortir les roues quand l'*Argo* roulait sur la terre ferme et à les escamoter quand il touchait l'eau ; et ce bouton dont la couleur verte signifiait manifestement « démarrage » et cet autre à côté qui était rouge voulait dire évidemment « stop » ; et ce levier, il fallait probablement le pousser en avant pour avancer et peut-être le pousser un peu plus loin pour accélérer; et cette roue, ce devait être le gouvernail ; et tous ces cadrans, ces compteurs, ces aiguilles et ces jauges, il pouvait probablement ne pas en tenir compte.

« Accrochez-vous tous, annonça-t-il, on y va. »

Quelque chose se produisit si brusquement que Luka ne comprit pas vraiment ce qui se passait, mais en un instant le bateau amphibie à réaction se mit à faire des tonneaux en plein milieu du chenal et ils furent tous projetés à l'eau, et un tourbillon les aspira vers le fond; Luka eut juste le temps de se demander s'il allait être dévoré par un Poisson Malade ou par quelque autre créature aquatique quand il perdit connaissance pour s'éveiller l'instant d'après, de retour sur la petite jetée, en train d'embarquer à bord de l'*Argo,* en se disant : « Ça ne doit pas être si difficile que ça » – et la seule preuve qu'il s'était passé quelque chose, c'est que le compteur placé dans le coin supérieur gauche de son champ de vision avait perdu une vie et affichait : 998. Papapersonne sommeillait à nouveau sur le pont de l'*Argo* et Luka l'interpella :

« Un petit coup de main ? »

Mais Papapersonne ne bougea pas et Luka comprit que c'était là une tâche qu'il allait devoir accomplir tout seul. Finalement ces cadrans et ces jauges étaient peut-être plus importants qu'il ne l'avait cru.

À la deuxième tentative il réussit à ne pas faire chavirer l'*Argo* mais il n'alla pas bien loin avant que le tourbillon n'apparaisse et ne fasse tourner le bateau en rond.

« Que se passe-t-il ? » hurla Luka.

Papapersonne souleva son panama et répondit :

« Ça doit probablement être les Remous. »

Mais qu'est-ce que c'était que ces Remous ? L'*Argo* tournait de plus en plus vite et dans moins d'une minute il serait aspiré vers le fond. Papapersonne se mit assis.

« Hum, fit-il, c'est bien cela, les Remous sont dans le coin. (Il baissa le regard vers l'eau, plaça ses mains en porte-voix devant sa bouche et cria :) Raymond ! Ousmane ! Mustapha ! Ça suffit vos bêtises ! Allez donc enquiquiner quelqu'un d'autre ! »

Mais l'*Argo* fut à ce moment entraîné vers le fond, puis ce fut de nouveau l'obscurité totale, puis il se retrouvèrent de nouveau sur la jetée tandis que le compteur affichait 997.

« Des poissons, fit sèchement Papapersonne. Des Poissons-Remous. Des voyous petits mais exaltés. Leur occupation favorite est de provoquer des tourbillons.

— Et que peut-on faire contre eux ? voulut savoir Luka.

— Tu dois découvrir, répondit Papapersonne, comment les gens se débrouillent pour retourner dans le Passé.

— En se le remémorant, je suppose ? En ne l'oubliant pas ?

— Tout juste. Et qui n'oublie jamais ?

— Les éléphants, répondit Luka, et c'est à ce moment qu'il remarqua un couple de créatures absurdes dotées d'un corps de canard et d'une grande tête d'éléphant qui ballottaient sur l'eau non loin du mouillage de l'*Argo*. Et aussi, ajouta-t-il lentement en retrouvant un souvenir, ici dans le Monde de la Magie, les Oiseaux-Éléphants.

— Excellente réponse. Les Oiseaux-Éléphants passent leur vie à boire l'eau du Fleuve du Temps. Personne n'a meilleure mémoire. Et si tu veux remonter à la source du Fleuve, c'est la mémoire qui est le carburant dont tu as besoin. Un moteur à réaction ne te servira à rien.

— Peuvent-ils nous mener jusqu'au Feu de la Vie ? demanda Luka.

— Non. La mémoire ne peut aller jusque-là. Mais une bonne Mémoire peut vous faire faire un long voyage. »

Ce serait difficile, se dit Luka, de chevaucher les Oiseaux-Éléphants à la manière dont son frère Haroun avait une fois chevauché une grands huppe mécanique et télépathique, car il n'était pas sûr qu'Ours et Chien en soient capables.

« Excusez-moi, Oiseaux-Éléphants, leur lança-t-il, seriez-vous assez aimables pour nous aider, s'il vous plaît ?

— Voilà d'excellentes manières, dit le plus gros des deux Oiseaux-Éléphants, cela fait toujours une différence. »

Il avait une voix profonde et majestueuse, c'était manifestement un Éléphant Mâle, se dit Luka.

« Nous ne sommes pas capables de voler, vous savez, dit la compagne du Mâle sur le ton d'une lady. Ne nous demandez pas de vous conduire où que ce soit par la voie des airs. Nous avons la tête trop lourde.

— C'est parce que vous avez tant de souvenirs, dit Luka et la Cane-Éléphante se lissa les plumes du bout de sa trompe.

— C'est qu'il est flatteur en plus, dit-elle. Vraiment charmant, ce garçon.

— Vous voulez sûrement que l'on vous remorque vers l'amont, dit l'Éléphant-Mâle.

— Ne soyez pas surpris, ajouta l'Éléphant-Femelle. Nous suivons l'actualité, vous savez, nous tâchons de nous tenir au courant.

— C'est sans doute une bonne chose que personne ne s'intéresse au Présent, là où vous allez, ajouta l'Éléphant Mâle. Là-haut ils ne s'intéressent qu'à l'Éternité. Vous pourrez profiter de la surprise.

— Et si je puis me permettre, dit l'Éléphant-Femelle. Vous allez avoir drôlement besoin d'aide. »

Peu de temps après, les deux Oiseaux-Éléphants avaient été attelés à l'*Argo* et avaient commencé à lui faire doucement remonter le courant.

« Et les Remous ? s'inquiéta Luka.

— Oh, fit l'Éléphant-Mâle. Aucun Poisson-Remous n'oserait venir nous chercher chicane. Ce serait contraire à l'ordre naturel des choses. Car il existe un ordre naturel des choses, vous savez. »

Sa compagne gloussa.

« Ce qu'il veut dire, expliqua-t-elle à Luka, c'est que nous mangeons des Poissons-Remous au petit déjeuner.

— Et aussi pour déjeuner et pour dîner, dit l'Éléphant-Mâle. C'est pourquoi ils ne s'approchent guère de nous. Bon à présent, où avez-vous dit que vous vouliez aller ? Non, non, ne me le dites pas ! Ah, ça y est, je m'en souviens à présent. »

4

L'Insultane d'Outremont

Les brumes du Temps se rapprochaient quand l'*Argo* passa à proximité d'une triste et étrange contrée sur la rive droite du Fleuve. De hautes clôtures en fer barbelé empêchaient les voyageurs du Fleuve d'accéder à son territoire, et quand Luka aperçut enfin un poste-frontière à l'air redoutable avec ses projecteurs montés sur de hauts pylônes et ses grands miradors où se tenaient des sentinelles équipées de lunettes de soleil réfléchissantes et tenant de puissantes jumelles militaires et des armes automatiques, il fut frappé par une grande pancarte sur laquelle on pouvait lire : VOUS ÊTES À LA FRONTIÈRE DU RESPECTORAT DE MOI. TÂCHEZ DE BIEN VOUS TENIR.

« Quel genre d'endroit est-ce là ? » demanda-t-il à Papapersonne. Il n'a pas l'air très Magique. »

Papapersonne afficha une expression qui était un mélange familier d'amusement et de dédain. « Je suis désolé de t'apprendre que le Monde de la Magie n'est pas épargné par les invasions. Et ce territoire a été envahi récemment par les Rats.

— Des rats ? » s'écria Luka, affolé, et il comprenait à présent ce que ces sentinelles et ces gardes-frontières avaient de bizarre.

Ce n'étaient pas du tout des gens mais des rongeurs géants ! Chien l'ours grognait de colère mais Ours le chien, qui avait bon cœur, avait l'air inquiet.

« Ne nous attardons pas par ici », suggéra-t-il tranquillement.

Luka secoua la tête.

« Je ne sais pas ce qu'il en est pour vous mais moi je meurs de faim. Rats ou pas rats, il faut que nous descendions à terre parce que nous avons tous besoin de manger. Enfin, tous sauf toi », dit-il à Papapersonne en aparté.

Celui-ci haussa les épaules comme avait coutume de le faire Rachid Khalifa, afficha le sourire familier de Rachid Khalifa et déclara :

« Très bien, s'il le faut, il le faut. Cela fait un bon moment que je n'ai pas offensé la ligne de Défense. »

Il vit Luka froncer les sourcils et lui expliqua :

« La clôture de barbelés, cette ligne de Défense qui entoure tout le Respectorat de Moi est ce qui donne à cette contrée sa Quintessence, si je puis dire, et comme l'indique la pancarte, nombre de ses occupants actuels s'offensent très facilement.

— Nous n'avons pas l'intention de nous montrer impolis, dit Luka. Nous voulons seulement déjeuner. »

Les quatre voyageurs pénétrèrent dans le poste-frontière après avoir laissé l'*Argo* à la garde du Canard-Éléphant et de la Cane-Éléphante qui s'amusaient à plonger à la recherche de Poissons-Remous et autre menu fretin. À l'intérieur, debout derrière un guichet protégé par une grille métallique verrouillée, se tenait un grand rat en uniforme : un Rat de Frontière.

« Vos papiers ! fit-il de sa voix couinante de rat.

— Nous n'avons pas de papiers », répondit candidement Luka.

Le Rat de Frontière entra en transes et se mit à pousser toutes sortes de couinements frénétiques.

« Absurde ! finit-il par hurler. Tout le monde a des papiers d'une sorte ou d'une autre. Videz vos poches. »

Luka s'exécuta et trouva dans l'amas habituel de billes, d'images à échanger, d'élastiques et de jetons, trois bonbons encore emballés et deux avions en papier.

« Je n'ai jamais rien entendu d'aussi grossier, criait le Rat de Frontière. Il commence par dire qu'il n'a pas de papiers. Ensuite il s'avère qu'il en a. Vous avez de la chance que je sois du genre compréhensif. Donnez-moi vos papiers et estimez-vous heureux que je sois de si bonne humeur. »

Papapersonne donna un coup de coude à Luka qui tendit à regret les images à échanger, les avions et les bonbons orange dans leur emballage transparent.

« Cela convient-il ? demanda-t-il.

— Uniquement parce que je suis conciliant », répondit le Rat de Frontière en empochant soigneusement les objets.

Il ouvrit la grille et laissa passer les voyageurs de l'autre côté.

« Juste un avertissement, dit-il. Ici dans le Respectorat, nous attendons de nos visiteurs une conduite irréprochable. Nous avons la peau très sensible. Quand on nous pique nous saignons et alors nous vous faisons saigner deux fois plus : est-ce clair ?

— Parfaitement clair, dit poliment Luka.

— Parfaitement clair qui ? grinça le Rat de Frontière.

— Parfaitement clair, *monsieur*, répondit Papapersonne. N'ayez aucune inquiétude, monsieur. Nous ferons particulièrement attention à nos p et à nos q, monsieur.

— Et les vingt-quatre autres lettres de l'alphabet ? demanda le Rat de Frontière. On peut faire beaucoup de dégâts avec elles sans jamais utiliser le q ou le p.

— Nous ferons attention aux autres lettres aussi, dit Luka, s'empressant d'ajouter : monsieur.

— L'un d'entre vous est-il de sexe féminin ? demanda abruptement le Rat de Frontière. Ce chien est-il une chienne ? Cet ours, est-ce que c'est… une ourse ? Une oursette ? Une ourselle ?

— Ourselle, vraiment, dit Chien l'ours. À présent, c'est moi qui suis offensé.

— Moi aussi, dit Ours le chien, bien que je n'aie rien contre les chiennes.

— Quel culot ! couina le Rat de Frontière. Que vous vous prétendiez offensés m'insulte au plus haut point. Et quand on insulte un Rat au plus haut point on insulte gravement tous les Rats. Et une insulte grave contre tous les Rats est un crime abominable, un crime puni de…

— Nous nous excusons, monsieur, s'empressa de dire Papapersonne. Nous pouvons y aller maintenant?

— Bon, très bien, fit le Rat de Frontière en se calmant. Mais tâchez de bien vous tenir. Je ne veux pas devoir faire appel aux Respecto-Rats. »

Rien que ce nom déplut vivement à Luka.

Ils franchirent le poste-frontière et se retrouvèrent dans une rue grise : les maisons, les rideaux aux fenêtres, les habits portés par les Rats comme par les gens (eh oui, il y avait aussi des gens, Luka fut bien soulagé de le constater), tout était gris. Les Rats aussi étaient gris et les gens avaient acquis une sorte de pâleur grisâtre. Dans le ciel, des nuages gris ne laissaient filtrer qu'un pâle soleil décoloré.

« Ils ont eu un Problème de Couleurs par ici il y a quelque temps, expliqua Papapersonne. Les Rats qui avaient horreur du jaune à cause, disons, de son odeur de fromage se sont trouvés en conflit avec les Rats qui détestaient le rouge à cause de sa ressemblance avec le sang. Pour finir, toutes les couleurs, parce qu'elles étaient blessantes pour les uns ou pour les autres, furent interdites par le Rathouse, c'est-à-dire le Parlement, qui, entre parenthèses, n'est pas désigné par un vote mais qui s'élit lui-même et au fond se contente d'appliquer les décisions du Méga-Rat.

— Et qui choisit le Méga-Rat? demanda Luka.

— Il se choisit lui-même. D'ailleurs c'est ce qu'il ne cesse de faire, il se réélit pratiquement tous les jours tellement il adore cela. On dit de lui qu'il aime l'Exagé-rat-ion.

— Exagé-rat-ion me paraît tout à fait approprié, fit Chien l'ours en reniflant avec mépris et un groupe de Rats qui passaient par là lui lancèrent des regards noirs.

— Fais attention, le prévint Papapersonne, tout le monde par ici cherche la bagarre. »

C'est juste à ce moment-là que Luka remarqua sur un panneau d'affichage géant un portrait en noir et blanc bien plus grand que nature de celui qui ne pouvait être que le Méga-Rat en personne.

« Oh bonté divine! s'exclama-t-il, frappé par l'idée que si le Méga-Rat devait se transformer un jour en être humain, si le Méga-Rat pouvait se réincarner sous la forme d'un horrible gamin de douze ans écolier à Kahani pour être précis, il serait le portrait craché de... mais alors vraiment le portrait craché de... Crotte-de-Rat, murmura-t-il. Mais ce n'est pas possible. »

Ours le chien regardait lui aussi l'affiche.

« Je vois ce que tu veux dire, fit-il. Espérons qu'il n'est pas aussi ton ennemi dans le Monde Magique. »

Ah, voici un endroit où ils pourraient déjeuner ! La pancarte placée au-dessus de l'entrée indiquait ALICE'S RESTAU-RAT et ce n'était malheureusement pas une faute d'orthographe. Luka jeta un coup d'œil par la vitre et fut rassuré de constater que les cuisiniers et les serveurs étaient des êtres humains, même s'il y avait beaucoup de Rats parmi les clients. Il avait néanmoins un souci. Comment allaient-ils faire, ses amis et lui, pour payer leur repas ?

« Ne t'en fais pas pour cela, dit Papapersonne. L'argent n'existe pas dans le Monde Magique. »

Luka en fut soulagé.

« Mais alors comment font les gens quand ils veulent acheter quelque chose ? Comment marche le système ? C'est très bizarre. »

Papapersonne haussa une fois de plus les épaules à la façon de Rachid Khalifa.

« C'est un S2TTCAE », dit-il avec ses propres airs mystérieux.

Luka se sentit traversé par une bouffée d'excitation

« Je sais ce que c'est. Mon frère me l'a raconté. Il en a rencontré lui aussi dans son aventure.

— Les Systèmes De Transmission Trop Compliqués À Expliquer, déclara Papapersonne d'un ton un peu trop pompeux en les faisant entrer dans le Restau-Rat, sont au cœur du Mystère de la Vie. Ils sont omniprésents aussi bien dans le Monde Réel que dans le Monde Magique. Rien ne pourrait se faire nulle part sans eux. Il n'y a pas de quoi s'exciter ainsi, Professeur. On dirait que tu viens de découvrir l'Électricité, la Chine ou le Théorème de Pythagore.

— Par moments, répliqua Luka, il est évident que tu n'es pas mon père. »

La nourriture était étonnamment bonne et Luka, Chien et Ours mangèrent tous les trois très bien et un peu trop vite. Cependant ils avaient conscience que tous les Rats présents les observaient attentivement et décochaient des regards particulièrement hostiles à Ours le chien et Chien l'ours, et cela créait un malaise. On entendait murmurer à toutes les autres tables dans une langue que Luka pensa être du Cha-Rat-Bia, et finalement, un certain Rat, une créature soupçonneuse aux petits yeux portant sur la tête un képi gris, se leva sur ses pattes arrière et s'avança vers leur table. Il était évident qu'il avait été désigné par ses amis pour interroger les nouveaux venus.

« Ainsssi étrangers, dit le Rat-Inquisiteur sans aucun préambule, puis-je vous demander ce que vous pensssez du Grand Ressspectorat de Moi ?

— Moi, Moi, monsieur, Moi, Moi, firent en chœur tous les Rats du Restau-Rat.

— Nous aimons notre pays, dit froidement le Rat-Inquisiteur. Et vous ? Aimez-vous ausssi notre pays ?

— Il est très beau, dit prudemment Luka, et on y mange très bien. »

L'Inquisiteur se gratta le menton.

« Pourquoi ne suis-je pas entièrement convaincu ? demanda-t-il comme s'il parlait tout seul. Pourquoi me semble-t-il deviner quelque chose d'insultant caché sous votre charme superficiel ?

— Nous devons partir maintenant, dit précipitamment Luka en se levant. J'ai été ravi de vous rencontrer... »

Mais l'Inquisiteur allongea une patte griffue et attrapa Luka par l'épaule. « Dites-moi une chose, demanda-t-il d'un ton rude. Pensez-vous que deux et deux font cinq ? »

Luka hésita, ne sachant trop que répondre – quand il eut l'immense surprise de voir l'Inquisiteur bondir sur la table, renversant verres et assiettes dans tous les sens, et se mettre à beugler cette chanson d'une voix fausse et sifflante :

Diriez-vous que cinq égale deux plus deux ?
Diriez-vous que le monde est plat ?
Que notre Chef Sssuprême est le plus Grand Pacha ?
Ressspectez-vous le Rat ?
Oh oui, Ressspectez-vous le Rat ?

Si je dis que l'envers est l'endroit
Si je dis que le noir est blanc,
Qu'un sssifflement est le ssson le plus charmant,
Ressspectez-vous mon Droit ?
Dites-moi, ressspectez-vous mon Droit ?

Rien, n'essst-ce pas, ne vaut mieux que Moi
Et mon chapeau, essst-ce qu'il me va ?
Cesssez donc vos quoi, vos comment, vos pourquoi
Ressspectez-vous le Rat ?
Oui ou non, non ou oui ?
Ressspectez-vous le Rat ?

Tous les Rats du Restau-Rat se mirent debout, posèrent leurs pattes griffues sur leur poitrine et chantèrent en chœur :

Moi, Moi, monsieur,
Moi, Moi, monsieur,
Tous nous disons Moi, Moi, Moi.
Pas besoin de dissscuter, rien de sussspect,
Pas besoin de pensser quand on a le Ressspect,
Tous nous disons Moi, Moi, Moi.

« C'est complètement absurde ! »

Les mots échappèrent à Luka avant qu'il ait eu le temps de les retenir. Tous les Rats se figèrent dans différentes positions, puis très lentement tournèrent la tête vers Luka, leurs petits yeux luisaient et ils montraient tous les dents. « Cela va mal », pensa Luka, et Ours et Chien se rapprochèrent de lui, bien décidés à vendre chèrement leur peau. Même Papapersonne parut pour une fois interloqué. Les Rats faisaient face à Luka et, petits pas de Rat après petits pas de Rat, ils s'approchèrent jusqu'à l'encercler.

« Absssurde, as-tu dit ? fit d'un ton rêveur le Rat Inquisiteur. Sais-tu qu'il s'agit là de notre Hymne National ? Diriez-vous, chers amis rongeurs, que les Manières de ce jeune vaurien ont été Correctes ? Ou ne croyez-vous pas qu'il mérite plutôt, hum, la Marque Noire ?

— Marque Noire ! » hurlèrent les Rats d'une seule voix stridente en sortant leurs terribles griffes.

Et l'histoire de Luka Khalifa et de sa quête du Feu de la Vie aurait bien pu s'achever là, à cet instant, dans le Restau-Rat d'Alice, et peut-être Chien l'ours et Ours le chien auraient-ils également péri, non sans avoir vaillamment combattu en entraînant de nombreux Rats avec eux, et puis Papapersonne serait retourné à Kahani attendre que la vie de Rachid Khalifa ait fini de s'infuser en lui... et comme tout cela aurait été triste ! Au lieu de quoi, on entendit un cri dans la rue et d'énormes quantités de jus rouge et ce qui ressemblait à de gigantesques amas de jaune d'œuf, suivis par une véritable grêle de légumes pourris, se mirent à tomber du ciel et les Rats oublièrent complètement le « Absurde ! » de Luka pour foncer dans la rue en hurlant « Ce sont les Ultras ! » ou plus simplement « Encore elle ! », car le Respectorat de Moi faisait l'objet d'une attaque aérienne, et à la tête de ses escadrons aéroportés, filant de haut en bas et de droite à gauche, debout et intrépide sur son fameux tapis volant, *Resham*, c'est-à-dire le Fameux Tapis Volant de Soie Verte du Roi Salomon le Sage, se tenait la légendaire et redoutable, la féroce, la fabuleuse Insultane d'Outremont qui hurlait dans un puissant mégaphone son cri de guerre à vous glacer le sang :

« Nous expectorons sur le Respectorat ! »

« Que se passe-t-il ? » hurla Luka à Papapersonne par-dessus le vacarme qui allait en s'amplifiant, tandis que les quatre voyageurs s'enfuyaient du Restau-Rat au cas où les Rats qu'ils avaient offensés y reviendraient pour leur régler leur compte.

Dehors dans la rue, tout n'était que désordre et confusion, le jus rouge, les œufs et les légumes tombaient à verse du ciel. Ils allèrent s'abriter sous l'auvent d'une boulangerie au bout de la rue, dont la vitrine était remplie de pain rassis et de petits gâteaux à l'air peu appétissant, recouverts d'un glaçage gris.

« Plus loin, dans cette direction, dans la contrée Ultramontaine, cria en retour Papapersonne, pointant du doigt à l'horizon nord une chaîne de montagnes recouvertes de neige, se trouve l'étrange pays d'Outremont, une terre entourée d'eaux claires dont les habitants, les Ultras, sont voués à toutes sortes d'excès. Ils parlent trop, mangent trop, boivent trop, dorment trop, nagent trop, mâchent trop de noix de bétel et sont sans aucun doute les créatures les plus grossières au monde. Mais leur impolitesse a quelque chose d'égalitaire; les Ultras s'insultent tellement les uns les autres sans aucune forme de discrimination qu'ils se sont cuirassés et que tout le monde se fiche bien de ce que disent les autres. C'est un pays amusant, tout le monde rit tout le temps, tandis qu'ils s'envoient mutuellement à la figure les pires insultes du monde. La dame que tu vois là-haut est la Sultane, leur reine, mais comme elle est la plus redoutable et la plus acérée de toutes les mauvaises langues, tout le monde l'appelle l'"Insult-ane". C'est elle qui a décidé d'attaquer le Respectorat parce qu'elle ne respecte rien ni personne. On pourrait qualifier le pays d'Outremont d'"Irrespectorat" parce que manquer de respect est ce qu'on sait y faire de mieux. Regarde-la! dit-il brusquement, en admirant la Reine. N'est-elle pas superbe quand elle est en colère? »

Luka regarda en l'air à travers la cascade de jus, de jaune d'œuf et de légumes. La Reine d'Outremont n'était pas un animal mais une jeune fille aux yeux verts, revêtue d'un manteau vert et or, ses cheveux d'un rouge ardent flottant dans le vent; elle n'avait pas plus de seize ou dix-sept ans.

« Comme elle est jeune », fit Luka, surpris.

Papapersonne afficha le sourire de Rachid Khalifa.

« Les jeunes savent donner et encaisser les coups mieux que les vieux, dit-il. Ils savent pardonner et oublier. Les gens de mon âge... ils ont parfois certaines rancunes. »

Luka fronça les sourcils.

« De *ton* âge? Mais je croyais... »

Papapersonne parut se troubler.

« De l'âge de ton père, je voulais dire. Son âge à lui, évidemment. Ce n'est qu'un lapsus. »

Luka en fut effrayé. Il remarqua que Papapersonne n'était presque plus transparent. Il lui restait moins de temps qu'il ne l'avait espéré.

« Nous expectorons sur le Respectorat ! » hurla de nouveau l'Insultane et son cri déclencha une nouvelle trombe rouge toujours plus abondante.

Près de cinquante autres tapis volants étaient disposés en formation de combat autour de l'Insultane, ils ondulaient tous doucement dans la brise, et sur chacun d'eux se tenait un Ultra grand et mince qui mâchait de la noix de bétel et crachait de longs jets livides de jus de bétel rouge qui pleuvaient sur le Respectorat, recouvrant les maisons grises et la populace grise de grandes éclaboussures écarlates de mépris. Des œufs pourris aussi étaient lancés en quantités énormes par les Ultras et l'air était empli de la puanteur du dioxyde de soufre. Et après les œufs pourris venaient les légumes en décomposition. C'était vraiment une terrible bataille, mais ce qui faisait le plus de dégâts c'était la version de l'« Hymne National de Moi » qui se déversait du mégaphone de l'Insultane sur le Respectorat. L'Insultane chantait d'une haute voix claire, une voix que Luka trouva étrangement familière sans pour l'instant comprendre pourquoi.

Quatre, pas cinq, est la somme de deux et deux,
Le monde est rond, il n'est pas plat.
Votre Chef n'est qu'un minable piteux.
Nous ne respectons pas le Rat !
Nous ne respectons pas le Rat !

Pouf ! Baoum ! Paf ! C'était une effroyable pagaille. Dans les rues les rats meurtris bondissaient en l'air et lançaient en vain leurs pattes griffues au-dessus de leurs têtes, mais l'Insultane et ses cohortes étaient bien au-dessus d'eux, hors de leur portée.

L'envers n'est pas l'endroit,
Et le noir n'est pas blanc,
Le cri d'un rat est dégoûtant,
Nous ne respectons pas votre droit
Non, nous ne respectons pas votre droit !

« Il faut partir d'ici ! » cria Luka et il s'élança dans la rue.

Mais le poste-frontière au-delà duquel l'*Argo* était amarré se trouvait un peu plus loin au bout de la rue et, avant que Luka ait parcouru dix mètres, il fut recouvert de jus de bétel et d'œufs pourris et une tomate pourrie lui était tombée sur la tête. Il s'aperçut aussi qu'à chaque impact tombé du ciel le compteur de vie dans le coin supérieur gauche de son champ de vision diminuait d'un chiffre.

Il venait de décider de foncer quoi qu'il en coûte, lorsque Papapersonne l'attrapa par le col et le retint à l'abri sous l'auvent.

« Stupide garçon, dit-il non sans une certaine tendresse. Courageux mais stupide. Ne crois pas pouvoir t'envoler comme ça. Et d'ailleurs, maintenant que tu as choisi le parcours le plus difficile, ne veux-tu pas plutôt sauvegarder tes progrès ?

— Où se trouve le bouton de sauvegarde ? » demanda Luka en essuyant les saletés de ses yeux et en essayant de retirer une tomate qu'il avait dans les cheveux.

Papapersonne pointa le doigt :

« Là. »

Luka regarda dans cette direction et vit arriver au pas de charge une phalange de rongeurs, les plus grands et les plus féroces qu'il ait jamais vus, armés jusqu'aux dents et qui tiraient furieusement vers le ciel à l'aide de leurs Ratapultes. C'étaient les Respecto-Rats, bien sûr, les plus redoutables de toutes les troupes du Respectorat et, derrière eux, donnant ses ordres depuis l'arrière-garde – ce qui montre bien, se dit Luka, à quel genre de rat on a affaire – venait le Méga-Rat en personne, celui qui ressemblait trait pour trait à… enfin, laissons cela pour le moment, se dit Luka. Et, à quelque distance derrière cette armée en marche, se dressait le bâtiment gris du Rathouse, et au sommet du dôme gris, brillant au soleil, unique objet doré dans ce monde de grisaille, il y avait une petite Boule.

« C'est cela ? s'écria Luka. Tout là-haut ? Comment vais-je faire pour l'atteindre ?

— Je n'ai pas dit que ce serait facile, répliqua Papapersonne, mais il te reste encore 909 vies en réserve. »

Très haut dans le ciel, les Ultras sur leurs tapis volants esquivaient les missiles des Respecto-Rats avec une facilité dédaigneuse, et en virant de droite à gauche, en montant et en descendant, en se balançant d'un bord sur l'autre, ils chantaient tous en chœur :

Ai-yi
Ai-yi
Nous gémissons tous ai-yi-yi.
Vous êtes des sots, des imbéciles,
Et vous avez l'esprit débile
Vous respecter ? Ah oui, vraiment ?
Vous n'êtes que de pauvres déments !
Nous nous moquons, ai-yi-yi-yi-yi,
Rions de vous, ai-yi-yi.

« Bon très bien, fit Luka, j'en ai assez de cet endroit. Si c'est le bouton sur lequel je dois appuyer, je ferais mieux d'essayer tout de suite de l'atteindre. »

Et sans attendre la réponse, il s'élança le plus vite possible dans la rue où la bataille faisait rage.

Même si Ours et Chien couraient à ses côtés en s'efforçant de le protéger, la tâche se révéla pratiquement impossible. L'attaque des Ultras avait atteint une sorte de point culminant et Luka perdait des vies à une vitesse effrayante. Il était difficile d'éviter les Respecto-Rats même si ce n'était pas après lui qu'ils en avaient; leurs automitrailleuses et leurs motos ne cessaient de le faucher dans sa course. Il devint rapidement évident que le Méga-Rat était le seul Rat qui s'intéressait à Luka, comme s'il avait quelque raison personnelle de surveiller la progression du voyageur, et les rares fois où Luka réussissait à esquiver la pluie mortelle ou les troupes des Respecto-Rats, le Méga-Rat le supprimait immanquablement. Et chaque fois qu'il était renversé par une automitrailleuse, atteint par un projectile tombé du ciel ou supprimé par le Méga-Rat, dans lequel il ne pouvait s'empêcher de voir Crotte-de Rat, passé directement de l'école dans une autre réalité où il avait le corps d'un rat, il perdait une vie et se retrouvait à son point de départ, de sorte qu'il ne progressait absolument pas, perdait des vies à la pelle et était complètement recouvert d'œufs pourris, de tomates et de jus de bétel. Après un très long moment décourageant il se reposa à l'abri de l'auvent de la boulangerie, à bout de souffle, trempé, puant et avec seulement 616 vies en réserve. Il se plaignit auprès de Papapersonne :

« C'est trop dur. Et enfin pourquoi ces Ultras sont-ils si agressifs ? Ne peuvent-ils pas se contenter de vivre et laisser les autres tranquilles ?

— C'est probablement ce qu'ils feraient, répondit Papapersonne, si le Respectorat ne se développait pas à une telle vitesse. Ces effrayants Respecto-Rats font des incursions bien au-delà de leurs frontières et obligent tout le monde à rentrer dans le rang. Au train où vont les choses, c'est le Monde de la Magie dans son entier qui se voit menacé d'être étranglé par un excès de respect.

— Admettons, hoqueta Luka mais quand vous êtes sous le feu de l'attaque, franchement, il est difficile d'être compréhensif. Et regarde un peu dans quel état sont mon chien et mon ours. Je ne pense pas qu'ils apprécient beaucoup les Ultras, eux non plus.

— Parfois, affirma Papapersonne, un peu comme s'il parlait tout seul, la solution consiste à foncer face au problème et non pas à chercher à l'éviter.

— Mais j'essaie de foncer... commença Luka avant de s'arrêter. Oh, je comprends ce que tu veux dire. Ce n'est pas la boule d'or. Ce n'est pas là le problème. C'est ça ?

— Pas pour le moment, en effet. »

Luka plissa les yeux pour regarder en l'air. L'Insultane était là, la Reine Féérique des Ultras, monarque des cieux, volant sur le tapis du Roi Salomon. Elle semblait avoir seize ou dix-sept ans mais elle devait être âgée de plusieurs milliers d'années, comme toutes les créatures magiques. « Comment s'appelle-t-elle ? » se demanda-t-il.

Papapersonne afficha l'air satisfait qu'avait Rachid Khalifa lorsque Luka trouvait la solution d'un problème de mathématiques.

« C'est exactement cela, dit-il. Quand on connaît le nom d'une créature magique on acquiert un pouvoir sur elle, c'est vrai. Si tu savais son nom, tu pourrais l'appeler et elle serait obligée de venir. Malheureusement elle est connue sous des douzaines de noms différents et il se pourrait bien qu'aucun d'eux ne soit le bon. Si j'ai un conseil à te donner, ne révèle pas ton nom. Dans le Monde de la Magie, s'ils savaient ton nom, qui sait quel usage ils pourraient en faire.

— Connais-tu son nom, à la fin? demanda Luka impatiemment, ou fais-tu tous ces détours pour masquer le fait que tu l'ignores?

— Oh, quelle pique! dit Papapersonne d'un air languide en s'éventant avec son chapeau. Quelle petite langue acérée! Tu aurais fait manifestement un bon Ultra, mais il enchaîna très vite en voyant Luka rouvrir la bouche : J'ai circonscrit le problème. Après moult réflexions et analyses, je suis parvenu à une demi-douzaine de noms probables. Je suis pratiquement sûr que l'un d'entre eux est le bon.

— "Pratiquement sûr" n'est pas très convaincant, dit Luka.

— Je n'ai pas encore eu l'occasion de les essayer, répliqua Papapersonne d'un air indigné, mais pourquoi ne le fais-tu pas toi-même, tout de suite, ainsi nous serons fixés une fois pour toutes? »

Luka lança donc les noms que lui communiquait un par un Papapersonne :

« Bilqis! Makeda! Saba! Kandaka! Nicaula! »

La femme sur le tapis volant ne prêta attention à aucun d'eux. Papapersonne, d'un air abattu, suggéra encore quelques noms mais avec l'air d'y croire de moins en moins. Luka les testa eux aussi :

« Méroé! Nana! Hum... qu'est-ce que tu as dit?

— Chalchiuhtlicue, répéta Papapersonne d'un ton hésitant.

— Chalchi..., commença Luka avant de caler.

— ... uhtlicue, lui souffla Papapersonne.

— Chalchiuhtlicue! cria Luka d'un air triomphant.

— Cela signifie : la femme à la jupe verte, expliqua Papapersonne.

— Je me fiche bien de savoir ce qu'il signifie, répondit Luka, puisqu'il ne marche pas. Manifestement ce n'est pas son nom. »

Luka sombra un moment dans une horrible tristesse. Il ne parviendrait jamais à se sortir de ce pétrin, il ne serait pas capable de trouver le Feu de la Vie ou de sauver son père. Cette étrange version paternelle, Papapersonne, était le seul père qui lui restait désormais et encore pas pour longtemps. Il allait perdre son père et le double fatal de son père ; il était temps de regarder en face cette horrible réalité. Il ne lui resterait plus que sa mère avec sa voix magnifique...

« Je connais le nom de l'Insultane, dit-il brusquement et, s'écartant d'un pas de l'ombre de l'auvent, il cria d'une voix forte et claire : Soraya ! »

Le temps s'arrêta. La pluie de jus de bétel, de tomates pourries et d'œufs se figea en plein vol ; les Rats s'immobilisèrent comme s'ils étaient de simples photos ; dans le ciel les Ultras ne bougeaient plus sur leurs tapis, gardant leurs attitudes guerrières, et les tapis volants, comme s'ils étaient faits de pierre, n'ondulaient plus dans le vent, même Ours, Chien et Papapersonne semblaient transformés en statues de cire. Dans cet univers où le temps ne coulait plus, seules deux personnes pouvaient se mouvoir. La première, c'était Luka ; la seconde, flottant sur le tapis du Roi Salomon, *Resham,* pour venir s'arrêter juste devant lui, c'était l'Insultane d'Outremont, resplendissante et quelque peu effrayante. Sauf que Luka n'avait pas peur d'elle. On était ici dans le Monde Magique de son père et on pouvait s'attendre que la jeune Reine, le personnage féminin le plus important de cet univers, porte le nom de la mère de Luka, la femme la plus importante dans son monde à lui et dans celui de son père.

« Tu m'as appelée, dit-elle, tu as deviné mon nom, ce qui a suspendu le cours du Temps, et me voici. Que veux-tu ? »

Il y a des moments dans la vie, c'est trop rare mais cela arrive, où même de jeunes garçons trouvent exactement les mots justes, lorsque, comme sous l'effet d'un don, l'idée la plus pertinente se présente à vous à l'instant où vous en avez le plus besoin. C'est un tel moment que vécut Luka. Il se retrouva, sans même savoir dans quel recoin de son esprit il avait déniché les mots, à dire à la grande Dirigeante d'Outremont :

« Je pense que nous pouvons nous aider mutuellement, Insultane Soraya. Il y a une chose pour laquelle j'ai besoin de votre aide, de toute urgence, et en échange j'ai une idée qui pourrait vous permettre tout bonnement de gagner cette guerre. »

Soraya se pencha en avant.

« Tu n'as qu'à me dire ce que tu attends de moi, ordonna-t-elle à la manière bourrue des Ultras et Luka, qui avait pourtant d'habitude la langue bien pendue, resta muet, désignant du doigt la boule d'or au sommet du dôme du Rathouse. Oui, je vois, dit Soraya d'Outremont, et ensuite, jeune monsieur, tu vas certainement vouloir retourner au Fleuve et reprendre ton voyage. »

Luka acquiesça sans rien dire, même pas étonné de tout ce que l'Insultane savait.

« Ce n'est rien », dit-elle, et elle fit signe à Luka de monter sur son tapis volant, montrant ainsi qu'elle avait bon cœur malgré son langage un peu rude.

Aussitôt le tapis volant décolla et Luka, déséquilibré, se retrouva allongé sur le dos. En un instant ils parvinrent à la boule d'or; Luka put se remettre debout et appuyer dessus, et il entendit avec plaisir le *ding* indiquant qu'un niveau venait d'être franchi et il aperçut dans le coin supérieur droit de son champ de vision le compteur digital qui affichait le chiffre 2. Et aussitôt les revoilà qui atterrissent auprès de Papapersonne, de Chien et d'Ours, tous les trois encore figés dans le temps immobile. Et Soraya déclare :

« À ton tour maintenant. À moins que tu ne sois qu'un vantard? Les gamins comme toi, c'est "tout dans la bouche et rien dans la culotte", comme dit le proverbe.

— Du poil à gratter », dit Luka humblement, trouvant au passage que l'idée n'était pas si impressionnante que cela quand on la formulait à haute voix.

Mais l'Insultane s'était mise à l'écouter avec la plus grande attention et Luka poursuivit donc et se mit à lui raconter, timidement et avec un embarras considérable, ses propres Hauts Faits Militaires et la victoire qu'il avait remportée sur l'Armée de Son Altesse Impériale lors des Grandes Guerres de la Cour de Récréation. Soraya donnait l'impression d'être suspendue à chacun de ses mots et, quand il eut fini, elle émit un petit sifflement admiratif.

« Des bombes de poil à gratter, dit-elle comme en parlant toute seule. Pourquoi n'y ai-je jamais pensé? Cela pourrait marcher. Les Rats ont horreur des démangeaisons. Cela devrait marcher. Mais oui! Ça *va* marcher! »

Luka fut stupéfait et secrètement ravi de la voir se pencher vers lui pour l'embrasser trois fois sur la joue gauche, puis sur la droite, puis de nouveau sur la gauche.

« Merci, dit-elle, tu es un homme de parole. »

On disait du Tapis Volant du Roi Salomon qu'il pouvait transporter des gens aussi nombreux soient-ils et des objets quel qu'en soit le poids et qu'il pouvait s'étendre jusqu'à prendre des dimensions considérables, cent kilomètres de long sur cent kilomètres de large. Quand le soleil tapait trop fort, une armée d'oiseaux volait au-dessus de lui en guise de parasol et le vent le portait toujours là où il voulait aller, et ce, en un clin d'œil. Mais tout cela n'était que des contes ; en revanche ce que vit alors Luka, il le vit de ses propres yeux : l'Insultane Soraya écarta les bras et le vent se leva sur son ordre. Puis elle disparut tout simplement et réapparut moins de quatre-vingt-dix secondes plus tard, mais cette fois le tapis volant était beaucoup plus grand et il transportait au bas mot des dizaines de milliers de petits avions en papier. Il semblait évident que la souveraine d'Outremont était capable de faire exécuter ses ordres plutôt vite. À peine était-elle réapparue que les petits avions en papier avaient pris leur envol pour se répartir entre tous les membres de ses forces armées personnelles qui étaient toujours figés dans le temps immobile comme tout le reste, à ce que voyait Luka. Dans le monde observable tout entier il n'y avait que lui, l'Insultane et l'armada d'avions en papier qui bougeaient. Et, bien sûr, le Tapis vert et or du Roi Salomon qui, après avoir distribué sa cargaison, reprit la taille d'un grand tapis normal.

« Comment avez-vous fait cela? demanda Luka, pour ajouter aussitôt : aucune importance, devinant la réponse avant même qu'on la lui ait donnée. Je sais, un S2TTCAE, et les bombes de poil à gratter ont été fabriquées super-vite par des MTCAD, des Machines Trop Compliquées À Décrire.

— Je parie, dit l'Insultane, que ce n'est pas à l'école que tu as appris cela. »

Il y a bien des choses qui donnent aux rats l'envie de se gratter, et rien n'est plus malheureux qu'un rongeur atteint de démangeaisons. Les rats attrapent des parasites, des poux, des mites, des puces et ces minuscules insectes déposent leurs œufs à la base des poils du rat, provoquant des démangeaisons. Les rats mènent une existence difficile, ils vivent dans des endroits sordides, ils se coupent, les coupures s'infectent et deviennent des plaies qui les grattent. Les rats perdent leurs poils et cela rend leur peau irritable. Leur peau se dessèche, ils attrapent des pellicules et cela aussi les démange. Les rats avalent toutes sortes de saletés et ils contractent des allergies ou alors ils mangent trop d'une chose et pas assez d'une autre et cela provoque chez eux des démangeaisons démentielles. Ils attrapent l'eczéma et la teigne, ce qui leur donne des croûtes et des boutons qu'ils ne peuvent s'empêcher de gratter, même si cela ne fait qu'empirer les choses. Et tout ce qu'on peut dire des rats en général est encore amplifié quand il s'agit des Rats géants du Respectorat, les fameux Rats de Moi à la peau tellement sensible. Et aussi chatouilleux que les rongeurs du Respectorat aient pu être par le passé, ils n'avaient jamais connu une crise de démangeaisons comme celle qui leur fut lancée du ciel par la Reine des Ultras et son aviation.

« Avant que je ne dégèle les autres, conseilla l'Insultane à Luka, emmène tes amis à l'intérieur et attends que je te dise que tout danger est passé avant de sortir. »

Elle avait complètement changé de ton, remarqua Luka ; plus aucune trace de rudesse. En fait elle parlait d'une voix amicale et même affectueuse.

Luka suivit les conseils de l'Insultane et poussa sa petite troupe à l'intérieur de la boulangerie grise, et ils vinrent tous se presser contre la vitrine, de sorte que Papapersonne, Chien, Ours et lui n'eurent qu'un petit aperçu de la destruction massive qui se produisit alors. L'Insultane leva le bras d'un geste impérieux et le Respectorat se remit en mouvement. Luka observa les Ultras qui multipliaient plongeons et piqués dans les rues de la ville, lançant leurs avions en papier enchantés qui semblaient équipés de détecteurs de Rats et qui poursuivaient ceux-ci où qu'ils aillent, dehors, dedans, sous leurs draps ou sur leurs toits et il ne fallut pas bien longtemps pour obtenir la victoire et assister à la déroute des Rats. Le jus de bétel, les œufs et les légumes pourris avaient été des insultes très efficaces, mais le poil à gratter faisait plus que blesser leur fierté, salir leurs habits ou les faire puer encore plus que d'habitude. Luka vit même les plus méchants des Rats géants, les super-méchants Respecto-Rats de Moi, avec leurs lunettes de soleil réfléchissantes et leurs armes de guerre, courir en rond en poussant des cris, poursuivis par les avions en papier qui leur déversaient du poil à gratter sur la tête et dans le cou. Il les vit se déchirer eux-mêmes de leurs longues griffes furieuses, arrachant de grands lambeaux de leur propre corps en essayant de calmer la démangeaison. L'air était empli des cris perçants des Rats et le vacarme devenait de plus en plus fort, si fort que Luka dut se boucher les oreilles parce que cela devenait presque impossible à supporter.

« Si la formule de cette poudre est bien ce que je pense, finit par dire Papapersonne, d'une voix pleine d'admiration, si elle est composée, comme je le crois, de la plante mortelle de Khujli d'Asie, mélangée, sans aucun doute, à de la poudre de graines de l'unique fleur de Gudgudi d'Alifbay, aussi puissante que rare... et si l'Insultane y a ajouté un soupçon d'Os Dégueulasse Empoisonné et de Haricot Magique Urticant venu d'Allemagne, de spores d'Abraxas

Démoniaque d'Égypte, de Kachukachu du Pérou et de tournicotis du Fatal Pipipi Africain, alors on pourrait bien assister à la fin de l'invasion des Rats dans le Monde Magique. Et ce qu'il y a de bien dans la formule dont l'Insultane, je pense, a dû se servir, c'est que les gens ordinaires ne sont pas affectés par ces poudres occultes ; seuls les rongeurs y sont sensibles. Oui, elle t'a demandé de te mettre à l'abri mais c'était pour protéger l'ours et le chien, par mesure de précaution et surtout, je présume, pour ne pas nous exposer à l'agonie frénétique des Rats. »

De fait les Rats avaient totalement perdu la raison. Derrière la vitrine de la boulangerie, Luka assista à la montée de leur folie et aux affres de leur mort. Les Rats à la peau délicate, les maîtres du Respectorat se déchiraient littéralement en morceaux, se réduisaient vraiment en miettes jusqu'à ce qu'il ne reste d'eux que des lambeaux de fourrure galeuse et des bouts de viande grise et sale. Les cris perçants des Rats montèrent en un terrible crescendo, puis lentement tout devint plus calme et le silence tomba. Au final, Luka vit le Méga-Rat en personne foncer dans la rue en direction du Fleuve du Temps, et tout en courant il se fouettait, et parvenu au bout de la rue il se jeta dans le Fleuve en poussant un cri terrible, et comme il était le seul Rat du Monde Magique qui ne savait pas nager, parce qu'il avait toujours été trop paresseux et trop gâté pour se donner la peine d'apprendre, il se noya dans le Flux Temporel.

Et ainsi se termina cette aventure.

Tout doucement, les non-Rats habitants du Respectorat sortirent de chez eux et comprirent que leur cauchemar était terminé et alors, exultant de bonheur, ils foncèrent jusqu'aux clôtures qui séparaient le Respectorat du reste du Monde Magique et ils les détruisirent et dispersèrent à jamais les derniers morceaux des murs de leur prison. Et s'il y eut des Rats qui survécurent au Grand Bombardement Gratouilleux, on ne les revit plus jamais, ils se glissèrent dans l'obscurité, rampèrent dans les fentes du monde, là où est leur vraie place.

Soraya d'Outremont sur son tapis vert et or atterrit devant la boulangerie grise au moment où ses compagnons en sortaient.

« Luka Khalifa, dit-elle, et Luka ne se posa même pas la question de savoir comment elle connaissait son nom. Tu as rendu un grand service au Monde Magique. Ne vas-tu pas me demander quelque chose en échange ? Tu as deviné mon nom. Cela déjà devrait te donner le droit de faire les trois vœux traditionnels et pour l'instant tu n'en as fait qu'un. Mais pour l'idée des Bombes de Poil à Gratter ! Qui sait quelle récompense tu mérites ! Pourquoi ne penses-tu pas au souhait le plus cher, le plus important qui te vienne à l'esprit, et je verrai si je peux faire quelque chose pour t'aider. »

Et avant que Papapersonne n'ait eu le temps de l'arrêter, Luka se mit à parler très vite et à raconter à cette étonnante jeune fille qui portait exactement le même prénom que sa mère pourquoi il se trouvait dans le Monde Magique, ce qu'il espérait y faire et par quel moyen. Après avoir entendu son petit discours, la Sultane d'Outremont ouvrit de grands yeux et porta sa main à sa bouche.

« Peut-être, par orgueil, ai-je parlé trop tôt ? et il y avait comme une nuance de respect dans sa voix. Il se pourrait bien que tu m'aies demandé une chose que je suis incapable de t'offrir. »

Puis elle sourit, d'un sourire espiègle et battit des mains comme une petite fille.

« Voler le Feu de la Vie, ce qui n'a jamais été fait dans toute l'histoire du Monde Magique ! Eh bien, cela pourrait bien être l'Acte le plus délicieusement Irrespectueux de Toute Éternité ! Cela serait scandaleux et magnifique. En un mot, ce serait complètement Ultra et dès lors il incombe à tout véritable Ultra de t'aider. Mes camarades de combat de l'UAF, l'Ultra Air Force, doivent à présent rentrer à Outremont, mais Luka Khalifa, Moi, Reine des Ultras, je ferai tout ce qui est en mon pouvoir pour t'aider à accomplir ton terrible forfait, le plus noble, le plus dangereux et le plus merveilleusement délectable de tous les forfaits.

— Il y a vraiment urgence, poursuivit bravement Luka, et vous avez ce tapis volant super rapide. Auriez-vous le moyen de me faire traverser d'un seul coup tous les autres niveaux pour m'emmener directement jusqu'au Feu de la Vie, où j'ai besoin de me rendre pour ensuite me ramener à mon point de départ ?

— Le Fleuve est long et trompeur, dit l'Insultane Soraya en hochant la tête d'un air pensif, et il te faudra encore traverser les Brumes du Temps où l'on ne voit rien, puis la Grande Stagnation où le Fleuve se transforme en marécage et où on ne peut plus avancer, et l'Inévitable Tourbillon, où le Temps ne cesse de tourner en rond et alors on ne peut s'en évader, et enfin les Chenaux Fourchus au nombre d'un Trillion et Une, où le Fleuve se transforme en labyrinthe – et où l'on se perd à coup sûr dans ce dédale de cours d'eau sans retrouver le véritable Sentier du Temps, le seul qui poursuit son cours. Très bien, dit-elle d'un ton qui fit comprendre à Luka qu'elle venait de prendre une décision, je vais t'accompagner dans ton aventure. Il y a au moins ces quatre étapes – comment as-tu dit, des « niveaux » ? quatre niveaux que je peux te permettre d'éviter. Mais après cela nous serons bien obligés de prendre les choses comme elles se présentent.

— Pourquoi ne pouvez-vous m'emmener directement jusqu'au bout ? lâcha étourdiment Luka, très déçu.

— Parce que, mon doux Luka, répondit l'Insultane d'Outremont, ce tapis volant en soie, que m'a offert il y a si longtemps le Roi Salomon en personne, peut accomplir de nombreux prodiges mais il ne peut pas traverser les Grands Orbes de Feu. »

5

Sur le Chemin des Trois Beignets Brûlants

Qui n'a jamais voyagé sur un tapis volant ignore tout du mal de mer. Un tapis volant en voyageant à travers les airs adopte un lent mouvement ondulant semblable à celui des vagues, pas tout à fait comme s'il flottait sur des courants aériens, mais plutôt comme si le tapis lui-même était devenu une sorte d'air soyeux, capable de vous transporter dans les hauteurs et de vous conduire partout où vous voulez. C'est triste à dire mais c'est la vérité, votre estomac peut trouver le voyage assez désagréable, du moins au début. Et qui n'a jamais voyagé sur un tapis volant en compagnie d'un ours parlant apeuré et d'un chien parlant encore plus apeuré et d'un Canard-Éléphant et d'une Cane-Éléphante volant pour la première fois de toute une vie passée au ras du sol, sans parler d'un être surnaturel dont l'apparence, les actes et les paroles sont celles de votre propre père, ni d'une Reine d'autrefois dont l'apparence, les actes et les paroles sont ceux d'une jeune fille de dix-sept ans et, pour couronner le tout, d'un grand tank amphibie nommé l'*Argo*, ne pouvait imaginer la confusion qui régnait sur le *Resham* vert et or tandis qu'il entamait son voyage vers les Brumes du Temps. Les dimensions du tapis volant avaient considérablement augmenté de façon à accueillir passagers et cargaison, et le vol n'en était que plus agité.

La scène, il faut bien le dire, était bruyante et chaotique. On entendait mugir et hurler, gémir et grogner, et ce bruit de trompe que font les éléphants (et les canards) quand ils sont effrayés. Chien l'ours ne cessait de répéter que, si les ours étaient destinés à voler, il leur aurait poussé des ailes et faisait remarquer par ailleurs qu'un ours ne peut pas s'asseoir sur un tapis sans penser aux tapis en peau d'ours mais pour l'essentiel c'était tout de même l'objet volant qui lui posait problème ; quant à Ours le chien, il n'arrêtait pas de bafouiller en roulant sans cesse d'un bord à l'autre du tapis et son monologue donnait à peu près ceci *: Je vais tomber, non ? Ça y est, ne me laissez pas tomber, est-ce que je vais tomber ? C'est sûr, je vais tomber, ça y est je vais tomber* ; alors qu'en réalité le tapis se soulevait soigneusement sur les bords chaque fois qu'un voyageur se trouvait trop près du vide et le ramenait en sécurité vers le milieu.

Les Oiseaux-Éléphants, eux, n'arrêtaient pas de se demander ce qu'ils faisaient là. Dans le feu du départ du Respectorat ils s'étaient retrouvés embarqués en même temps que l'*Argo* et ils ne se rappelaient pas qu'on leur ait demandé s'ils avaient envie de venir.

« Et si on ne s'en souvient pas, c'est que cela ne s'est pas produit », déclara le Canard-Eléphant.

Ils s'estimaient victimes d'un rapt, d'un kidnapping, entraînés dans une aventure qui ne les regardait pas et qui devait être probablement extrêmement dangereuse et, de fait, eux aussi risquaient de tomber du tapis.

Naturellement l'Insultane Soraya se moquait d'eux en long et en large, comme c'était dans son caractère, elle les traitait de bébés, de gamines, de nouilles et de canards changés en oies blanches ; elle leur disait qu'ils n'étaient que des froussards et des gnangnans, des chochottes, des trouillards, des poules mouillées, des foies blancs et des culs sucrés (une insulte que Luka ne connaissait pas mais dont il était capable de deviner à peu près le sens). Elle faisait de petits caquètements de poule pour les traiter de lâches, et le pire c'est quand elle poussait avec mépris de petits cris perçants pour leur signifier qu'elle les prenait pour des souris.

Papapersonne, naturellement, n'avait aucun mal à voyager en tapis volant et se tenait tranquille, parfaitement à l'aise, auprès de l'Insultane, ce qui incita Luka à tenter de

« retomber sur ses pieds » le plus vite possible. Au bout d'un certain temps il y parvint et cessa de tomber à la renverse ; au bout d'encore un peu plus de temps, les quatre animaux parvinrent aussi à retomber sur leurs douze pattes et puis, au bout du compte, ce fut la fin des gémissements et des grognements et les choses rentrèrent dans l'ordre sans que personne ait vraiment été malade.

Dès qu'il fut capable de rester debout sur le tapis en gardant l'équilibre, Luka s'aperçut qu'il avait extrêmement froid. Le tapis s'était mis à voler plus haut et plus vite et Luka claquait des dents. L'Insultane Soraya ne semblait pas souffrir du froid et pourtant elle était vêtue de parures vaporeuses qui paraissaient faites de toiles d'araignées et d'ailes de papillons. Papapersonne non plus, qui se tenait à ses côtés, portant la saharienne vermillon à manches courtes de Rachid Khalifa, n'avait pas l'air d'avoir froid. Chien l'ours semblait à l'aise dans sa fourrure, les Éléphants Canard et Cane avaient leurs plumes duveteuses qui leur tenaient chaud ; Ours le chien par contre paraissait gelé et Luka lui aussi avait vraiment de plus en plus froid. « Qui aurait cru, songea-t-il, que cette affaire de voler dans l'air poserait autant de problèmes pratiques ? » Naturellement, l'Insultane le traita de toute une gamme de nouveaux noms quand elle s'aperçut qu'il était mort de froid.

« Je suppose, dit-elle, que tu t'attendais que le tapis volant soit équipé du chauffage central et de tout le tralala. Mais sache, mon cher, que cela n'est pas une de ces gentilles petites moquettes molletonées pour banlieusards bedonnants. Cela, tu dois le savoir, est une véritable *antiquité*. »

Pourtant, après avoir taquiné Luka, Soraya frappa dans ses mains et aussitôt un vieux coffre de chêne, qu'il n'avait pas remarqué jusque-là mais qui apparemment se trouvait depuis le début à bord du tapis volant, s'ouvrit d'un seul coup et deux châles d'allure légère en sortirent. L'un vola dans les mains de Luka et l'autre vint s'enrouler autour d'Ours. Dès que Luka eut posé le châle sur ses épaules il eut l'impression d'avoir été transporté quelque part sous les tropiques – il avait presque trop chaud, de fait il aurait mieux aimé qu'il fasse un tout petit peu plus frais.

« Il y a des gens qui ne sont jamais contents », dit l'Insultane en lisant dans ses pensées, puis elle lui tourna le dos pour ne pas lui laisser voir un sourire affectueux.

À présent qu'il était bien au chaud et parfaitement en équilibre, Luka pouvait profiter de la vue magnifique qui s'offrait à lui. Le tapis volant suivait le cours du Fleuve du Temps. Le Monde Magique s'étendait sur les deux rives du Fleuve et Luka, le fils du conteur, reconnaissait çà et là tous les lieux dont il avait entendu parler dans les histoires de son père. Le pays était parsemé de villes que Luka, de plus en plus emballé et le cœur battant, reconnut l'une après l'autre, Khwáb, la Cité des Rêves, et Umeed Nagar, la Cité de l'Espoir, Zamurrad, la Cité Émeraude, et Baadal-Garh, la Ville Forteresse bâtie sur un Nuage. Au loin, vers l'est, se détachant à l'horizon, les collines bleues de la Terre de l'Enfance Perdue, et à l'ouest, le Pays Inconnu, et là-bas – plus loin – l'Endroit où vivait Personne. Luka fut tout excité de reconnaître la Maison des Jeux et le Palais des Glaces, et plus loin les jardins du paradis, Gulistan et Bostan, et le plus formidable de tout, le vaste Pays des Êtres Imaginaires, le Péristan, où les péris, c'est-à-dire des fées, livrent un combat incessant contre des ogres malveillants connus sous le nom de *déms* ou *bhoots*. « Dommage que je sois aussi pressé », pensa Luka, parce qu'il avait toujours préféré ce monde-ci au sien, c'était le monde qu'il avait peint et dessiné toute sa vie.

Il découvrait aussi, maintenant qu'il était en l'air et pouvait tout embrasser du regard, l'immensité du Monde Magique et la longueur phénoménale du Fleuve du Temps, et il comprit qu'il n'aurait jamais pu se rendre là où il devait impérativement aller s'il avait dû compter sur la Mémoire des Oiseaux-Éléphants en guise de carburant et sur leur force physique en guise de moteur. Mais à présent le Tapis Volant du Roi Salomon l'emportait à toute vitesse vers son but et, même s'il savait bien qu'il allait affronter de nombreux dangers, il se sentit terriblement excité parce que, grâce à l'Insultane d'Outremont, l'impossible était devenu un petit peu plus réalisable. C'est alors qu'il vit les Brumes du Temps.

Au début ce n'était qu'une masse nuageuse blanche à l'horizon mais leur véritable immensité se révéla tandis que le tapis se rapprochait d'elles à toute vitesse. Elles s'étendaient d'un bout à l'autre de l'horizon comme un mur moelleux entourant le monde, barrant le cours du Fleuve, engloutissant le paysage enchanté et avalant le ciel. Elles allaient d'un instant à l'autre emplir tout le champ de vision de Luka et alors le Monde Magique disparaîtrait, il ne resterait plus que ces brumes froides et humides. Luka sentit tout optimisme et toute joie l'abandonner, et un mauvais pressentiment lui glaça l'estomac. Il sentit la main de Soraya se poser sur son épaule mais n'en fut pas rassuré pour autant.

« Nous avons atteint les Limites de la Mémoire, annonça Papapersonne. C'est seulement jusqu'ici que tes amis hybrides tout-terrain auraient été capables de t'emmener. »

Les Oiseaux-Éléphants se vexèrent.

« Nous n'avons guère l'habitude, déclara le Canard-Éléphant d'un ton digne et pénétré, d'être décrits comme des véhicules. (C'est le véritable Papapersonne qui venait de parler, comprit Luka, cette créature qu'il n'aimait pas et qu'il avait toutes les raisons de ne pas aimer. Son véritable père n'aurait jamais dit une chose pareille.) Au demeurant, ajouta l'Éléphant-Mâle, puis-je me permettre de vous rappeler le vieux conseil plein de sagesse concernant ce qu'il convient de faire lorsque l'on atteint les Limites de la Mémoire, fût-elle éléphantesque ?

— Et alors que faut-il faire ?

— Plouf », dit la Cane-Éléphante.

À peine avait-elle prononcé ce mot qu'un feu nourri de missiles jaillit des Brumes du Temps et le tapis dut rapidement l'esquiver en plongeant en remontant et en virant de droite et de gauche. (Luka et les animaux perdirent de nouveau l'équilibre, il y eut un fameux tangage et un concert de protestations ursines, canines et canardo-éléphantines.) Les projectiles semblaient faits de la substance même des Brumes : c'étaient des Boules de Brume blanches de la taille d'un boulet de canon.

« Peuvent-ils vraiment nous faire du mal alors qu'ils sont faits de brouillard ? demanda Luka. Que se passe-t-il si l'un d'entre eux nous touche ? »

Papapersonne secoua la tête.

« Ne sous-estime pas les Armes du Temps. Si tu es atteint par une Boule de Brume, c'est toute ta mémoire qui est immédiatement effacée. Tu ne te rappelleras plus ta vie, ta langue, tu ne sauras même plus qui tu es. Tu deviendras une coquille vide, bon à rien, fini. »

Cela coupa le sifflet à Luka. Si une Boule de Brume pouvait faire de tels dégâts, se dit-il, qu'allait-il leur arriver quand ils plongeraient dans les Brumes du Temps elles-mêmes ? Ils n'auraient pas la moindre chance. Il avait été fou de penser qu'il pourrait forcer les défenses du Monde Magique et pénétrer jusqu'au Cœur du Temps. Il n'était qu'un gamin et la tâche qu'il s'était assignée dépassait de loin ses capacités. S'il continuait à aller de l'avant, il courait à sa perte et allait entraîner celle de ses amis. Il ne pouvait pas faire cela ; d'un autre côté il ne pouvait pas non plus renoncer, parce que reculer ce serait abandonner tout espoir concernant son père, aussi mince soit-il.

« Ne sois donc pas si inquiet, dit Soraya d'Outremont, interrompant ses sombres pensées. Tu n'es pas sans défense ici. Fais donc confiance au grand Tapis Volant du Roi Salomon le Sage. »

Cela réconforta un peu Luka, mais un petit peu seulement.

« Quelqu'un est-il au courant de notre arrivée ? demanda-t-il. Cela expliquerait le tir de missiles.

— Pas nécessairement, dit Papapersonne. Je pense que nous avons dû déclencher un système automatique de protection en nous approchant si près des Brumes du Temps. Nous sommes après tout sur le point de violer les Lois de l'Histoire, mon jeune Luka. En pénétrant dans les Brumes nous laisserons derrière nous le monde de la Mémoire Vivante pour nous diriger vers l'Éternité ; c'est-à-dire, poursuivit-il en comprenant à l'air perplexe que prenait Luka qu'il lui fallait être un peu plus clair, vers la zone secrète où les pendules ne marchent plus, où le Temps est immobile. Aucun d'entre nous n'est supposé y aller. Prenons un exemple. Quand un virus quelconque entre en toi, quand il se met à circuler dans ton corps et te rend malade, ton organisme expédie des Anticorps pour le combattre et le détruire jusqu'à ce que tu te sentes mieux. En l'occurrence j'ai bien peur que les virus ce soit nous, et nous devons donc nous attendre à... devoir nous battre. »

Quand il avait six ans, Luka avait vu à la télévision des images de Jupiter, des images retransmises jusqu'à la Terre par une minuscule sonde spatiale automatique qui, en fait, tombait doucement vers la surface de la gigantesque planète de gaz. Chaque jour la sonde se rapprochait et la planète paraissait de plus en plus grande. On voyait clairement sur les photos les lents mouvements des gaz de Jupiter, la façon dont ils créaient des couches colorées et mouvantes, se disposant en bandes et en spirales et formant bien sûr les deux fameux anneaux, l'immense et le petit. À la fin, la sonde fut aspirée par la force d'attraction de la planète et disparut à jamais avec, s'imaginait Luka, une sorte de petit *gloop*, un lent bruit de succion, et ensuite il n'y eut plus de photos de Jupiter à la télévision. Tandis que le tapis volant *Resham* approchait des Brumes du Temps, Luka découvrit que leur surface était elle aussi en mouvement, comme celle de Jupiter. Les Brumes elles aussi flottaient et s'enroulaient, formant toutes sortes de figures imbriquées les unes dans les autres, elles étaient aussi de différentes couleurs – en s'approchant de plus en plus Luka s'aperçut que leur blancheur se décomposait en toute une gamme de nuances subtiles. « Nous sommes la sonde, se dit-il, une sonde dotée d'un équipage, pas une sonde automatique, et d'un instant à l'autre il va sans doute y avoir un *gloop* et ce sera terminé. Fin de la transmission. »

Les Brumes planaient au-dessus de lui, enveloppantes, aveuglantes et tout à coup, sans le moindre bruit, le tapis volant se retrouva au milieu de la blancheur, mais les Brumes du Temps n'atteignirent personne car le tapis avait lui aussi ses mécanismes de défense, il avait déployé au-dessus de lui une sorte d'écran invisible, un champ de force manifestement assez puissant pour tenir les Brumes à l'écart. En sécurité dans leur petite bulle, comme Soraya l'avait promis – *« Fais confiance au tapis »*, avait-elle dit –, les voyageurs commencèrent la Traversée.

« Oh, grands dieux, s'exclama la Cane-Éléphante, nous glissons dans l'Oubli ! Voilà bien une chose affreuse à demander à un Oiseau-Mémoire. »

C'était comme d'être aveugle, pensa Luka, si ce n'est que les aveugles perçoivent peut-être des couleurs et des formes, des lumières et des ombres, des points et des éclats, ce qu'il voyait derrière ses paupières quand il fermait très fort les yeux. Il savait que la surdité peut provoquer la perception de toutes sortes de bruits fixes, de bourdonnements ou de sonneries, et peut-être la cécité pouvait-elle avoir un effet comparable et vain sur les yeux. À la différence cependant qu'elle semblait, disons, totale. Il repensa à la question de Papapersonne : « Qu'y avait-il avant le Bang ? », et s'aperçut que cette blancheur, cette absence de tout, pouvait bien être la réponse. On ne pouvait même pas dire que c'était un lieu particulier. C'était ce qu'il y avait lorsque aucun lieu n'existait. Il comprenait à présent ce que les gens voulaient dire quand ils parlaient de choses perdues dans les Brumes du Temps. Ils avaient beau dire que ce n'était qu'une figure de style, ces Brumes-là n'avaient rien à voir avec les mots. Elles étaient ce qu'il y avait quand les mots n'existaient pas encore.

Cette blancheur pourtant n'était pas la même chose que la vacuité ; elle bougeait, elle agissait, elle bouillonnaït autour du tapis comme un brouet fait de néant. La Soupe du Vide. Le tapis fonçait de toute sa vitesse, ce qui voulait dire très très vite, et pourtant il semblait immobile. Dans la bulle il n'y avait pas de vent, et autour de la bulle on ne voyait aucun objet qui aurait pu donner la sensation qu'on se déplaçait. L'impression aurait sûrement été la même si le tapis était resté totalement immobile au milieu des Brumes, comme s'ils y étaient coincés pour toujours. En pensant cela,

Luka commença à avoir l'impression que c'était la réalité. En fait ils n'avançaient plus du tout. Ici, dans ce temps d'avant le Temps, ils étaient à la dérive, oubliés, perdus. Quel mot avait employé la Cane-Éléphante ? L'*Oubli*. Le lieu où n'existe plus aucun souvenir, le lieu du néant, du non-être. Les *Limbes*, comme disaient les croyants. Le Lieu intermédiaire entre le Paradis et l'Enfer.

Luka se sentit seul. Il ne l'était pas, manifestement, les autres étaient toujours là, mais il se sentait horriblement solitaire. Sa mère lui manquait, son frère aussi et il aurait voulu que son père ne soit pas plongé dans le Sommeil. Il avait envie de retrouver sa chambre, ses amis, sa rue, son quartier, son école. Il voulait que sa vie redevienne ce qu'elle avait toujours été. Les Brumes du Temps déployaient leurs spirales autour du tapis et il s'imagina qu'elles contenaient dans leur blancheur de longs doigts semblables à des vrilles qui s'accrochaient à lui pour tenter de le capturer et de l'éliminer. Seul dans les Brumes du Temps (même s'il n'était pas tout seul en réalité), il se mit à réfléchir à la situation dans laquelle il s'était fourré. Il avait enfreint le premier commandement de l'enfance, *tu ne dois pas parler aux étrangers*, et il avait même laissé un étranger l'entraîner loin de la sécurité du foyer dans l'endroit le moins sûr qu'il ait jamais connu. Il était idiot et cette folie allait probablement lui coûter cher. Et d'ailleurs, qui était en réalité cet étranger ? Il prétendait ne pas avoir été *envoyé* mais *convoqué*. Comme si un homme sur le point de mourir (eh oui, ici, au cœur des Brumes du Temps, Luka se sentait finalement capable de prononcer ce mot, même si ce n'était que dans son for intérieur), comme si son père mourant allait convoquer sa propre mort ! Il n'arrivait pas à décider s'il y croyait ou pas. C'était vraiment stupide de se lancer à l'aventure comme un bleu, dans la blancheur, en compagnie d'une personne – une *créature* ! – qu'il ne croyait même pas tout à fait et en qui il n'avait pas entièrement confiance. Luka avait toujours été considéré comme un garçon raisonnable, mais cette fois c'était le pompon, il venait de prouver le contraire. Il était le garçon le moins raisonnable qui soit.

Il jeta un coup d'œil à son chien et à son ours. Ils ne parlaient ni l'un ni l'autre mais il voyait bien à leur regard qu'ils étaient eux aussi en proie à une profonde solitude. L'histoire qu'ils lui avaient racontée quand ils avaient acquis la parole, l'histoire de leur vie, semblait leur échapper. Peut-être n'avaient-ils jamais été des humains, peut-être n'était-ce là qu'un rêve qu'ils avaient fait, le rêve banal d'une noble origine, chacun n'a-t-il pas rêvé un jour d'être un prince ? La vérité de ces histoires paraissait glisser hors d'eux pour se fondre dans la blancheur, dans le vide blanc, et ils redevenaient de simples animaux, en route vers un sort probablement funeste.

Finalement il se produisit un changement. La blancheur devint moins épaisse. Elle n'était plus aussi dense ni aussi envahissante, mais se mit à ressembler à ces gros nuages dans le ciel que les avions traversent et on aperçut quelque chose dans les hauteurs, oui ! une percée, et voici qu'on ressentait de nouveau la sensation oubliée de la vitesse, l'impression que le tapis volait comme une fusée en direction de la lumière qui était proche à présent, de plus en plus, et tout à coup *whooooosssshhhh* ils débouchèrent dans la clarté d'un beau jour ensoleillé. Tous les passagers du *Resham* se réjouirent à grands cris, chacun à sa manière, et Luka, en touchant ses joues, constata à sa grande surprise qu'elles étaient mouillées de larmes. Il entendit un son qui lui était désormais familier, *ding,* et le compteur dans le coin supérieur droit de son champ de vision grimpa à 3. Sous le coup de l'émotion, il n'avait même pas vu le bouton de sauvegarde, alors que s'était-il passé ?

« Tu ne faisais pas attention, dit Soraya. Tout va bien. J'ai appuyé pour toi. »

Il regarda en bas et découvrit la Grande Stagnation. De ce côté des Brumes du Temps, le Fleuve se déployait en un gigantesque marais qui s'étendait dans toutes les directions aussi loin que portât le regard.

« C'est très beau, dit-il.

— C'est très beau, répondit Soraya, si c'est la beauté que tu cherches. Là en bas, tu trouveras des alligators très rares, des pics-verts géants, des cyprès parfumés et des plantes carnivores... Mais tu perdras aussi ton chemin et tu te perdras toi-même car la Grande Stagnation a le pouvoir de capturer celui qui passe au milieu d'elle en lui inoculant une indolence rêveuse, un désir de demeurer là pour toujours, d'oublier son but véritable et sa vie d'autrefois pour simplement s'allonger sous un arbre et se reposer. Les parfums de la Stagnation sont exceptionnels, eux aussi, mais ils sont tout sauf inoffensifs. Il suffit de respirer cette beauté pour se mettre à sourire d'un air satisfait et s'étendre sur une touffe d'herbe... et rester à jamais prisonnier du Marais.

— Mille mercis à vous et à votre tapis volant, dit Luka, reconnaissant. Votre rencontre a été la chance de ma vie.

— Ou la malchance, dit Soraya d'Outremont. Parce que la seule chose que je puisse faire c'est de te rapprocher de plus en plus des pires dangers que tu rencontreras jamais. »

En voilà une pensée réjouissante.

« Ne te laisse pas duper, ajouta l'Insultane, par le bouton doré de sauvegarde. Il est là, juste au bord de la Stagnation, mais si tu descends appuyer dessus, tu respireras ces parfums capiteux qui t'endormiront et c'en sera fini de nous. De toute façon ce n'est pas nécessaire. Nous sauvegarderons à la fin des Chenaux Fourchus et cela enregistrera automatiquement les niveaux précédents. »

L'idée de passer près du bouton de sauvegarde sans s'arrêter contrariait Luka, parce que s'il perdait une vie pour une raison ou pour une autre, il se demandait s'il devrait recommencer de zéro la traversée de la Grande Stagnation.

« Ne t'inquiète pas pour cela, lui dit Soraya. Occupe-toi plutôt de ce qui arrive. »

Elle pointait le doigt droit devant elle. Luka distingua au loin le bord d'une masse nuageuse basse et plate qui avait l'air de tourner lentement sur elle-même.

« L'incontournable Tourbillon est juste en dessous, dit Soraya. As-tu déjà entendu parler d'El Niño ? »

Luka fronça les sourcils.

« Est-ce que ce n'est pas cette zone plus chaude dans l'océan ? »

L'Insultane d'Outremont parut impressionnée.

« Dans l'océan Pacifique, dit-elle. Il est énorme, grand comme l'Amreeka, et il se manifeste tous les sept ou huit ans et provoque des désastres climatiques. »

Luka savait cela, ou alors il s'en souvint au moment où elle lui en parla.

« Mais quel rapport avec nous ? demanda-t-il.

— Nous sommes à mille lieues de l'océan Pacifique, dit Soraya en pointant le doigt. Ceci, c'est El Tiempo. Lui aussi est aussi grand que l'Amreeka et il se manifeste aussi tous les sept ou huit ans, juste au-dessus du Tourbillon, et quand il apparaît, il provoque de véritables désastres sur le Temps. Si on tombe dans le Tourbillon, où le Temps tourne sur lui-même, on y reste prisonnier pour toujours, mais si on est capturé par El Tiempo, il se passe alors des choses bien pires.

— Mais on vole trop haut pour être pris au piège ? demanda Luka, inquiet.

— Espérons, répondit la Reine Soraya, puis elle exigea l'attention de tous. Pour éviter de se faire prendre dans les distorsions temporelles imprévisibles du phénomène El Tiempo, annonça-t-elle, je vais réduire le tapis à la taille minimum nécessaire pour nous transporter tous, y compris l'*Argo*, bien sûr, grand comme il est. Je vais aussi faire grimper le tapis à son altitude maximale et réactiver les écrans protecteurs pour vous permettre d'avoir chaud et d'avoir de l'air à respirer. »

L'affaire était sérieuse. Tout le monde se regroupa au centre du tapis et les bords se relevèrent autour d'eux. Le champ de force fut activé et Soraya ajouta :

« Je dois vous dire que c'est la dernière fois que je peux activer les écrans protecteurs, sinon nous n'aurons plus assez de puissance pour revenir à notre point de départ. »

Luka voulut lui demander d'où le tapis tirait sa puissance et comment on faisait pour le recharger, mais se dit, en voyant l'expression qu'elle affichait, que ce n'était pas le moment de poser des questions importunes. Elle gardait les yeux fixés sur El Tiempo de plus en plus proche, et sur l'Incontournable Tourbillon juste sous lui. Puis le tapis se mit à gagner de l'altitude.

La ligne de Kármán, la limite de l'atmosphère Terrestre, est, pour faire bref, la limite au-dessus de laquelle il n'y a pas assez d'air pour soutenir un tapis volant. C'est la véritable frontière de notre monde, au-delà s'étend l'espace infini, et elle se situe à environ soixante-deux miles, soit cent kilomètres au-dessus du niveau de la mer. C'était une de ces notions inutiles qui s'était gravée dans la mémoire de Luka à cause du vif intérêt qu'il portait aux histoires intergalactiques, aux jeux vidéo et à la science-fiction, et il se dit que, par bonheur, ce n'était pas aussi inutile que cela, puisque apparemment c'était là qu'ils se rendaient. Le *Resham* montait de plus en plus haut, le ciel vira au noir et les étoiles se mirent à briller et, malgré la protection du champ de force du tapis, ils ressentaient tous le frisson glacé de l'Infini et le vide lugubre de l'espace tout à coup ne leur sembla plus attirant du tout.

Loin, très loin sous eux tandis qu'ils poursuivaient leur ascension, à peut-être *soixante kilomètres* déjà, tournoyait l'Incontournable Tourbillon, créant des boucles dans le Temps, avec au-dessus de lui le perfide El Tiempo ; mais même s'ils étaient aussi éloignés que possible du danger, ils couraient toujours un double risque parce que loin, très loin, sous eux tandis qu'ils poursuivaient leur ascension, à peut-être *soixante kilomètres* déjà, tournoyait l'Incontournable Tourbillon, créant des boucles dans le Temps, avec au-dessus de lui le perfide El Tiempo ; mais même s'ils étaient aussi éloignés que possible du danger, ils couraient toujours un double risque parce que loin, très loin, sous eux tandis qu'ils poursuivaient leur ascension, à peut-être *soixante kilomètres* déjà, tournoyait l'Incontournable Tourbillon, créant des boucles dans le Temps, avec au-dessus de lui le perfide El Tiempo ; mais même s'ils étaient aussi éloignés que possible du danger, ils couraient toujours un double risque parce que loin, très loin sous eux, tandis qu'ils poursuivaient leur ascension... et à cet instant le tapis échappa d'un coup au tourbillon temporel avec une secousse telle que tout le monde fut renversé, même Papapersonne.

Seule Soraya resta debout.

« Voilà un problème de réglé », dit-elle, mais Luka s'aperçut qu'elle n'avait plus l'air d'avoir dix-sept ans, mais plutôt cent dix-sept ou mille dix-sept tandis que lui-même semblait rajeunir de minute en minute.

Ours le chien était devenu un chiot tandis que Chien l'ours paraissait bancal et frêle. Papapersonne lui-même avait maintenant une longue barbe blanche qui lui descendait aux genoux. Si cela devait se prolonger, se dit Luka, ils pouvaient dire adieu au Feu de la Vie parce qu'El Tiempo allait avoir raison d'eux ici et maintenant – à supposer que *maintenant* fasse partie de cette zone de méli-mélo temporel.

Une fois de plus, le tapis du Roi Salomon se montra à la hauteur de la tâche. Il monta de plus en plus loin, de plus en plus haut, luttant contre l'attraction des pièges temporels au-dessous de lui. Et après une longue période périlleuse vint enfin le moment, le moment que Luka n'osait presque plus espérer, où le *Resham* se libéra des liens obscurs et invisibles d'El Tiempo.

« Nous sommes libres ! » cria Soraya dont le visage avait retrouvé toute sa jeunesse, et Ours n'était plus un chiot, et Chien était de nouveau costaud et en pleine forme.

Ils étaient au zénith de leur trajectoire juste en dessous de la ligne de Kármán, et Luka, avec une sorte de terreur enchantée, plongeait son regard dans les profondeurs de l'espace et il se disait qu'après tout il préférait encore garder les pieds sur la terre ferme. Au bout d'un moment le tapis amorça sa descente, laissant El Tiempo et le Tourbillon derrière lui. Il n'y avait pas eu moyen d'atteindre le bouton de sauvegarde, quel que fût son emplacement. Les risques devenaient de plus en plus grands. Si pour une raison ou pour une autre Luka ne parvenait pas à appuyer sur le bouton doré au terme du prochain niveau, il serait condamné à reparcourir entièrement celui-ci, et sans l'aide des écrans protecteurs du tapis il n'aurait pas la moindre chance. Mais ce n'était pas le moment de s'abandonner à de telles pensées défaitistes. Il allait falloir affronter les Chenaux Fourchus au nombre d'un Trillion et Un.

Ils approchaient du cours supérieur du Fleuve du Temps. Le cours inférieur large et paresseux était loin derrière eux, de même que le cours moyen et ses traquenards. En se rapprochant de sa source dans le Lac de la Sagesse, le cours du Fleuve aurait dû rétrécir et se changer en un ruisseau toujours plus mince. Et c'est sans doute ce qu'il avait fait; toutefois, il y avait à présent autour de lui d'autres cours d'eau en quantité innombrable qui se déversaient les uns dans les autres; vus d'en haut, ils donnaient l'impression d'une myriade de fils étroitement imbriqués, d'une tapisserie liquide. Lequel d'entre eux était le Fleuve de la Vie?

« À mes yeux, ils sont tous semblables », avoua Luka.

Soraya elle-même y alla de son aveu.

« C'est le niveau où je me sens le moins sûre de moi, dit-elle, un peu honteuse. Mais ne t'inquiète pas! Je vais y arriver! Parole d'Ultra! »

Luka en fut horrifié.

« Vous voulez dire que lorsque vous avez promis de m'aider à franchir quatre niveaux, vous n'étiez pas sûre d'y arriver pour le dernier? Et dire que nous n'avons même pas sauvegardé nos progrès et que, si nous échouons ici, nous serons fichus et il nous faudra recommencer entièrement les deux derniers... »

L'Insultane n'avait pas l'habitude de la critique et son visage s'empourpra; Luka et elle en seraient arrivés au point de se quereller si des barrissements sonores n'avaient à ce moment détourné leur attention. Mais des cris se firent entendre et ils se détournèrent l'un de l'autre d'un air fâché pour voir ce qui se passait.

« Excusez-moi, barrit le Canard-Éléphant, mais n'êtes-vous pas en train de négliger quelque chose d'important?

— Ou bien quelqu'un, dit la Cane-Éléphante. Deux quelqu'uns pour être exact.

— Nous, précisa le Canard-Éléphant. Qui sommes-nous? voulut-il savoir. Sommes-nous des bibelots décoratifs, ou ne serions-nous pas par hasard les fameux Oiseaux-Mémoire du Monde Magique?

— Sommes-nous de simples véhicules tout-terrain, poursuivit la Cane-Éléphante en jetant un regard assassin à

Papapersonne, ou n'aurions-nous pas passé toute notre vie à nager sur le Fleuve du Temps, et à pêcher des Remous dans le Fleuve du Temps ?

— À *boire* le Fleuve du Temps, à *lire* le Fleuve du Temps.

— ... Et en somme, nous connaissons le Fleuve du Temps aussi intimement que s'il était notre mère, ce qui dans un sens est la vérité puisqu'il nous nourrit depuis toujours ; en tous les cas nous le connaissons plutôt mieux que n'importe quelle Insultane d'Outremont, pays qui ne se trouve même pas sur le Fleuve.

— Ce qui veut dire, conclut triomphalement le Canard-Éléphant, que si, nous, nous ne pouvons pas distinguer le vrai Fleuve parmi ce Trillion d'Imitations, alors, chers amis, c'est que personne ne le peut.

— Eh bien, voilà, dit Soraya à Luka, retournant effrontément la situation à son avantage. Je t'avais bien dit qu'on s'occuperait de tout, et c'est encore ce qui va se produire. »

Luka décida de ne pas polémiquer. Après tout le tapis volant était à elle.

Une trompe d'éléphant est un organe extraordinaire. Elle peut flairer l'eau à des kilomètres à la ronde. Elle peut aussi détecter le danger, elle est capable de dire si des étrangers qui s'approchent sont des amis ou des ennemis, elle sait aussi sentir la peur. Et elle peut déceler de très loin des odeurs très particulières : celles des membres de la famille et des amis, et bien sûr la douce odeur du foyer.

« Faites-nous descendre plus bas », demanda le Canard-Éléphant et le tapis volant, après avoir repris des dimensions plus confortables, s'approcha du labyrinthe de cours d'eau.

Les deux Oiseaux-Éléphants se tenaient à l'avant, la trompe dressée très haut en l'air et l'extrémité tournée vers le bas. Luka observait ces trompes qui se balançaient à l'unisson : à gauche, à droite, et encore à gauche. On aurait dit que les trompes dansaient ensemble. Mais pouvaient-elles vraiment détecter à l'odorat le Fleuve du Temps alors qu'ils étaient entourés de tant d'autres parfums aquatiques qui devaient tout embrouiller ?

Tandis que les trompes des Oiseaux-Éléphants menaient leur ballet, leurs oreilles aussi s'activaient, elles se dressaient toutes raides sur leur tête à l'écoute des murmures du Fleuve. L'eau, quand elle coule, n'est jamais silencieuse. Les ruisseaux babillent, les cours d'eau gazouillent et un fleuve plus grand et plus large raconte des choses plus profondes et plus complexes. Les grands fleuves s'expriment sur une fréquence très basse, trop basse pour l'oreille humaine, même pour l'oreille des chiens qui sont incapables de saisir les mots qu'ils prononcent; le Fleuve du Temps racontait ses histoires sur la plus basse de toutes les fréquences, et seule une oreille d'éléphant pouvait en percevoir les chants. En tout cas, les Oiseaux-Éléphants gardaient les yeux fermés. Les éléphants ont des yeux petits et secs, ils ne voient pas très loin. La vue ne leur serait d'aucun secours pour trouver le Fleuve du Temps.

Le temps s'écoula. Le tapis volant survolait le Trillion et Un Chenaux Fourchus en se balançant d'un bord à l'autre. Le soleil se couchait à l'ouest. Ils avaient tous faim et soif, jusqu'à ce que le coffre de chêne enchanté de Soraya leur fournisse tout un assortiment de nourritures et de boissons. « C'est une chance, se dit Luka, que les Oiseaux-Éléphants aient un appétit d'oiseau et non une faim de pachyderme, parce que les éléphants mangent tout le temps et seraient capables de vider même ce coffre prodigieux. » Les ombres de l'après-midi s'allongèrent dans le paysage. Les Oiseaux-Éléphants ne disaient rien. Luka perdait espoir à mesure que la lumière diminuait. Peut-être était-ce là la fin de l'aventure, avec toutes ses espérances englouties dans un labyrinthe aquatique. Peut-être.

« Par là ! s'écria la Cane-Éléphante, et le Canard-Éléphant confirma :

— Oui, c'est ça. Par là. Dans cinq kilomètres. »

Luka courut se placer entre eux. Ils avaient la trompe tendue droit devant eux pour indiquer la direction. Le tapis descendit doucement au ras des Chenaux Fourchus et se mit à accélérer. Arbres, buissons et rivières défilaient à toute vitesse autour d'eux. Puis tout à coup le Canard-Éléphant cria « Stop ! » Ils étaient arrivés.

La nuit tombait et Luka ne voyait pas ce que ce fleuve particulier avait de différent mais il espérait de toutes ses forces que les Oiseaux-Mémoire ne s'étaient pas trompés. « Descendons, dit le Canard-Éléphant. Nous devons le toucher pour être tout à fait sûrs. »

Le tapis se mit à voler de plus en plus bas jusqu'à se trouver juste au-dessus de la surface. La Cane-Éléphante trempa le bout de sa trompe dans l'eau puis releva la tête d'un air triomphant. « Certaine ! lança-t-elle et les deux Oiseaux-Éléphants, avec des cris de joie, sautèrent du tapis volant pour plonger dans le Fleuve du Temps retrouvé.

— Enfin chez nous !, hurlèrent-ils. Aucun doute ! C'est bien ici ! »

Ils s'éclaboussèrent mutuellement à coups de grands jets d'eau avant de se calmer. Le Fleuve du Temps méritait certains égards. Ce n'était pas un jouet.

« Absolument sûr, dit le Canard-Éléphant, à cent pour cent », et il fit une petite révérence.

Ours le chien, qui était très fier de son flair, était impressionné et peut-être un peu honteux de ne pas être celui qui avait découvert le bon chemin. Chien l'ours était lui aussi impressionné et gêné et il s'abstint d'un air grincheux de complimenter les Oiseaux-Mémoire. Papapersonne semblait perdu dans ses pensées et ne dit rien lui non plus.

« Merci, jeunes filles, jeunes gens, animaux au flair ordinaire et étranges créatures surnaturelles et, à vrai dire, quelque peu sinistres, dit le Canard-Éléphant d'un ton sarcastique. Merci beaucoup à tous. Et ne vous donnez pas la peine d'applaudir. »

Dans le Monde de la Magie, la nuit peut être plus active que le jour, selon l'endroit où vous vous trouvez. Au Péristan, le Pays des Êtres Imaginaires, la nuit est le moment où les ogres, les *bhoots*, rôdent, cherchant à enlever des péris endormies. Dans la Cité des Rêves, Kwáb, la nuit, les rêves des habitants prennent corps et se mettent à vivre dans la rue – les histoires d'amour, les disputes, les monstres, les horreurs, les joies, tout cela s'assemble pour envahir les ruelles obscures et il arrive parfois que votre rêve, à la fin de la nuit, saute dans la tête de quelqu'un d'autre, tandis que le sien vient de manière surprenante et confuse se mêler au vôtre. Et à Outremont, comme Soraya le raconta à Luka, le comportement de chaque individu devenait plus méchant, plus violent et plus imprévisible pendant les heures qui vont du coucher de soleil à l'aube. Les Ultras mangeaient trop, buvaient trop, volaient la voiture de leur meilleur ami, insultaient leur grand-mère et lançaient des cailloux sur le visage de bronze du Premier Roi d'Outremont, son ancêtre, dont la statue équestre se dresse devant les grilles du palais.

« Nous nous conduisons très mal, soupira-t-elle, mais au fond nous avons bon cœur. »

Dans le Trillion et Un Chenaux Fourchus, la nuit pourtant était étrangement calme. Aucune chauve-souris ne passait devant le visage de la lune, pas le moindre elfe d'argent scintillant derrière les buissons, pas de gorgone sauvage aux aguets prête à transformer en pierre le voyageur imprudent. Le silence, l'absence de tout bruit étaient presque effrayants. On n'entendait pas un criquet striduler, pas le moindre écho d'une voix lointaine au-dessus des eaux, pas un seul animal nocturne en train de rôder. Voyant que Luka était quelque peu déstabilisé par un tel calme, Soraya essaya d'apporter une note de normalité à la scène.

« Aide-moi donc à plier le tapis, ordonna-t-elle, ajoutant aussitôt en bonne Ultra : à moins que tu ne sois trop empoté ou trop goujat pour le faire, bien sûr. »

Ils avaient remis l'*Argo* à l'eau et avaient embarqué à son bord. Les Oiseaux-Mémoire n'avaient pas besoin de remorquer le bateau – le tapis volant *Resham* y arrivait facilement. Mais même un tapis volant a parfois besoin de quelques heures de repos et Soraya, sur le pont de l'*Argo,* était en train de ranger *Resham* pour la nuit. Luka saisit le tissu de soie légère par deux de ses coins et suivit les instructions de Soraya. À sa grande surprise, il vit le tapis se plier et se replier comme s'il n'était fait que d'air pliable. Au final, il s'était transformé en un carré aussi fin et aussi petit qu'un mouchoir et tous ses meubles enchantés avaient disparu en même temps que lui.

« Et voilà, dit Soraya en mettant le tapis dans sa poche. Merci, Luka. (Et elle ajouta, revenant à sa véritable nature :) Bien que tu ne m'aies pas été d'un grand secours. »

Les animaux dormaient déjà. Papapersonne qui, lui, ne dormait jamais, se comportait comme s'il éprouvait une forme très humaine de fatigue ; il se reposait tranquillement, assis à la proue de l'*Argo*, les mains autour des jambes et la tête posée sur les genoux, sans avoir retiré son panama. Luka comprit que la santé de son père devait connaître une légère amélioration parce que Papapersonne semblait un peu plus transparent que quelque temps auparavant. « C'est peut-être pour cela qu'il est fatigué, se dit Luka. Plus mon père récupère de forces, plus Papapersonne s'affaiblit. »

Ce serait une erreur cependant, Luka le savait bien, de miser trop d'espoir sur cet heureux retournement. Il avait entendu dire que les malades connaissent parfois une légère amélioration trompeuse avant de glisser sur... la pente fatale... Il se sentait lui-même épuisé mais ne pouvait pas se permettre de dormir.

« Il faut continuer, dit-il à Soraya. Pourquoi est-ce que tout le monde se comporte comme si on avait tout notre temps ? »

Les étoiles brillaient au-dessus d'eux et elles dansaient de nouveau comme la nuit où Rachid avait été plongé dans le Sommeil. Luka ne savait pas si c'était bon signe, de fait il craignait que ce ne soit un mauvais présage.

« Il faut y aller », insista-t-il.

Mais Soraya s'avança vers lui, l'étreignit d'une manière qui n'avait rien d'insultant, et en l'espace d'un instant il dormait profondément dans les bras de la Souveraine.

S'il s'éveilla de bonne heure, bien avant l'aube, il ne fut pas le premier à ouvrir les yeux. Les Oiseaux-Mémoire et les animaux dormaient encore, mais Papapersonne faisait les cent pas d'un air préoccupé (fallait-il y voir un bon ou un mauvais signe ? se demanda Luka). Soraya regardait fixement l'horizon lointain, et si Luka n'avait pas su qu'elle était totalement intrépide, il aurait dit qu'elle semblait avoir peur. Il s'approcha d'elle et fut surpris quand elle lui prit la main et la serra très fort.

« Que se passe-t-il ? » demanda-t-il.

Elle secoua brusquement la tête sans rien dire. Puis, au bout d'un moment, elle déclara d'une voix calme :

« Je n'aurais jamais dû t'amener ici. Ce n'est pas un endroit pour toi.

— Tout va bien. Nous y sommes à présent, répondit Luka avec impatience. Nous devons continuer et nous mettre en quête du bouton de sauvegarde.

— Et ensuite ? interrogea Soraya.

— Ensuite, ensuite, bégaya Luka, nous verrons bien ce qui se présente.

— Je t'ai dit que le tapis ne peut pas franchir les Grands Orbes de Feu. Malheureusement le Cœur de la Magie et tout ce que tu recherches se trouvent de l'autre côté. C'est inutile. Nous avons déjà eu bien de la chance d'arriver jusqu'ici. Je dois te ramener.

— À propos de ces Orbes de Feu…, commença Luka.

— Ne pose pas de questions. Ils sont immenses et infranchissables, c'est tout. Le Grand Maître a fait le nécessaire.

— Et à propos de ce Grand Maître…

— C'est tout simplement impossible, lâcha-t-elle brusquement, et elle en avait vraiment les larmes aux yeux. Je suis désolée. C'est irréalisable. »

Papapersonne, qui s'était tenu en retrait pendant un bon moment, finit par intervenir.

« Si tel est le cas, dit-il, c'est au garçon de le découvrir par lui-même. D'autre part, il a encore 615 vies en réserve, plus une autre à laquelle il va manifestement devoir se raccrocher. Et il en va de même pour le chien et pour l'ours. »

Soraya ouvrit la bouche, prête à discuter, mais Luka sonna le branle-bas à bord de l'*Argo*.

« Debout ! Debout ! » cria-t-il et les animaux lui obéirent à contrecœur. (Il se tourna alors vers Soraya et lui dit d'un ton ferme :) Au bouton de sauvegarde, s'il vous plaît. »

Elle céda en hochant la tête :

« Fais comme tu l'entends », dit-elle, et elle sortit le tapis volant de sa poche.

Luka remarqua alors qu'il y avait des anneaux d'acier à chaque coin du tapis (mais est-ce qu'il y étaient déjà la veille quand le *Resham* avait été replié ?) et l'*Argo* y était attaché à l'aide de cordes. La Cane-Éléphante et le Canard-Éléphant, assis sur le tapis, se relayèrent pour jouer le rôle de guide et suivre le véritable cours du Fleuve du Temps dans l'enchevêtrement trompeur des canaux. Le tapis avait beau voler fort vite, le voyage fut tout de même très long, et Luka fut soulagé quand il aperçut devant lui la boule dorée du bouton de sauvegarde qui ballottait sur l'eau comme une petite bouée. Pour remercier les Oiseaux-Mémoire d'avoir joué le rôle de guide, il leur demanda d'appuyer eux-mêmes sur la boule; la Cane-Éléphante sauta dans la rivière et donna un bon coup de tête dans la boule dorée. Le chiffre inscrit dans le coin supérieur droit du champ de vision de Luka passa rapidement de 3 à 4, puis à 5 et enfin à 6, mais il n'y prêta pas attention car à l'instant même où la Cane-Éléphante appuyait sur le bouton, le monde entier se transforma.

Tout devint sombre et pourtant il ne faisait pas nuit. C'était une sorte d'obscurité artificielle, fruit de la magie noire, destinée à faire peur. Alors, juste devant eux émergea des ténèbres une immense boule de feu qui s'éleva dans le ciel en faisant entendre un fabuleux rugissement et forma un gigantesque mur de flammes.

« Il fait tout le tour du Cœur de la Magie, murmura Soraya. D'ici on n'en voit que l'avant. C'est le premier Orbe. »

On entendit ensuite un deuxième puis un troisième rugissement, chacun plus fort que le précédent, et deux nouveaux gigantesques anneaux de feu apparurent; le deuxième était plus grand que le premier et le troisième encore plus grand, de sorte qu'ils pouvaient monter et descendre en coulissant autour du premier, formant à eux trois une triple barrière infranchissable, tels trois énormes beignets de feu en plein ciel. La couleur de ce feu, rouge orangé au départ, pâlit rapidement jusqu'à ce que les anneaux deviennent pratiquement blancs.

« Le feu le plus ardent du monde, expliqua Soraya à Luka. La chaleur blanche. Tu comprends à présent ce que j'essayais de te dire ? »

Luka comprenait. Si ces beignets de feu entouraient le Cœur de la Magie, le Torrent des Mots, le Lac de la Sagesse, la Montagne de la Connaissance et tout cela, alors sa quête était sans espoir.

« Ce feu, dit-il, sans se faire beaucoup d'illusions, ce feu dont sont faits les anneaux, ce n'est pas le même que le Feu de la Vie, si ?

— Non, fit Papapersonne en secouant la tête. Il s'agit du feu ordinaire, celui qui réduit en cendres tout ce qu'il touche. Le Feu de la Vie est la seule flamme créatrice – qui restaure au lieu de détruire. »

Luka en perdit la parole. Il se tenait debout dans le noir sur le pont de l'*Argo* et regardait fixement les rideaux de flammes. Ours le chien et Chien l'ours vinrent en silence se placer de part et d'autre de lui. Et tout à coup, sans prévenir, ils éclatèrent de rire tous les deux.

« Ha ! Ha ! Ha ! aboya Ours le chien. (Il tomba à la renverse et se roula sur le dos en agitant ses pattes en l'air.) Ha ! Ha ! Ha ! Ha ! Ha ! »

Et Chien l'ours se mit à danser la gigue sur le pont, ce qui fit dangereusement rouler le bateau d'un bord sur l'autre.

« Ho ! Ho ! grommelait-il. Si je ne l'avais pas vu, je n'y aurais pas cru. Après tout ce battage... et ce n'est que ça ? »

Soraya était stupéfaite, et même Papapersonne semblait perplexe.

« Mais qu'est-ce qui vous arrive, espèces de stupides bestioles ? » demanda l'Insultane d'Outremont.

Ours le chien se remit péniblement sur ses pattes, tout essoufflé d'avoir tant ri.

« Mais regardez donc, s'écria-t-il, c'est Fifi, rien de plus. Ce n'est qu'une grosse Fifi surdimensionnée, après tout ce battage !

— De quoi parlez-vous ? demanda Soraya. Je ne vois aucune femme ici.

— Fifi, fit Chien l'ours en se gondolant, la Fameuse Incroyable Flamboyante Illusion du Grand Maître Flamme.

F.I.F.I., Fifi. C'est comme ça qu'on l'appelait au cirque. C'est donc le Capitaine Aag qui est derrière tout cela. On aurait dû s'en douter.

— Vous connaissez le Grand Maître? fit Soraya interloquée.

— Grand Maître, tu parles! répondit Ours le chien. Ce n'était qu'un tocard dans le Monde Réel et c'en est encore un ici. Ces obstacles fantastiques qui vous font si peur, ce ne sont même pas des obstacles.

— Fifi est une *illusion*, expliqua Chien l'ours. De la fumée et des miroirs! C'est un tour de magie. Elle n'existe pas en vrai.

— On va vous montrer, dit Ours le chien. On sait comment ça marche. Laissez-nous débarquer et on va mettre fin une fois pour toutes à cette idiotie. »

Papapersonne tendit la main en signe d'avertissement.

« Êtes-vous sûrs que le Capitaine Aag du temps de votre cirque est bien le même que le Grand Maître Flamme du Monde Magique? Comment pouvez-vous être certains que les Grands Orbes de Feu ne sont pas réels, même si le numéro de cirque, lui, était truqué?

— Regardez un peu là-haut, fit brusquement Luka. D'où sortent-ils, ceux-là? »

Tournoyant dans l'air au-dessus de leurs têtes, horriblement illuminés par les flammes géantes, venaient d'apparaître sept vautours portant des collerettes autour du cou à la manière des nobles Européens dans les tableaux anciens et des clowns dans un cirque.

Cela déclencha une nouvelle crise d'hilarité chez Ours le chien et Chien l'ours.

« Ha! Ha! fit Chien l'ours en sautant à terre. Les vieux potes emplumés du Capitaine Aag lui ont gâché son tour de magie en volant à travers!

— Ha! Ha! renchérit Ours le chien. Regardez un peu, vous autres! »

Sur ce, ils foncèrent droit sur les Grands Orbes de Feu et disparurent dans la fournaise.

Soraya poussa un cri et Luka porta ses mains à sa bouche; alors dans un éclair les Anneaux disparurent et la lumière changea, Ours et Chien revinrent en courant et le compteur dans le coin supérieur droit du champ de vision de Luka émit un *ding* et afficha le chiffre 7, et le Cœur de la Magie se déploya sous leurs yeux, éclairé par l'Aube des Jours.

Le Cœur de la Magie, mais aussi le Capitaine Aag, monté sur un dragon cracheur de feu.

6

Au Cœur de la Magie

« Est-ce encore une illusion ? demanda crânement Luka au Capitaine Aag. Est-ce un autre de vos ennuyeux tours de magie ? »

Le Capitaine Aag émit ce qui se voulait sans doute un rire mais qui ressemblait plutôt à un grognement. « La sécurité, dit-il, n'est pas une Illusion.

La Sécurité est le Fondement même du Monde. Hélas ! Ceux d'entre nous qui se consacrent à cette lourde tâche d'assurer la Sécurité sont souvent incompris, régulièrement insultés, et bien souvent ignorés par ceux-là même dont nous protégeons la sécurité et les biens, et cependant nous persévérons. Le maintien de la Sécurité, mon petit pote, est une Tâche Ingrate, je te ferai savoir, et pourtant la Sécurité doit être assurée. Non, la Sécurité n'est pas une Supercherie. Il s'agit d'un Fardeau et c'est sur moi qu'il repose. Heureusement, je ne travaille pas seul et un loyal Insecte de Feu (Luka reconnut alors cette espèce de petit cafard voletant au-dessus de l'épaule d'Aag) a fait diligence, surmontant toutes sortes d'obstacles et de distractions pour venir me prévenir que des voleurs s'approchaient, un héroïque Insecte Incandescant comme celui que nous avons là n'est pas le produit d'un abracadabra ou d'un tour de prestidigitation. Un tel Insecte est un Enfant de la Vertu. Quant à Nuthog, le redoutable Dragon tueur, il n'est pas non plus le résultat d'un tour de magie, comme tu ne vas pas tarder à t'en apercevoir. »

C'était vraiment un homme toujours de mauvais poil, ce Capitaine Aag, avec ses touffes de cheveux frisées teintées au henné qui se dressaient sur sa tête tels des serpents orange enragés, c'était aussi un homme au menton poilu dont la barbe rousse pointait dans toutes les directions comme les rayons d'un soleil courroucé, un homme tout en sourcils qui avait des buissons écarlates ne cessant de se courber vers le haut ou vers le bas de manière agressive au-dessus de deux yeux noirs et méchants, et un homme aux oreilles velues : il avait de longues touffes épaisses de poils écarlates qui tire-bouchonnaient hors des organes charnus de l'ouïe. Des poils rouge sang débordaient de l'encolure de sa chemise et de son grand manteau de pirate au niveau des poignets, et Luka s'imagina que le Capitaine était recouvert de la tête aux pieds d'une végétation luxuriante, comme si son corps était une ferme qui ne produirait que du poil. Soraya, qui avait elle aussi la chevelure flamboyante, murmura à l'oreille droite de Luka que les débordements pileux du Grand Maître risquaient de nuire à la réputation des rouquins.

Le poil était chez Aag une façon d'extérioriser sa colère. Luka le voyait bien à la manière dont le Capitaine agitait sa toison et la brandissait vers lui comme un poing. Mais pourquoi tant de colère ? D'accord, il y avait bien ce petit grief de la destruction de son cirque par la malédiction de Luka, c'était évident. Mais, premièrement, ce cirque n'était qu'une affaire secondaire, un simple petit jouet au sein du Monde Réel pour le Gardien du Cœur de la Magie et, deuxièmement, le Capitaine Aag avait le poil qui poussait dru depuis très très longtemps, ce qui signifie qu'il avait été furieux toute sa vie – et même, si par hasard il était immortel, depuis le commencement des Temps.

« Il s'appelait à l'origine Ménétios, murmura Papapersonne dans l'oreille gauche de Luka, et c'était autrefois le Titan de la Rage, jusqu'à ce que le Roi des Dieux finisse par en avoir assez de son sale caractère et décide de le tuer d'un coup de tonnerre et de l'expédier en enfer. Finalement il fut autorisé à reprendre ce petit boulot, il n'est que concierge après tout, et donc le voici de plus mauvaise humeur que jamais, je suis désolé de le dire. »

Les sept vautours restaient à planer au-dessus d'Aag et du dragon, comme les invités d'un banquet attendant de faire bombance. Aag, cependant, était pour un bref instant d'humeur badine.

Dans d'autres lieux, tels que le Monde Réel, déclara-t-il du haut de son dragon, comme s'il parlait tout seul, et il regardait vers le lointain en adoptant une expression pensive, les créatures les plus terribles que l'on puisse rencontrer, comme le Yéti, l'Abominable Homme des Neiges ou le Gamin Horriblement Insupportable, ne sont que ce que je me plais à définir comme des *monstres dans l'espace*. Ils sont bien là, mais ils ne sont que cela, immuables, et donc toujours semblables à eux-mêmes. Alors qu'ici, où d'ailleurs tu n'as rien à faire et d'où tu vas disparaître sous peu, nos monstres sont également des monstres dans le temps, c'est-à-dire qu'ils peuvent être différents monstres l'un après l'autre. Nuthog que voici s'appelle en réalité *Jaldibadal*, et c'est un Caméléon Magique Femelle : c'est une vraie artiste transformiste, cette vieille Jaldi, quand elle veut bien s'en donner la peine, malheureusement elle est la plupart du temps du genre paresseuse et bonne à rien. Allez, Nuthog, montre-leur. Après tout il n'y a pas urgence à les cuire à la flamme du dragon. Les vautours peuvent bien attendre leur déjeuner. »

Nuthog, le dragon, ou plus exactement Jaldibadal la transformiste poussa ce qui ressemblait tout à fait au petit soupir las d'un serpent et se transforma, avec ce qui ressemblait tout à fait à une monstrueuse mauvaise volonté, en d'abord une truie métallique géante, puis successivement en une femme bestiale énorme et hirsute pourvue d'une queue de scorpion, en une Monstrueuse Escarboucle (créature couverte de miroirs avec un diamant brillant sur la tête), en une immense mère-tortue, et pour finir, avec ce qui ressemblait tout à fait à une morne résignation, elle reprit sa forme de dragon.

« Félicitations, Nuthog, dit le Capitaine Aag d'un ton sarcastique, et ses yeux noirs étincelaient de colère et sa barbe broussailleuse se hérissait autour de son visage comme la flamme rouge d'une méchante allumette. Un très bon numéro. Et maintenant, Ô bestiole indolente, fais frire ces voleurs tout vifs avant que je ne me fâche.

— Avec mes sœurs à l'unisson, je pourrai me défaire de ton sort, répliqua vivement Nuthog d'une voix extraordinairement douce et s'exprimant curieusement en vers. Tu ne me parlerais pas sur ce ton, ou nous t'enverrions à la mort.

— Qui sont ses sœurs? Où sont-elles? » glissa Luka à Papapersonne, mais Nuthog cracha sur l'*Argo* et tout l'univers ne fut plus que flammes.

« C'est bizarre cette histoire de perdre une vie, se dit Luka. On devrait ressentir quelque chose et en fait on ne ressent rien. » Il remarqua alors que le compteur placé dans le coin supérieur gauche de son champ de vision avait perdu *50 vies*. « J'ai intérêt à réfléchir en vitesse, se dit-il, ou alors je vais perdre ici toutes mes chances. » Il s'était reconstitué au même endroit, et Chien et Ours en avaient fait autant. Les habitants du Monde de la Magie n'avaient pas été affectés, ce qui n'empêchait pas Soraya de se plaindre amèrement :

« Si je voulais bronzer, j'irais m'asseoir au soleil. Je te prie de diriger ton lance-flammes dans une autre direction. »

Papapersonne examinait son panama, qui semblait avoir été très légèrement abîmé.

« Ce n'est pas juste, grommelait-il, je l'aime bien ce chapeau. »

BLLLAAARRRTT! Un autre souffle du dragon cracheur de feu, encore 50 vies de perdues.

« Oh, par pitié! s'écria Soraya. Tu ne sais donc pas que ces tapis volants sont faits d'un tissu très délicat? »

Les Oiseaux-Éléphants aussi étaient extrêmement contrariés.

« La Mémoire est une fleur fragile, se plaignait la Cane-Éléphante. Elle ne supporte pas bien les fortes chaleurs. »

La situation devenait dramatique.

« Les sœurs de Nuthog, murmura Papapersonne, furent emprisonnées par les Aalim dans des blocs de glace, par là-bas dans le Pays Gelé de Sniffelheim, pour contraindre Nuthog à obéir aux ordres d'Aag. »

BLLLAAARRRTT! « Cela fait 150 vies parties en un éclair, il ne me reste plus que 465 vies », pensa Luka en se reconstituant.

Quand il regarda autour de lui il s'aperçut que Soraya et son tapis volant avaient tous les deux disparu. « Elle nous a abandonnés, se dit-il. Ce qui veut dire qu'on est perdus. »

Sur ce, Chien l'ours posa une question à Jaldibadal.

« Es-tu heureuse? demanda-t-il, et le monstre eut l'air surpris.

— En voilà une question! répliqua Nuthog, oubliant sous le coup de la surprise de parler en vers. Je suis en train de te faire griller à mort et c'est tout ce que tu trouves à me demander? Qu'est-ce que cela peut te faire? Admettons que je sois heureuse, partagerais-tu mon bonheur? Et si je n'étais pas heureuse, aurais-tu pitié de moi?

— Par exemple, insista Chien l'ours, es-tu convenablement nourrie? Parce que je vois tes côtes qui pointent sous tes écailles.

— Ce ne sont pas mes côtes, répondit Nuthog d'un air évasif. Ce doit être le squelette de la dernière personne que j'ai avalée.

— Je m'en doutais, dit Chien l'ours. Il ne te donne pas à manger, exactement comme il le faisait avec les animaux du cirque. Un dragon émacié est encore plus triste à voir qu'un éléphant décharné.

— Pourquoi perds-tu tout ce temps, gronda le Capitaine Aag à cheval sur Nuthog, vas-y donc et achève-les!

— Nous nous sommes révoltés contre lui, là-bas dans le Monde Réel, dit Ours le chien. Il n'a rien pu faire pour l'éviter et il a dû quitter définitivement cet endroit.

— Fais-les cuire! hurla le Capitaine Aag, grille-les, rôtis-les, flambe-les, boucane-les. Des saucisses d'ours au menu! Des côtelettes de chien! Des joues de garçon! Fais-les cuire et qu'on passe à table!

— C'est à cause de mes sœurs, confia Nuthog à Ours d'un air affligé. Tant qu'elles sont prisonnières je n'ai d'autre choix que de lui obéir.

— On a toujours le choix, fit Chien l'ours.

— Et alors ! fit une voix tombant du ciel, ce ne seraient pas là par hasard les sœurs que tu cherches ? »

Tous les passagers de l'*Argo* levèrent la tête ; là-haut, très haut au-dessus d'eux, ils virent la Reine Soraya d'Outremont, sur le tapis magique du Roi Salomon, *Resham*, qui s'était suffisamment agrandi pour pouvoir transporter trois énormes monstres grelottants, tout juste sortis de leur prison de glace, encore trop frigorifiés pour être capables de voler, trop mal en point pour pouvoir se métamorphoser mais libres et bien vivants.

« Bahut-Sara ! Badlo-Badlo ! Gyara-Jinn ! », s'écria joyeusement Nuthog.

Les trois Transformistes rescapées répondirent par de petits gémissements, faibles certes, mais des gémissements de bonheur. Sur le dos de Nuthog, le Capitaine Aag commençait à avoir l'air franchement pris de panique.

« Rest... Restons calmes, dit-il en bégayant légèrement. Souvenez-vous tous que je n'ai fait qu'exécuter des ordres, que ce sont les Aalim, les Gardiens du Feu, qui ont mis sur la glace pilée ces trois excellentes dames ici présentes et qui m'ont ordonné de travailler avec toi, Nuthog, pour garder la Porte du Cœur. Il faut comprendre aussi que la Sécurité est un objectif particulièrement exigeant qui oblige à prendre des décisions difficiles et que par conséquent il peut arriver que des innocents aient à souffrir pour une grande cause. Nuthog, tu comprends cela, n'est-ce pas ?

— Seuls mes amis peuvent m'appeler Nuthog, dit celle-ci, et d'un léger coup de reins elle désarçonna le Capitaine Aag.

Celui-ci atterrit avec un bruit sourd juste devant son museau fumant.

« Et tu ne fais pas partie de mes amis, ajouta Nuthog. Mon nom est donc Jaldibadal et je suis désolée de te le dire mais, non, je ne comprends pas. »

Le Capitaine Aag se souleva pour faire face à son destin. Il tenait plus du naufragé que du pirate, hirsute mais sans le moindre éclat.

« Une dernière parole ? » s'enquit d'une voix douce Jaldibadal.

Le Capitaine Aag brandit son poing vers elle.

« Je reviendrai ! » rugit-il.

Jaldibadal secoua sa tête écailleuse.

« Non, dit-elle, j'ai bien peur que non. »

Puis elle cracha une immense flamme qui vint s'enrouler autour du Capitaine Aag, le brasier se dissipa et il n'y avait plus de Capitaine, juste un petit tas de cendres à l'air féroce.

« Évidemment, ajouta-t-elle, après qu'Aag eut été, en quelque sorte, éteint, et que sa troupe de vautours se fut enfuie vers des cieux lointains d'où ils ne reviendraient jamais, il existe dans le Cœur des Forces qui pourraient en réalité le ramener à la vie si elles en décidaient ainsi. Mais il ne compte plus beaucoup d'amis par ici et je crois bien que c'était là sa dernière chance. » (Elle souffla énergiquement sur le petit tas de cendres qui se trouvait sous son museau et l'éparpilla aux quatre vents.) « À présent, jeune Monsieur, dit-elle en regardant Luka droit dans les yeux, et j'ajouterai, Monsieur Chien et Monsieur Ours, en quoi puis-je vous être utile ? »

Ses sœurs, sur le tapis volant, s'essayèrent à battre des ailes et découvrirent, pour leur plus grande satisfaction, qu'elles étaient à nouveau capables de voler.

« Nous aussi, nous voulons vous aider », dit Badlo-Badlo la Transformiste, et Bahut-Sara et Gyara-Jinn acquiesçaient elles aussi.

L'Insultane Soraya, ravie, applaudit.

« Voilà qui va déjà mieux, se réjouit-elle. Nous avons une armée à présent. »

Au milieu de toutes ces réjouissances, personne ne fit attention à un petit insecte de Feu qui s'éloignait d'eux de toute la force de ses ailes pour s'enfoncer dans le Cœur de la Magie, détalant aussi vite qu'un feu de forêt porté par un vent violent.

Papapersonne se comportait de manière étrange, se dit Luka. Il était nerveux et ne cessait de gratter le bord abîmé de son panama. Il semblait irritable, faisait les cent pas, se frottait les mains et ne s'exprimait que par monosyllabes quand il consentait à parler. Par moments, il paraissait presque transparent, d'autres fois presque solide. Il était évident que Rachid Khalifa, chez lui à Kahani, luttait contre la mort et tentait de recouvrer la santé, et cette lutte avait peut-être un effet négatif sur l'humeur de Papapersonne. Mais Luka commençait à soupçonner autre chose. Peut-être Papapersonne n'avait-il fait que se jouer de lui, l'utilisant comme une marionnette pour son propre plaisir pervers. Comment connaître le sens de l'humour tordu de telles créatures ? Peut-être n'avait-il jamais cru que Luka irait aussi loin et n'appréciait-il pas du tout l'idée qu'ils étaient en train de s'approcher du Feu de la Vie lui-même ? Peut-être n'avait-il pas été sincère et n'avait-il jamais souhaité le succès de cette quête ? Il fallait le surveiller attentivement, décida Luka, de peur qu'il n'essaie de tout saboter au dernier moment. Il ressemblait au Shah de Blah, marchait et parlait comme lui, mais cela n'en faisait pas le père de Luka pour autant. Au fond Ours et Chien avaient peut-être raison : il ne fallait pas accorder la moindre confiance à Papapersonne. Ou peut-être y avait-il un dilemme qui faisait rage en lui, peut-être le côté Rachidien qu'il avait absorbé était-il en guerre avec la créature de mort chargée de cette absorption. Voilà peut-être à quoi mourir ressemblait : une dispute entre la vie et la mort.

« Quant à savoir qui aura le dernier mot, je verrai cela un autre jour, pensa Luka. Pour l'instant je vais cesser de le considérer comme mon père. »

Le tapis volant de Soraya avait repris son vol après un bref atterrissage, le temps de permettre à tous les passagers et à l'*Argo,* bien sûr, de monter à bord. Jaldi, Sara, Badlo et Jinn, les quatre Transformistes sous leur aspect de dragons, volaient en formation serrée autour de *Resham,* chacune placée le long d'un des quatre côtés du tapis pour prévenir une éventuelle attaque. Luka regarda au-dessous de lui et vit le Fleuve du Temps, en bas, qui provenait du Lac de la Sagesse, invisible au loin dans le Cœur du Cœur (qui lui-même était encore trop loin pour qu'on puisse l'apercevoir) : le Fleuve traversait l'immense Cercle que constituait la Mer

Circulaire au fond de laquelle, il le savait, dormait le Ver géant Mangequeue dont le corps épousait tout le périmètre de ce Cercle, de sorte que sa tête pouvait grignoter sa queue. À l'extérieur du Cercle, juste sous le tapis volant en ce moment même, s'étendaient les vastes territoires des Dieux Désaffectés, les dieux en lesquels plus personne ne croyait, sauf comme des légendes qu'on se plaisait à raconter autrefois.

« Ils n'ont plus aucun pouvoir dans le Monde Réel, disait souvent Rachid Khalifa, assis dans son vieux fauteuil préféré avec Luka installé sur ses genoux, aussi se retrouvent-ils tous dans le Monde Magique, les antiques divinités du Nord, les dieux de la Grèce et de Rome, les dieux sud-américains, et les dieux sumériens et égyptiens d'il y a bien longtemps. Ils passent leur temps, leur temps infini, leur temps hors du temps, à faire semblant d'être toujours des dieux, rejouant sans cesse toutes leurs vieilles intrigues, menant de nouveau leurs anciennes guerres en s'efforçant d'oublier que plus personne ne s'occupe d'eux par les temps qui courent et que même personne ne se soucie de leurs noms.

— C'est plutôt triste, dit Luka à son père. Franchement, le Cœur de la Magie ressemble beaucoup à une maison de retraite pour super héros en bout de course.

— Fais bien attention qu'ils ne t'entendent pas, répondit Rachid Khalifa, car ils sont tous superbes, éclatants de jeunesse et lumineux et, en un mot, parfaits. Le fait d'être divin, ou même de l'avoir été, a ses avantages. Et au sein du Monde Magique ils disposent toujours de leurs super pouvoirs. C'est seulement dans le Monde Réel que leurs coups de tonnerre et leurs enchantements n'ont plus aucun effet.

— Cela doit être affreux pour eux, dit Luka, d'avoir été si longtemps vénérés et adorés pour être ensuite mis au rencart comme de vieux vêtements passés de mode.

— Et particulièrement pour les divinités aztèques du Mexique, dit Rachid, en prenant une voix à faire peur, parce qu'ils avaient l'habitude d'être honorés par des sacrifices humains. On tranchait la gorge à des gens vivants et leur sang vital coulait dans les gobelets de pierre des dieux. À présent, ces dieux désaffectés n'ont plus de sang à boire. Tu as entendu parler des vampires, n'est-ce pas ? La plupart d'entre eux sont des dieux aztèques, assoiffés de sang, aux longues canines, des morts-vivants. Huitzilopochtli ! Tezcatlipoca ! Tlahuizcalpantecuhtli ! Macuilcoz-cacuauhtli ! Itztlacoliuhqui-Ixquimilli.

— Arrête, arrête, supplia Luka. Pas étonnant qu'on ne les vénère plus. Leurs noms sont imprononçables.

— Ou alors c'est peut-être parce qu'ils se sont mal conduits », dit Rachid.

Cela retint l'attention de Luka. L'idée de dieux se conduisant mal était étrange. Les dieux n'étaient-ils pas supposés servir d'exemples aux gens qui les adoraient ?

« Pas dans les Anciens Temps, dit Rachid. Ces dieux Antiques aujourd'hui au Chômage se conduisaient aussi mal que les gens, ou en réalité bien pire, parce que, étant des dieux, ils pouvaient mal se conduire à une plus grande échelle. Ils étaient égoïstes, grossiers, indiscrets, vaniteux, violents, rancuniers, lubriques, gloutons, avides, paresseux, malhonnêtes, tricheurs et stupides, et tout cela à un degré extrême à cause de leurs super pouvoirs. Quand ils étaient affamés, ils pouvaient avaler toute une ville et, quand ils se mettaient en colère, ils pouvaient noyer le monde entier. Quand ils se mêlaient des vies humaines, ils brisaient les cœurs, enlevaient des femmes et déclenchaient des guerres. Quand ils étaient d'humeur paresseuse, ils dormaient pendant mille ans. Et quand ils se livraient à leurs petites intrigues, des gens souffraient et en mouraient. Il arrivait même qu'un dieu en tue un autre en connaissant son point faible et en l'attaquant à cet endroit à la manière dont les loups sautent à la gorge de leurs proies.

— C'est peut-être une bonne chose qu'ils aient disparu, dit Luka, mais cela doit faire du Cœur de la Magie un endroit très étrange.

— Le plus étrange de tout l'univers, répondit Rachid.

— Et qu'en est-il des dieux en qui les gens croient encore ? demanda Luka. Habitent-ils aussi le Cœur de la Magie ?

— Oh, bien sûr que non, dit Rachid Khalifa. Ils sont toujours ici avec nous. »

Le souvenir de Rachid s'estompa et Luka se retrouva en train de survoler un paysage fantasmagorique parsemé de colonnes en ruine et de statues, entre lesquelles marchaient, couraient ou volaient des créatures sorties des fables et des légendes. Là-bas, un peu plus loin, on apercevait deux énormes jambes de pierre sans tronc, les derniers vestiges de Ozymandias, Roi des Rois. Ici, marchant gauchement dans leur direction, une sorte d'énorme bête brutale, à l'apparence d'un Sphinx mais de sexe masculin, et tacheté, un homme au corps de hyène et qui en avait aussi le rire affreux, détruisant tout ce qui passait à sa portée, maison, temple, colline ou arbre par la seule force de son rire abominable. Et là, oui, juste là ! le Sphinx en personne ! Oui, ce ne pouvait être qu'elle ! Le Lion à la tête de Femme ! Regardez-la qui arrête les étrangers et veut absolument leur parler...

« C'est minable, dit Soraya. Elle continue à poser à tous la même vieille devinette et personne n'a de mal à répondre parce que tout le monde la connaît depuis toujours. Il serait temps qu'elle change de disque. »

Un œuf gigantesque passa sous eux, marchant sur de longues jambes couleur de jaune d'œuf. Une licorne ailée les dépassa. Une curieuse créature constituée de trois parties assemblées, un crocodile, un lion et un hippopotame, se dirigeait laborieusement vers la Mer Circulaire. La vue d'un petit dieu d'aspect canin plut beaucoup à Ours.

« C'est Xolotl, l'avertit Soraya. Ne t'approche pas de lui. C'est le dieu de la malchance. »

Ours en fut très déçu.

« Dans le Monde Réel un chien fidèle est une chance pour son maître. Pas étonnant que ces dieux de la malchance n'aient plus cours. »

Luka ne put s'empêcher de remarquer que le Cœur de la Magie était quelque peu délabré. Les pyramides égyptiennes tombaient en ruine et dans le secteur Nordique un gigantesque frêne était couché à terre, ses trois énormes racines agrippées au ciel. Quant à ces prés, là-bas dans cette direction, s'il s'agissait vraiment des Champs Élysées, le séjour éternel de l'âme des plus grands héros, pourquoi leur herbe était-elle si brune ?

« Cet endroit est vraiment dans un sale état », dit Luka.

Soraya hocha tristement la tête.

« La Magie disparaît de l'univers, plus personne n'a besoin de nous, ou du moins c'est ce que vous croyez tous, avec vos Hautes Définitions et vos modestes aspirations. Un beau jour, vous vous éveillerez et nous aurons disparu, et vous comprendrez alors ce que c'est de vivre sans avoir la moindre idée de la Magie. Mais le Temps passe et nous n'y pouvons rien... Est-ce que cela te ferait plaisir, dit-elle en retrouvant le sourire, d'assister à la Bataille des Beautés ? Je pense que c'est la bonne heure. »

Le tapis se mit à descendre vers un grand pavillon orné de sept dômes dorés en forme de bulbe étincelants dans le soleil du matin.

« Ne devrait-on pas se tenir à l'écart de ces dieux et de ces déesses ? objecta Luka. Nous ne voulons pas qu'ils nous voient, qu'ils sachent que nous sommes ici. Nous sommes des voleurs, après tout.

— Ils ne te voient pas, répondit Soraya. Si tu viens du Monde Réel, ils sont aveugles à ton existence. Tu n'existes pas pour eux, de même qu'ils n'existent plus pour toi. Tu peux t'approcher de n'importe lequel de ces dieux ou de ces déesses, leur faire "Bouh !" et leur pincer le nez, ils feront comme s'il ne s'était rien produit ou comme s'ils étaient agacés par une mouche. Quant aux personnes du voisinage, comme moi-même, ils ne s'occupent pas de nous. Nous ne faisons pas partie de leurs histoires et donc pour eux nous ne comptons pas. C'est stupide de leur part mais ils sont ainsi.

« Alors c'est une sorte de ville fantôme, pensa Luka, et ces prétendues sommités ne sont que des sortes de somnambules ou des échos d'elles-mêmes. On se croirait dans un parc à thème mythologique, on pourrait l'appeler Godland, sauf qu'il n'y a pas de visiteurs, à part nous, et nous sommes venus ici pour dérober un de leurs biens les plus précieux. »

Il dit à Soraya :

« Mais s'ils ne nous voient pas, il devrait être facile de voler le Feu de la Vie. Dans ce cas, pourquoi ne pas se dépêcher d'aller le prendre ?

— Dans le Cœur du Cœur, c'est-à-dire à l'intérieur de la Mer Circulaire, là où le Lac de la Sagesse baigne dans la lumière de l'Aube Éternelle, répondit Soraya, les choses sont très différentes. On n'y trouve pas ces crétins de dieux somnambules mis au rebut. Là c'est le Pays des Aalim, les Trois Jos qui veillent sur la totalité du Temps. Ce sont les Ultimes Gardiens du Feu, et rien ne leur échappe.

— Les Trois Jos ? demanda Luka.

— Jo-Hua, Jo-Hai et Jo-Aiga, expliqua Soraya, et elle chuchotait à présent. Ce qui Fut, Ce qui Est et Ce qui Adviendra. Le Passé, le Présent et l'Avenir. Les Possesseurs de Tout le Savoir. Les Aalim : la Trinité du Temps. »

Les dômes aux bulbes dorés se trouvaient maintenant juste sous eux, mais Luka ne pensait qu'au Feu de la Vie.

« Comment faire pour passer l'obstacle des trois Jos ? murmura-t-il à Soraya qui écarta les bras en haussant les épaules avec un sourire désabusé.

— Tu savais depuis le début que personne n'y est jamais arrivé mais il y a pourtant quelqu'un qui, généralement, rôde par ici et qui pourrait bien nous aider. Il est d'habitude bien caché, mais c'est ici qu'on a des chances de le trouver. Quand les Beautés se battent, il adore assister au spectacle. »

Elle posa le tapis volant derrière un énorme massif de rhododendrons, assez grand pour dissimuler l'*Argo*.

« Il y a peu de créatures magiques qui osent s'approcher des rhododendrons, expliqua-t-elle à Luka, parce qu'elles pensent que c'est toxique. S'il y avait des yétis dans les parages ils nous dévoreraient, mais nous ne sommes pas au pays de l'Abominable Homme des Neiges et l'*Argo* sera en sécurité ici pendant un bon moment. » Puis elle replia le tapis, le rangea dans sa poche et se dirigea vers le bâtiment aux bulbes d'oignon. Les quatre Transformistes se changèrent en truies de métal et, dans un vacarme de ferraille, emboîtèrent le pas à Soraya, Papapersonne, Luka, aux Oiseaux-Mémoire, à Ours le chien et à Chien l'ours pour se diriger vers le Pavillon de la Bataille d'où s'échappaient de grands cris de fureur : le bruit du combat des déesses.

« C'est tellement bête, dit Soraya. Elles se battent pour savoir laquelle est la plus belle, comme si cela avait de l'importance. Les déesses de la Beauté sont les pires. Elles ont été flattées et gâtées pendant des milliers d'années, des mortels et des immortels ont sacrifié leur vie pour elles, et le résultat c'est qu'elles pensent que tout leur est dû. Il leur faut toujours le meilleur et peu importe s'il est la propriété de quelqu'un d'autre, que ce soit un bijou, un palais ou un homme. Mais à présent leurs pouvoirs sont mis au rebut, leur beauté ne suscite plus aucun culte et les hommes ne meurent plus d'amour pour elles; elles n'ont plus rien d'autre à faire que de se battre pour une couronne sans intérêt et pour un titre qui ne signifie plus rien : *la plus belle de toutes*.

« Mais c'est vous qui êtes la plus belle, voulut lui dire Luka. Regardez votre chevelure rousse qui vole au gré du vent, la perfection de vos yeux, votre visage que j'admire même lorsque vous insultez les autres et que je n'aime pas lorsque vous êtes triste. » Il était malheureusement trop timide pour prononcer à voix haute des mots si embarrassants. À cet instant, de grandes exclamations de joie éclatèrent et prirent de plus en plus en d'ampleur, de sorte que, de toute façon, elle n'aurait pas pu entendre quoi que ce soit.

La foule qui se pressait dans le pavillon était une assemblée de créatures fantastiques sorties tout droit des fables et des légendes qui aurait plongé Luka dans la stupéfaction quelques jours plus tôt mais que, à présent, il avait presque fini par trouver normale. « Oh, regardez, des faunes, cornus avec des oreilles et des sabots de chèvre, et de fiers centaures qui tapent du pied, pensa-t-il, surpris de constater à quel point il commençait à trouver peu surprenant le Monde de la Magie. Et là des hommes ailés, serait-ce des *anges* ? Des anges qui viendraient assister à des combats de femmes? Cela paraît bizarre. Et tous ces autres supporters font probablement partie de l'entourage des équipes divines, ce sont leurs serviteurs, leurs enfants ou leurs animaux domestiques venus se joindre aux réjouissances matinales. »

À cet instant, la première déesse fut éjectée de la mêlée. Elle fut projetée en l'air à la renverse et passa juste au-dessus de la tête de Luka en hurlant de rage. Et tandis qu'elle s'éloignait, elle se transforma ; d'une belle geisha pâle et poudrée elle devint une hideuse vieille sorcière aux dents crochues avant de redevenir une geisha. Elle franchit avec fracas les portes battantes de l'arène et disparut.

« Je pense qu'il s'agisssait de la *rasetsu* japonaise Kishimojin, dit Papapersonne, de l'air d'un spécialiste des combats de déesses. (Son humeur s'était nettement améliorée depuis qu'il assistait aux combats.) Une *rasetsu* tient plus du démon que de la déesse, comme vous avez pu en juger en assistant tout à l'heure à ses métamorphoses. On sent bien qu'elle n'a pas sa place dans une telle compagnie et on pouvait s'attendre qu'elle soit la première éliminée. »

Tandis que Kishimojin s'éloignait du pavillon, Luka entendait encore les malédictions qu'elle hurlait d'une voix haut perchée :

« Que votre tête éclate en sept morceaux comme la fleur du basilic.

— La fameuse malédiction d'Arjaka, expliqua Papapersonne. Redoutable dans le Monde Réel, mais pathétiquement inoffensive contre ces redoutables femelles. »

Luka ne voyait pas grand-chose du combat mais répugnait à demander à un de ses compagnons de le prendre sur son dos. Par-dessus la tête des spectateurs, il distinguait des éclairs que l'on brandissait et de formidables explosions qui illuminaient toute l'arène. Il aperçut d'énormes nuages de papillons et des armadas d'oiseaux qui semblaient aussi se livrer bataille.

« Il y a un combat parallèle qui se déroule entre Mylitta, la déesse de la lune des anciens Sumériens, et Xochiquetzal, la reine vampire des Aztèques, lui expliqua Papapersonne. Elles n'apprécient pas d'être l'une et l'autre environnées d'oiseaux et de papillons – les déesses de la beauté tiennent à être originales ! – et celles-ci se combattent dès qu'elles se rencontrent et leurs amis ailés en font autant. En général les deux dames se neutralisent mutuellement et laissent la place aux combattantes de premier rang. »

Vénus, la déesse de la beauté chez les Romains, fut rapidement éliminée; elle sortit en titubant de l'arène et s'en alla en rattachant ses bras qui avaient été arrachés.

« Les Romains occupent un rang subalterne dans le Cœur de la Magie, cria Papapersonne au-dessus du fracas. D'abord ils n'ont pas de foyer, leurs zélateurs ne leur ont inventé ni un Olympe ni un Walhalla et ils sont donc condamnés à errer çà et là, un peu, il faut bien le dire, comme des vagabonds. De plus tout le monde sait qu'ils ne sont qu'une imitation des Grecs et personne n'a envie de regarder une copie quand on peut avoir gratuitement le film original. »

Luka cria qu'il ignorait l'existence d'une hiérarchie parmi les dieux.

« Mais alors qui est au sommet? hurla-t-il. Qui sont les ex-dieux qui occupent la première place?

— Je peux te dire qui sont les plus hautains, répondit Papapersonne. Les Égyptiens, assurément, et dans ces combats c'est toujours leur déesse Hathor qui remporte la palme. »

Cette fois-ci, pourtant, ce fut la Chypriote grecque Aphrodite qui fut la dernière déesse à rester en lice. Après que Ishtar de Babylone et Freya, Reine des Walkyries, se furent mutuellement assommées dans un combat de boue, Hathor, la favorite des parieurs, la déesse aux oreilles de vache – une transformiste comme Jaldi et ses sœurs mais dotée de pouvoirs beaucoup plus grands, capable de se changer en nuages et en pierres –, avait commis l'erreur de se transformer un court instant en figuier, ce qui avait permis à Aphrodite de l'abattre. Et donc au terme du combat, ce fut Aphrodite qui s'approcha du grand Miroir, Ultime Arbitre de la Beauté, pour poser la fameuse question : *Miroir, Miroir, dis-moi*, etc. Et ce fut Aphrodite qui obtint la confirmation du Miroir. *Tu es la plus belle en ce pays.*

« Très bien, fit Papapersonne, c'est un bon entraînement et elles vont toutes recommencer dès demain. Elles n'ont pas grand-chose d'autre à faire par ici. Elles ne peuvent pas rester chez elles à regarder la télévision ou aller à leurs séances de gym. »

Aphrodite, la gagnante, fendit la foule en envoyant des saluts gracieux quoiqu'un peu mécaniques. À un moment donné, elle se trouva à quelques pas de Luka et il remarqua qu'elle avait le regard curieusement vide, comme fixé sur l'éternité. « Pas étonnant qu'elle ne puisse voir la Réalité, se dit-il. Elle n'a d'yeux que pour elle-même. »

Il chercha du regard Soraya mais elle avait disparu.

« Elle devait probablement s'ennuyer, dit Papapersonne. On la retrouvera dehors. »

Alors qu'ils quittaient la Salle des Combats, il attira l'attention de Luka sur quelques personnages remarquables dans le public. Le Humbaba d'Assyrie était un géant nu, recouvert d'écailles, qui avait des cornes sur la tête et des pattes de lion. Sa queue était un serpent vivant pourvu d'une petite langue fourchue qui n'arrêtait pas d'entrer et de sortir. « Et c'est la même chose pour sa bistouquette, découvrit Luka avec amusement. C'est quand même quelque chose, une bistouquette en forme de serpent, je n'avais encore rien vu de pareil. » Et juste derrière cette découverte inédite, se tenait un groupe de Boramez d'Asie centrale qui ressemblaient à des agneaux sauf qu'ils avaient les pattes faites de deux sortes de légumes-racines charnus, comme des patates douces et des panais. « Côtelettes d'agneau aux deux légumes, pensa Luka. Miam ! Ces créatures feraient un bon repas complet. » On voyait parmi la foule de nombreux trolls à trois têtes et beaucoup de Walkyries déçues qui avaient espéré que celle qui portait leurs couleurs, Freya, allait gagner. « Pas de sou-ci, se disaient-elles dans ce parler chantant et flegmatique des gens du Nord au caractère serein. « De-main est un au-tre jour. »

Soraya les attendait devant le bosquet de rhododendrons, affichant un petit air innocent qui lui était si inhabituel que Luka soupçonna immédiatement qu'elle mijotait quelque chose.

« Qu'est-ce qui se passe ? fit-il d'abord, avant de changer de registre. Aucune importance ! Nous perdons du temps. Allons-y, d'accord ?

— Il était une fois, énonça Soraya d'un air rêveur, une tribu indienne appelée les Karaoké. Ne connaissant pas le Feu, ils souffraient de la tristesse et du froid et ne chantaient jamais.

— Ce n'est pas le moment pour les contes de fée », dit Luka.

Mais Soraya n'en tint pas compte et poursuivit :

« Le Feu avait été inventé par une créature de genre divin, nommée Ékoarak, dit-elle de cette même voix rêveuse et mélodieuse qui était très belle (Luka était bien obligé de l'admettre) et qui ressemblait exactement à la voix de sa mère, ce qui la rendait réconfortante, mais il l'avait dissimulé dans une boîte à musique qu'il avait confiée à la garde de deux vieilles sorcières en leur recommandant de surtout ne jamais la donner aux Karaoké...

— J'espère que cette histoire veut dire quelque chose, l'interrompit Luka assez grossièrement, ce qui fit seulement sourire l'Insultane, car après tout c'était bien là des manières d'Ultra.

— Ce fut Coyote qui décida de voler le Feu. »

Ours le chien dressa l'oreille.

« C'est une histoire dont le héros est un chien de prairie ? » fit-il, plein d'espoir, mais Soraya l'ignora.

« Il rassembla le Lion, le Gros Ours, le Petit Ours, le Loup, l'Écureuil et la Grenouille pour lui venir en aide. Ils se placèrent à intervalles réguliers sur le chemin qui menait de la tente des sorcières au village des Karaoké et attendirent. Coyote demanda à un Indien Karaoké d'aller voir les sorcières et de les attaquer. C'est ce qu'il fit et elles sortirent de chez elles, armées de leurs manches à balai pour le chasser. Coyote se glissa chez elles, ouvrit la boîte d'un coup de museau, déroba le brandon flambant et s'enfuit. Quand les sorcières le virent partir en dérobant le Feu, elles en oublièrent l'Indien pour donner la chasse à Coyote. Mais Coyote filait comme le vent et, quand il se sentit fatigué, il passa le tison ardent au Lion qui courut jusqu'au Gros Ours, lequel alla rejoindre le Petit Ours, et ainsi de suite. Finalement ce fut la Grenouille qui avala le Feu et plongea dans la rivière où les sorcières ne pouvaient pas la suivre, après quoi elle bondit sur la rive opposée et cracha le Feu sur un tas de bois sec dans le village des Karaoké, et le feu crépita et se mit à flamber et les flammes montèrent haut dans le ciel, et ils firent tous la fête. Peu après, les Indiens rentrèrent chez eux, au terme d'une expédition dans la tente des sorcières – pendant qu'elles étaient occupées à poursuivre Coyote – où ils avaient volé la boîte à musique, et désormais le village Karaoké était bien chauffé et tout le monde y chantait sans cesse parce que la boîte à musique magique n'arrêtait pas de jouer sa sélection de chants populaires.

— C'est cela... oui, fit Luka d'un air pensif. C'est vraiment une belle histoire, mais... »

Coyote émergea tranquillement de derrière le bosquet de rhododendrons, l'air sauvage et farouche et prêt à chercher la bagarre.

« *Buenos dias, Kid,* fit-il d'une voix calme et traînante. *Ma copine ici, à savoir l'Insultane, m'a indiqué que t'aurais p'têt bien besoin de moi. T'as qu'à demander et je te donne toute l'aide dont t'as b'soin.* (Il eut un petit rire farouche et satisfait.) *Écoute ça, Voleur de Feu. Y a pas un gars plus balèze que moi pour ce truc de voler le feu, sauf peut-être ce mec, un sacré costaud qu'il était, sauf qu'après ce qui lui est arrivé, il est plus bon à rien. Peut plus servir. Faut croire qu'il a perdu les pédales.*

— Qu'est-ce qui lui est arrivé ? demanda Luka sans avoir vraiment envie de connaître la réponse.

— *S'est fait choper,* dit brusquement Coyote. *Ce gros tas s'est fait attacher à un rocher. Si, Señor. Étalé de tout son long à la merci des sans-merci. Et un aigle est venu lui bouffer le foie toute la journée mais ensuite son foie repoussait toutes les nuits par la magie des 3 J, de manière que l'aigle pouvait continuer à le bouffer jusqu'à la fin des temps. Tu veux des détails ?*

— Non merci, répondit Luka en se disant, et ce n'était pas la première fois, qu'il avait perdu pied depuis très, très longtemps. (Il s'efforça malgré tout de prendre un ton ferme pour dire :) Très bien, mais pour être franc, je flaire une embrouille. Tout le monde m'a dit depuis le début que personne n'avait jamais pu dérober le Feu, dans toute l'histoire du Monde de la Magie. Et voilà maintenant, Coyote, que vous venez me dire que vous l'avez volé et il y a eu aussi apparemment ce vieux grigou dont vous me parlez ? Alors où est la vérité ? Est-ce que tout le monde me ment depuis le début ? Est-ce en fait plus facile de voler le Feu que ce qu'on a bien voulu me dire ? »

Soraya répondit :

« Nous aurions dû mieux t'expliquer les choses. Papapersonne aurait dû le faire depuis le début, et moi aussi. Tu as raison de mal le prendre. Voici donc toute la vérité. Le Monde de la Magie a connu des aspects différents à différentes époques et dans des lieux divers, et il a été connu sous différents noms. Il a changé d'emplacement mais aussi de disposition géographique et de lois, en même temps que le Monde Réel passait d'une époque à l'autre. À certaines époques et en certains lieux, il est vrai que des Voleurs de Feu ont réussi plusieurs fois à dérober le Feu des Dieux. Mais personne n'y est plus parvenu depuis que le Cœur de la Magie a trouvé sa forme et son statut actuel, dans cet endroit précis et dans cette temporalité, ici et maintenant. Voilà la vérité. Les Aalim y ont toujours veillé – après tout, personne ne peut échapper au Passé, au Présent, ni à l'Avenir, n'est-ce pas ? Mais pendant longtemps ils en avaient confié la charge aux dieux de l'époque, à ces mêmes ex-dieux que tu peux voir ici, des divinités inefficaces qui n'ont pas toujours fait du très bon travail. À présent les Aalim se chargent eux-mêmes de tout contrôler. Tout a été réorganisé. Le Feu de la Vie est protégé par des défenses imprenables. Les Trois Jos savent tout. Jo-Hua connaît les moindres détails du Passé, Jo-Hai remarque jusqu'au moindre incident du Présent, et Jo-Aiga est capable de prédire l'Avenir. Personne n'a réussi à voler le Feu depuis qu'ils en assurent la garde.

— Oh », fit Luka, saisi d'un horrible découragement car le fait que Soraya, Papapersonne et tous les autres lui aient caché les quelques tentatives réussies de Vol du Feu lui avait un instant donné de grands espoirs.

Il s'était dit que si Coyote avait réussi à le faire, il devait lui aussi en être capable. Mais cette brève flambée d'optimisme ne tarda pas à grésiller et à s'éteindre comme un feu qu'on vient soigneusement d'arroser après que Soraya eut expliqué la véritable situation. Il se tourna humblement vers Coyote et lui demanda : « Comment pensiez-vous m'aider ? »

« *Cette belle dame ici présente, elle t'aime bien et j'ai des obligations envers elle pour des gentillesses qu'elle m'a faites autrefois,* fit Coyote en mâchant quelque chose dans le coin de sa bouche. *Elle m'a dit que je pourrais te guider jusqu'au cœur du pays, ce dont je serai peut-être capable. Elle m'a dit que peut-être tu allais avoir besoin d'une* carrera de distracción. *C'est-à-dire d'une diversion. Elle m'a demandé si je pouvais rameuter toute la bande et les entraîner à l'écart pendant que tu accomplirais ton fol exploit. Elle veut que je détourne de toi l'attention des 3 J pendant que tu vas te couvrir de gloire.* »

Soraya ajouta alors quelque chose qui acheva de vider Luka de tout espoir.

« Je ne peux pas t'emmener là-bas, dit-elle. Au pays des Aalim. S'ils voient le Tapis Volant du Roi Salomon le Sage entrer dans leur espace aérien et s'ils s'aperçoivent de la présence de *celui-ci* (et en disant cela, elle fit en signe de tête en direction de Papapersonne d'un air dégoûté) et crois-moi, ils ne peuvent manquer de s'en apercevoir, alors l'affaire va aussitôt tomber à l'eau ; ils vont comprendre qu'il y a un problème et ils vont nous tomber dessus avec tout le pouvoir dont ils disposent, et je ne suis pas assez forte pour leur tenir tête très longtemps. C'est pour cela que j'ai voulu trouver Coyote. Je veux que vous mettiez au point un plan.

— Moi je t'accompagne, dit avec loyauté Ours le chien.

— Je viens aussi, dit Chien l'ours du ton bourru d'un grand frère. Il faut bien que quelqu'un veille sur toi. »

Les Oiseaux-Mémoire remuaient d'un air bizarre leurs pattes palmées. « Ce n'est pas vraiment dans nos cordes de voler le feu, déclara la Cane-Éléphante. Nous, on se souvient juste des choses, c'est tout. Nous ne sommes que des souveneurs. »

Et le Canard-Éléphant ajouta maladroitement :

« Nous nous souviendrons toujours de vous. »

La Cane-Éléphante lui lança un regard furibond.

« Ce qu'il veut dire, fit-elle en bousculant rudement son compagnon, c'est que nous attendrons votre retour ici en compagnie de la Reine Soraya.

— Évidemment, barrit le Canard-Éléphant. Je me suis mal exprimé, évidemment. Nous allons évidemment vous attendre. C'est évidemment ce que je voulais dire. »

Papapersonne s'accroupit pour pouvoir regarder Luka droit dans les yeux.

« Elle a raison dit-il, mettant Luka très mal à l'aise en employant le ton le plus sérieux et le plus affectueux de Rachid Khalifa. Je ne peux pas t'accompagner. Pas là-bas.

— Voilà encore une chose que vous auriez dû me dire avant, fit Luka en colère. Tous les deux. Comment suis-je supposé me débrouiller sans vous ? »

Jaldibadal, la Transformiste, déclara d'un ton ferme :

« Tu peux toujours compter sur nous. »

Les sœurs de Nuthog avaient à présent parfaitement récupéré après leur épreuve glaciale et approuvèrent avec enthousiasme, ce qui fit tinter bruyamment leurs oreilles métalliques de cochon contre leur tête.

« Nous sommes des créatures du Cœur, dit Badlo-Badlo, du moins Luka pensait-il qu'il s'agissait de Badlo car avec toutes leurs Transformations, il n'était pas facile de distinguer les quatre sœurs l'une de l'autre.

— C'est vrai, dit une autre, peut-être Bahut-Sara. Les Trois Jos ne se méfieront pas de nous.

— Merci, fit Luka, reconnaissant, mais peut-être pourriez-vous vous rechanger en dragons ? Des dragons seraient probablement plus utiles que des cochons en métal au cas où nous serions attaqués. »

La quadruple transformation fut immédiatement effectuée et Luka fut ravi de constater que leurs différences de couleurs les rendait plus faciles à identifier : Nuthog (Jaldi) était le dragon rouge, Badlo, le vert, Sara le bleu, et Gyara-Jinn, qui disposait de onze transformations possibles et qui était la plus grosse des quatre, était dorée.

« Bon, c'est décidé, dit Luka. Ours, Chien, Jaldi, Sara, Badlo, Jinn et moi. Cela fait sept à la conquête du Cœur du Cœur.

— Appelle-moi Nuthog, dit Nuthog. Nous sommes amis désormais. Et d'ailleurs je n'ai jamais beaucoup aimé mon vrai nom. »

Coyote cracha les restes de son dîner et s'éclaircit la gorge.

« *T'aurais pas oublié quequ'chose, chico ? Ou est-ce que t'aurais l'intention de m'insulter en déclinant publiquement mon offre alors qu'elle est à la fois généreuse et bona fide ? Et que tu es complètement ignorant alors que moi je suis un expert ?* »

Luka était sincèrement gêné pour répondre. Ce Coyote était un ami de Soraya, on pouvait donc lui faire confiance, se disait-il, mais sa présence était-elle vraiment nécessaire ? La meilleure méthode était peut-être de se faufiler discrètement en évitant d'attirer l'attention des Aalim dans quelque direction que ce soit, y compris sur une fausse piste.

« Dis-moi juste une chose, fit-il, s'en prenant à Papapersonne qu'il commençait à détester de plus en plus. Combien de niveaux dois-je encore franchir ? Ce compteur que j'ai là, à droite, indique pour l'instant le chiffre Sept.

— Sept, c'est excellent, dit Papapersonne. Sept est même très impressionnant. Mais tu ne passeras le Niveau Huit que si tu parviens à dérober le Feu de la Vie.

— Ce qui, soyons clairs, ne s'est jamais fait, du moins pas depuis que le Monde Magique existe sous sa forme actuelle, objecta Luka d'un air fâché. Pas dans le cadre des Règles du Jeu telles qu'elles s'appliquent actuellement.

— Et le Niveau Neuf est le plus long et le plus difficile de tous, ajouta Papapersonne. Tu dois y refaire tout le chemin en sens inverse jusqu'au point de départ, puis retourner d'un saut dans le Monde Réel sans te faire attraper. Et, au fait, tu auras la totalité du Monde Magique à tes trousses, armé jusqu'aux dents. C'est cela, le Niveau Neuf.

— Magnifique. Merci beaucoup, dit Luka.

— Il n'y a pas de quoi, fit Papapersonne d'une voix dure et glaciale. Je crois bien me rappeler que c'était là ton idée. Je me rappelle parfaitement t'avoir entendu dire "Allons-y". Me serais-je trompé, par hasard ? »

Ce n'était plus du tout le père de Luka qui parlait mais bien une créature qui tentait d'aspirer la vie de son père. Luka était de plus en plus convaincu que toute cette aventure n'avait été pour Papapersonne qu'un simple passe-temps en attendant que le véritable travail soit accompli. Cela n'avait été qu'une occupation.

« Non, dit Luka. Non, tu ne t'es pas trompé. »

Il entendit alors un grand bruit.

Un bruit très très FORT.

En réalité, qualifier ce bruit de « fort » c'était comme dire qu'un tsunami n'est tout juste qu'une grosse vague. Pour expliquer toute l'ampleur de cette force, se dit Luka, il aurait fallu dire par exemple que, si l'Himalaya était fait de son et non pas de pierre et de glace, alors ce bruit aurait été l'équivalent de l'Everest, ou peut-être pas l'Everest, mais en tout cas un des sommets de plus de huit mille mètres. Luka tenait de Rachid Khalifa, le moins montagnard des hommes mais grand amateur de listes, qu'il existait sur terre quatorze montagnes de plus de huit mille mètres : par ordre décroissant, l'Everest, le K2, le Kanchenjunga, le Lhotse, le Makalu, le Cho Oyu, le Dhaulagiri, le Manaslu, le Nanga Parbat, l'Annapurna, le Gasherbrum I, le Broad Peak, le Gasherbrum II et le magnifique Xixabangma Feng. C'était plus difficile, pensa Luka, d'établir la liste des Quatorze Bruits les plus Forts, mais il était pratiquement sûr que celui-là faisait partie des trois premiers. Il était donc, au minimum, du même niveau que le Kanchenjunga.

Le bruit n'en finissait pas de résonner, et Luka se boucha les oreilles. Tout autour d'eux une effroyable confusion s'était emparée du Cœur de la Magie. Des foules entières couraient dans toutes les directions, des créatures volantes prenaient l'air, des choses nageantes se jetaient à l'eau, des cavaliers montaient en selle. C'était une mobilisation générale, se dit Luka, et en un éclair il comprit la nature de ce bruit. C'était un appel aux armes.

« *La donne vient de changer, muchacho,* fit Coyote qui trotta jusqu'à Luka pour lui hurler à l'oreille. *Tu as vraiment besoin d'aide cette fois-ci, et sacrément. Ça fait des siècles que personne a jamais entendu ce bruit-là par ici. C'est le Grand Bruit. C'est l'Alarme Incendie.*

« Ce doit être l'Insecte de Feu qui a donné l'Alerte, pensa immédiatement Luka, s'en voulant horriblement d'avoir oublié cette petite flammèche rapporteuse, un des plus minuscules Agent de Sécurité du Monde de la Magie, mais apparemment un des plus dangereux. Il voletait au-dessus de l'épaule du Capitaine Aag et puis il a disparu. Nous n'avons pas prêté attention à lui et désormais nous payons le prix de notre négligence. »

À la fin tout de même, la sirène de l'Alarme Incendie se tut, mais l'agitation hystérique qui faisait rage autour d'eux atteignit un degré de frénésie encore plus grand. Soraya attira Luka derrière le bosquet de rhododendrons.

« Lorsque l'Alarme Incendie retentit, cela veut dire deux choses. Premièrement que les Aalim savent que quelqu'un est en train d'essayer de voler le Feu de la Vie. Ensuite que tous les habitants du Cœur de la Magie sont désormais capables de voir les envahisseurs et ce jusqu'à la Fin de l'Alerte, qui n'est déclenchée qu'après la capture du voleur.

— Vous voulez dire que tout le monde peut me voir à présent ? demanda Luka, horrifié. Et Ours et Chien également ? »

En entendant ces mots, le chien et l'ours coururent à leur tour se cacher derrière les rhododendrons.

« Oui, admit Soraya. Il n'y a plus qu'une chose à faire. Tu dois renoncer à ton plan, monter sur le *Resham,* et je volerai aussi haut et aussi vite que possible pour tenter de te ramener au Point de Départ avant qu'ils ne te trouvent, parce que s'ils parviennent à te capturer ils vont vous Perminer tous les trois sur place sans même vous demander pourquoi vous êtes là et sans justifier le moins du monde une mesure aussi radicale. Ou bien ils vous feront passer en jugement avant de vous Perminer. C'est la fin de l'aventure, Luka Khalifa. Il est temps de rentrer à la maison. »

Luka garda le silence un long moment avant de déclarer simplement : « Non. »

Soraya se frappa le front du plat de la main.

« Et le voilà qui me tient tête maintenant. "Non", dit-il. Explique-moi donc ton superbe plan, Ô jeune héros. Non, non ! Laisse-moi plutôt deviner ! Tu vas affronter tous les dieux et les monstres du Cœur de la Magie avec en tout et pour tout une armée constituée d'un chien, d'un ours et de quatre dragons, et tu vas dérober ce qui n'a jamais été dérobé, ce que personne n'a même essayé de voler depuis des siècles, et ensuite tu vas rentrer à la maison ? Et par quel moyen ? Je suis censée t'attendre ici pour te ramener chez toi, c'est cela ? Mais oui, vas-y donc ! Ce plan magistral a tout l'air de devoir marcher.

— Vous avez en partie raison, dit Luka. Mais vous avez oublié que j'aurai aussi la diversion de Coyote pour m'aider.

— *Tout doux, chico,* intervint Coyote, l'air brusquement inquiet. *Attends une minute. Je t'ai pas dit que la donne avait changé ? Mon offre n'est plus valable.*

— Écoute, avança Luka. Que font les voleurs quand retentit l'Alarme Incendie ?

— *Ils s'enfuient pour échapper à la mort. Même si personne ne l'a fait depuis des siècles, c'est ce qu'ils faisaient alors. Mais ça servait à rien. Même ce vieux Titan autrefois qui s'est fait prendre, et attacher à un rocher, et dont un vieux vautour a commencé à bouffer…*

— Un aigle, précisa Luka. Vous aviez dit que c'était un aigle.

— *Les opinions divergent quant à l'espèce d'oiseau. Mais pour ce qui est de se faire bouffer, tout le monde est d'accord.*

— Donc, fit Luka d'un air décidé, ça ne sert à rien de courir à moins de choisir une direction inattendue. Et maintenant que l'Alarme Incendie a retenti, dans quelle direction personne ne s'attend à nous voir fuir ? »

Papapersonne fut le seul à répondre à la question de Luka :

« Vers le Feu de la Vie. Au Cœur du Cœur. Droit face au danger. Tu as raison.

— Bien, dit Luka, c'est donc là que nous allons. »

7

Le Feu de la Vie

Le Monde de la Magie tout entier était en Alerte Rouge. Des divinités égyptiennes à tête de chacal, de redoutables hommes-scorpions et hommes-jaguars, des Cyclopes géants et dévoreurs de chair humaine, des centaures joueurs de flûte dont l'instrument pouvait attirer les étrangers dans des failles rocheuses où ils seraient prisonniers à jamais, des nymphes-trésors assyriennes faites d'or et de bijoux dont les corps précieux attiraient les voleurs dans leurs filets aux mailles empoisonnées, des griffons volants aux griffes mortelles, des basilisks rampants dardant de tous les côtés leur regard assassin, des Walkyries dans le ciel montées sur des chevaux de nuages, des minotaures à tête de taureau, de sinueuses femmes-serpents et d'énormes Rokhs, plus grands encore que celui qui avait emporté Sindbad le Marin dans son nid, fonçaient frénétiquement sur terre et dans les airs en réponse à l'Alarme Incendie et menaient la chasse de tous côtés. Dans la Mer Circulaire, après la sonnerie, des sirènes sortirent des eaux et se mirent à chanter leurs chants de sirènes pour mener à leur perte les méchants intrus. Des créatures démesurées, aussi grandes que des îles, des krakens, des zaratans et de monstrueuses raies flottaient immobiles à la surface de la mer. Si un intrus voulait s'arrêter un instant pour se reposer sur le dos d'une de ces bêtes, elle plongerait et le noierait ou alors elle se retournerait d'un coup, dévoilant sa gueule géante et ses dents triangulaires bien aiguisées et charcuterait l'intrus avant de l'avaler. Et le plus terrible de tous était le Ver géant Mangequeue qui surgit aveugle et rugissant des profondeurs d'ordinaire silencieuses de la mer, animé d'une rage dévorante contre les voyous qui avaient provoqué le déclenchement de l'Alarme Incendie, l'éveillant d'un sommeil qui durait depuis deux mille ans.

Au beau milieu du chaos de ce Monde, les Dieux du Feu s'étaient dressés dans toute leur majesté pour défendre Vibgyor, l'Unique Pont qui menait au Cœur du Cœur, l'arche arc-en-ciel qui enjambait le bras de mer et permettait à quelques rares privilégiés d'accéder au pays des Aalim. Amaterasu, la déesse japonaise du soleil, émergea de la grotte où elle boudait depuis deux millénaires après s'être disputée avec son frère, le dieu de la tempête, brandissant l'épée magique Kusanagi, et des rayons de soleil jaillissaient de sa tête comme des lances. Auprès d'elle se trouvait l'enfant de feu, Kagutsuchi, dont la naissance brûlante avait coûté la vie à sa mère, Izanam la Divine. Et puis Surtr, armé de sa redoutable épée, avec à ses côtés sa compagne, Sinmara, armée elle aussi de sa mortelle épée de feu. Et Bel l'Irlandais. Et Mahuika, la Polynésienne aux ongles incandescents. Et le boiteux Héphaïstos, le forgeron de l'Olympe, accompagné de sa pâle réplique romaine, Vulcain. Et Inti, le dieu des Incas, le Soleil à Visage Humain, et l'Aztèque Tonatiuh, assoiffé de sang, Tonatiuh, l'ancien Seigneur du Cinquième Monde à qui l'on sacrifiait chaque année vingt mille personnes pour lui faire plaisir. Et les dominant tous, comme un gigantesque pilier dressé dans le ciel, il y avait Râ l'Égyptien à la tête de faucon, avec ses yeux perçants de rapace cherchant à prévenir le forfait des voleurs, et il avait l'oiseau Bennu perché sur son épaule, le héron gris qui était chez les Égyptiens l'équivalent du Phénix ; il tenait à la main, prêtes à servir, ses armes redoutables, les disques solaires. Tous ces grands colosses gardaient le Pont et attendaient, le front enténébré de nuages et les yeux pleins de désirs de meurtres.

Les habitants du Cœur de la Magie traversaient librement le Pont, courant dans toutes les directions à la recherche de leurs proies, mais pour les intrus pourchassés, se dit Luka, il n'y avait apparemment aucun moyen d'échapper aux yeux de faucon de Râ. Luka, caché avec ses compagnons derrière les rhododendrons, avait l'impression que le bosquet allait en se rétrécissant et commençait à disparaître, fournissant une planque de moins en moins sûre. Il avait le cœur qui s'emballait. La situation devenait vraiment effrayante.

« Ce qu'il y a de bien avec ces ex-dieux, dit Soraya pour le réconforter, c'est qu'ils sont incapables de se libérer de leurs vieilles histoires. Je suis sûre que l'Insecte de Feu a fait un rapport fidèle aux Aalim. Il a dû leur dire : *un garçon, un chien, un ours*, mais quand l'Alarme Incendie s'est arrêtée, chacun ici s'est lancé à coup sûr à la poursuite des Suspects Habituels.

— Qui sont les Suspects Habituels ? » voulut savoir Luka. Il s'aperçut qu'il chuchotait et qu'il aurait bien aimé que Soraya en fît autant.

« Eh bien, ceux qui ont été les Voleurs de Feu aux différentes époques et dans les divers pays où ces dieux étaient les dieux, fit Soraya en agitant le bras d'un air désinvolte. Tu sais bien. Ou alors, ajouta-t-elle en retrouvant ses vieilles manières d'Insultane, tu es peut-être trop ignorant, ou alors ton père ne t'a pas suffisamment instruit, peut-être parce qu'il n'en savait rien lui-même. (Puis, voyant la tête que faisait Luka, elle adoucit sa voix et se calma.) Les Indiens Algonquins envoyèrent Lapin voler le Feu pour eux. Pour Coyote, tu es déjà au courant. Castor et Nanabozho le Transformiste en ont fait autant pour d'autres tribus. Opossum a essayé lui aussi mais il n'a pas réussi, puis Grand-Mère Araignée a volé le Feu pour les Cherokee et l'a emporté dans une urne en argile, ce qui me fait penser (Soraya interrompit son récit un instant) que tu vas avoir besoin de ceci. »

Elle tenait entre ses mains un petit pot en argile. Luka regarda à l'intérieur. Un petit tas de ce qui ressemblait à une demi-douzaine de pommes de terre noires était disposé sur un nid de brindilles.

« Ceci, dit Soraya, est l'un des fameux Pots-au-Feu, et à l'intérieur se trouvent quelques-unes des fameuses Patates

Chaudes. Dès que le Feu de la Vie les touche, elles se mettent à brûler vivement et il est très difficile de les éteindre. (Elle lui accrocha le pot autour du cou à l'aide d'un lacet en cuir.) Où en étais-je? (Elle réfléchit une minute puis reprit :) Ah oui, Maui, Maui-tikitiki-a-Taranga de son nom complet, déroba le Feu aux ongles de la déesse du feu Mahuika pour l'offrir aux Polynésiens. C'est donc à lui qu'elle va donner la chasse, et ainsi de suite.

— *Vous avez oublié le Premier Voleur,* ajouta Coyote. *Le plus ancien et le plus grand. Le Roi de la Colline, Source d'inspiration pour nous tous. Il l'a volé pour l'humanité tout entière.*

— Le Titan Prométhée, expliqua Soraya, était, ce qui est plutôt curieux, le frère de ton ami, feu le Capitaine Aag, que personne ne regrette. Non pas qu'ils se soient tellement bien entendus. Ils ne pouvaient pas se supporter, en réalité. Quoi qu'il en soit : il y a trois millions quatre cent mille ans, ce Vieux Type fut effectivement le premier des Voleurs de Feu. Mais après ce qui lui est arrivé par la suite, il est peu probable que les gardiens s'attendent à une nouvelle tentative de Vol de Feu de la part de ce vieux grigou.

— Il a perdu les pédales, se rappela Luka.

— *J'aurais pas dû raconter ça,* dit Coyote. *C'est pas bien de déshonorer ce héros. Mais depuis qu'Hercule a tué l'aigle, ce Vieux Type mène une existence plutôt tranquille.*

— Ou le vautour, précisa Luka.

— *Ou le vautour. Y avait aucun de nous à l'époque sur place pour vérifier, et le Vieux Type, lui, il cause plus tellement.*

— Et un autre avantage de toutes ces poursuites, murmura Soraya à l'oreille de Luka, c'est que tu vas pouvoir t'approcher du Pont, du moment que tu te mets à courir toi aussi en ayant l'air de te pourchasser toi-même.

— *Ils vont essayer de m'épingler, moi et mes acolytes,* dit Coyote. *On ferait mieux de se séparer. Ça va pas tarder à chauffer autour de moi. Attends que je me tire, avance du bon pied et file sur ton chemin.* »

Sur ce, il détala en courant sans ajouter un mot.

Tout à coup, Luka s'aperçut que Papapersonne avait disparu. Il était encore là il y avait une minute, écoutant, tripotant son panama, et puis sans même le moindre *pouf*, il s'était esquivé. « Qu'est-ce qu'il mijote ? J'aimerais bien le savoir, se dit Luka. Je n'aime pas beaucoup qu'il disparaisse de la sorte. »

Soraya lui posa une main sur l'épaule.

« Ça ira mieux sans lui », le rassura-t-elle.

Nuthog, le dragon rouge, eut alors une idée et Luka écarta Papapersonne de ses pensées.

« Il y a bien longtemps notre sœur Gyara-Jinn aida le Roi des Chevaux à s'échapper de Sniffelheim, dit le dragon rouge en tournant la tête vers sa sœur dorée. Oui, le tout-puissant Slippy, ce géant destrier blanc à huit pattes – avec, pour ainsi dire, une paire de pattes à chaque coin –, avait été emprisonné là-bas par les Aalim de façon injuste et arbitraire, tout comme l'étaient mes sœurs, jusqu'à ce que la Reine Soraya les libère grâce à ses formidables pouvoirs magiques. Les Trois Jos avaient décidé qu'il n'y avait pas de place dans toute l'étendue du Temps pour un prodigieux cheval à huit pattes. Comme ça – ils en avaient décidé ainsi, sans aucune discussion, comme des tyrans, sans aucune considération pour les sentiments des uns et des autres, à commencer par ceux de Slippy. Ils peuvent être cruels, injustes et obstinés quand ils le veulent, même s'ils se piquent de se faire appeler les Trois Vérités Incontournables ! Quoi qu'il en soit, ce fut Jinn ici présente qui délivra Slippy grâce à son souffle de feu – les flammes qu'elle crache sont bien plus chaudes que les miennes ou celles de Badlo ou de Sara, et furent en tous les cas assez chaudes pour faire fondre la Glace Éternelle, ce que les nôtres n'avaient pas pu faire. En récompense, le Roi des Chevaux lui fit un magnifique cadeau : le pouvoir de se Transformer, une seule fois, le jour où le besoin s'en ferait sentir de la manière la plus pressante, en une réplique fidèle de Slippy lui-même. Aucun dieu n'oserait fouiller Slippy, le Roi des Chevaux, quand il franchira le Vibgyor. Nous allons vous attacher tous les trois, toi Luka, ton chien et ton ours entre une des paires de pattes, ce qui laisse une quatrième place pour vous, Reine Soraya, si vous le désirez...

— Non, répondit tristement Soraya. Même si j'ai rangé le Tapis Volant du Roi Salomon, j'ai bien peur, Luka, que la présence de l'Insultane d'Outremont ne te soit d'aucun secours. Je suis depuis bien longtemps trop agressive envers ces vieux Jos, froids, ringards, sévères, implacables et destructeurs ; ils n'ont pas de Temps à m'accorder. Je ne ferais que te compliquer la tâche si je t'accompagne. Je n'entrerai plus jamais au Cœur du Cœur, voilà la vérité. Je n'ai aucune envie de me retrouver à Sniffelheim, prisonnière d'un bloc de glace. Mais je vais t'attendre et je te ramènerai très vite en sécurité si tu reviens, je veux dire quand tu reviendras avec des Patates Chaudes bien brûlantes dans ce petit Pot-au-Feu.

— Tu ferais cela pour moi ? demanda Luka au dragon doré. Tu sacrifierais cette unique possibilité de te Transformer simplement pour me venir en aide ? Je ne te remercierai jamais assez.

— Nous devons tout à la Reine Soraya, assura Gyara-Jinn. C'est elle que tu dois remercier. »

« Qui aurait pu penser, se dit Luka d'un air désabusé, que moi, Luka Khalifa, âgé de douze ans seulement, franchirais un jour le grand pont de Vibgyor, le plus beau pont de tout le Monde Magique, un pont entièrement fait d'arcs-en-ciel et balayé par le vent d'ouest, le plus doux de tous les vents, une brise suave directement issue des lèvres du dieu Zéphyr en personne, et pourtant tout ce que je peux voir et sentir c'est le poil touffu de l'intérieur des cuisses d'un cheval géant. Qui aurait pu imaginer qu'ici, tout autour de moi, se trouvent quelques-uns des plus grands noms de toute l'histoire du Monde Invisible, les noms de ces dieux autrefois adorés, autrefois omnipotents en compagnie desquels j'ai grandi, dont j'ai entendu parler tous les soirs au moment de m'endormir grâce à l'inépuisable réserve d'histoires de mon père, l'épée Kusanagi, les ex-dieux Tonatiuh, Vulcain, Surtr et Bel, et l'oiseau Bennu et Râ le Suprême, et pourtant je ne peux même pas les entrevoir, ni les laisser le moins du monde m'apercevoir. Qui aurait cru que moi, Luka, j'entrerais dans le Jardin des Parfums Parfaits qui entoure le Lac de la Sagesse et qui est l'endroit le plus parfumé de tout ce qui Existe, et que tout ce que je sentirais, c'est une odeur de cheval ? »

Il percevait des bruits qu'il n'avait jamais entendus de toute sa vie : le cri d'un faucon, le sifflement d'un serpent, le rugissement d'un lion, et puis la brûlure du soleil, le tout amplifié au-delà de tout ce qu'on peut imaginer, à la limite du supportable, les cris de guerre des dieux. Gyara-Jinn, la Transformiste, sous la forme du Roi des Chevaux, hennissait, piaffait, et elle (ou plutôt pour le moment, il) tapait de ses huit sabots en guise de réponse, et les intrus dissimulés au creux de ses cuisses de dragonne (enfin, ses cuisses de cheval pour l'instant) tremblaient et se recroquevillaient. Luka n'osait pas imaginer ce que devaient éprouver Ours et Chien. Sous le ventre d'un cheval, coincés entre ses pattes, ce n'était pas là la place ni d'un chien ni d'un ours. Cela devait impliquer une certaine humiliation et il était contrarié d'être la cause d'une telle honte. Et puis il les exposait à de grands dangers, il en était bien conscient mais il fallait qu'il chasse cette idée de son esprit s'il voulait avoir quelque chance de faire ce qui devait être fait. « *J'exploite leur amour et leur loyauté*, pensa-t-il. *Il semble qu'il ne puisse exister aucune action complètement pure, aucun acte parfaitement juste. Même cette tâche que j'ai entreprise pour la meilleure des raisons implique des choix qui ne sont pas "bons", des choix qui pourraient même être "mauvais".* »

Il revit par la pensée le visage de la Reine Soraya et des Oiseaux-Mémoire au moment où il leur faisait ses adieux. Ils avaient les yeux mouillés de larmes, et il savait bien pourquoi : ils craignaient de ne jamais le revoir. Cette pensée-là aussi, il devait la chasser de son esprit. Il allait leur montrer qu'ils avaient tous tort. Si une chose n'a jamais pu se faire, cela veut seulement dire qu'elle attend celui qui parviendra à l'accomplir. « *Voyez comme je suis devenu pointu,* se dit-il. *Je me suis métamorphosé en une chose unique et inévitable. Je suis une flèche fonçant vers sa cible. Rien ne peut me détourner de ma course.* »

Là-haut dans le ciel, quelque part bien au-dessus d'eux, Nuthog, Badlo et Sara volaient en formation sous leur forme de dragons. Il n'y avait plus moyen de revenir en arrière. Ils avaient pénétré tous les sept dans le saint des saints des Aalim, avec dans le cœur un projet criminel. Le pays au-dessous d'eux était empli de prodiges, mais ils n'avaient guère le temps de faire du tourisme. Pendant toute sa vie, depuis le moment où Rachid Khalifa avait commencé à lui raconter des histoires, Luka s'était interrogé sur le Torrent des Mots qui tombe sur Terre en provenance de la Mer des Histoires, laquelle se trouve là-haut, au-dessus du monde, sur la seconde lune invisible. À quoi ressemblait-elle donc, cette chute d'eau dégringolant de l'espace ? Cela devait être magnifique à voir. Elle devait sûrement plonger comme une explosion dans le Lac de la Sagesse. Pourtant Rachid lui avait toujours dit que le Lac de la Sagesse était calme et tranquille parce que la Sagesse pouvait absorber le plus grand Flot de Mots qui soit sans en être dérangée. Ici, sur le Lac, c'était toujours l'aube. Les longs doigts pâles de la Prime Lumière reposaient doucement sur la surface des eaux et le soleil d'argent pointait à l'horizon sans jamais se lever. Les Aalim, qui avaient le contrôle du temps, avaient choisi de vivre à jamais à son Commencement. Luka fermait les yeux et voyait tout cela, il prêtait l'oreille et entendait la voix de son père décrire la scène, mais à présent qu'il était pour de bon sur les lieux, il était frustrant de ne pas pouvoir les contempler.

Et où était donc passé Papapersonne ? « Toujours visible Nullepart, se dit Luka, qui était de plus en persuadé à chaque minute qui passait que le fantôme absent mijotait un mauvais coup, où qu'il fût. Je vais devoir l'affronter avant la fin, j'en suis certain, et cela ne va pas être facile, mais s'il s'imagine que je vais lui laisser mon père sans me battre, il va être sacrément surpris. » Il fut alors frappé, comme par un formidable coup de poing, par la pire pensée du monde. « *Et si*

Papapersonne avait disparu parce que Rachid Khalifa était déjà... avait déjà... était finalement... avant que Luka ne puisse le sauver... parti, lui aussi ? Est-ce que le fantôme qui absorbait son père s'était évaporé parce qu'il avait atteint son but ? Est-ce que tous ces efforts étaient vains ? » À cette idée Luka se mit à trembler, ses yeux se mirent à le piquer et à s'emplir de larmes, et le chagrin le submergea en grandes vagues de frissons.

Mais il se produisit alors quelque chose. Luka prit conscience d'un changement en lui. Il avait l'impression que quelque chose de plus fort que sa propre nature avait pris le contrôle de sa personne, une volonté plus tenace que la sienne et qui refusait d'accepter le pire. Non, la vie de Rachid n'était pas achevée. Ce n'était pas possible, donc ce n'était pas vrai. La volonté plus forte que celle de Luka rejetait cette possibilité. Elle empêcherait Luka de renoncer, de céder face au danger, de trembler confronté à la terreur. Cette force nouvelle, qui s'était emparée de lui, lui donnait l'énergie et le courage dont il allait avoir besoin pour faire ce qui devait être fait. Il la ressentait comme quelque chose d'extérieur à lui, venu d'ailleurs, et pourtant il savait aussi qu'elle provenait de son for intérieur, que c'était sa propre vigueur, sa détermination, son refus de la défaite, sa propre volonté farouche. À cet égard également, les histoires de Rachid Khalifa, tous ces contes du Shah de Blah où de jeunes héros découvraient en eux des ressources inattendues face à l'horrible adversité, l'avaient bien préparé.

« Nous ne connaissons pas la réponse à ces grandes questions de savoir qui nous sommes et de quoi nous sommes capables, se plaisait à dire Rachid Khalifa, jusqu'au moment où elles se posent vraiment. Alors et seulement alors, nous savons si nous sommes à même d'y répondre ou non. »

Mais en plus des histoires de Rachid, il y avait surtout l'exemple du frère de Luka, Haroun, qui avait su trouver en lui une telle réponse, autrefois, sur les flots de la Mer des Histoires. « Je voudrais que mon frère soit ici pour m'aider, se dit Luka, mais il n'est pas là, pas vraiment, même si Chien l'ours parle avec sa voix et s'efforce de prendre soin de moi. Je vais donc faire ce que lui aurait fait. Je ne vais pas perdre. »

« Les Aalim sont routiniers et ils détestent les gens qui font des vagues, avait expliqué un soir Rachid Khalifa à un Luka à moitié endormi. *Ils ont une conception du Temps stricte et inflexible : hier, ensuite aujourd'hui, et enfin demain, tic, tac, tic, tac. Ils sont comme des robots défilant au rythme des secondes qui disparaissent. Ce Qui Fut, Jo-Hua, vit dans le Passé ; Ce Qui Est, Jo-Hai, est tout simplement ici ; et Ce Qui adviendra, Jo-Aiga, appartient à un lieu où nous ne pouvons pas nous rendre. Leur Temps est une prison dont ils sont les geôliers et dont les secondes et les minutes sont les murs.*

« Les rêves sont les ennemis des Aalim, parce que dans les rêves les Lois du Temps sont abolies. Nous savons bien – n'est-ce pas, Luka ? – que ce ne sont pas les lois des Aalim qui disent la vérité du Temps. Le temps de nos sentiments n'est pas celui des horloges. Nous savons que, lorsque nous sommes enthousiamés par ce que nous faisons, le Temps s'accélère, et quand nous nous ennuyons, il ralentit. Nous savons qu'à certains moments de passion ou d'espérance, dans ces moments merveilleux, le Temps peut s'arrêter.

« Ce sont nos rêves qui sont la vérité vraie, notre imagination, le reflet fidèle de notre cœur. Nous savons que le Temps est un Fleuve, pas une horloge, et qu'il peut se tromper de direction de sorte que le monde peut sembler plus en retard qu'en avance, et le Temps peut aussi faire des bonds de côté et alors tout change en un instant. Nous savons que le Fleuve du Temps peut faire des boucles et des méandres et nous ramener à hier ou nous projeter dans le surlendemain.

« Il existe des endroits au monde où il ne se passe jamais rien et où le Temps lui aussi s'arrête. Il y en a parmi nous qui ont dix-sept ans toute leur vie et ne grandissent jamais. Il y en a d'autres qui sont de misérables vieillards de soixante ou soixante-dix ans dès le jour de leur naissance.

« Nous savons bien que, lorsque nous tombons amoureux, le Temps est aboli, et nous savons aussi que le Temps peut se répéter et que nous pouvons rester coincés dans la même journée pendant toute notre vie.

« Nous savons que le Temps n'est pas une entité en soi mais qu'il est un aspect du Mouvement et de l'Espace. Imagine deux garçons, disons toi et le jeune Crotte-de-Rat, ayant tous les deux des montres parfaitement synchronisées et qui fonctionnent à la perfection. Maintenant, imagine que ce vaurien paresseux de Crotte-de-Rat reste assis au même endroit, ici par exemple, pendant cent ans, et que toi tu cours, sans jamais te reposer, de l'école à la maison et retour, sans arrêt, pendant cent ans. À la fin de ce siècle, vos montres indiqueront toujours l'heure exacte, mais la tienne indiquera six ou sept secondes de retard par rapport à la sienne.

« Il y a ceux d'entre nous qui vivent entièrement dans l'instant. Pour eux le Passé disparaît et l'Avenir n'a aucun sens. Pour eux seul compte le Présent, ce qui veut dire que deux des trois Aalim sont superflus. Et puis il y a ceux qui sont prisonniers du passé, dans le souvenir d'un amour perdu, d'une maison d'enfance ou d'un crime épouvantable. Et certaines personnes ne vivent que pour des lendemains meilleurs ; pour eux le Passé n'existe plus.

« J'ai passé ma vie à raconter aux gens que telle est la vérité du Temps et que l'horloge des Aalim n'est qu'un mensonge. Alors, bien sûr, les Aalim sont mes ennemis mortels, ce qui n'est que justice puisque je suis moi-même évidemment leur plus farouche adversaire. »

Gyara-Jinn la Transformiste cessa de galoper, ralentit jusqu'à marcher au pas puis s'immobilisa et commença à se métamorphoser. Le cheval géant à huit pattes se mit à rapetisser; son cuir poilu disparut pour laisser la place à une surface douce et brillante; l'odeur de cheval se dissipa et les narines de Luka s'emplirent d'une odeur nettement moins agréable de porcherie. Enfin les huit pattes devinrent quatre, Luka, Ours et Chien glissèrent de leurs courroies et dégringolèrent, mais pas de très haut cette fois, sur ce qui semblait, de l'avis général, être un sol de pierres. La transformation unique en son genre de Gyara-Jinn en Roi des Chevaux venait de s'achever et elle était redevenue une truie métallique. Mais Luka ne faisait pas attention à cette métamorphose dramatique parce qu'il contemplait, bouche bée, le paysage d'une beauté à couper le souffle qu'il avait fait tant de chemin pour découvrir. Il se tenait au pied du vaste massif de la Montagne de la Connaissance, et quelques mètres plus loin s'étendait le Lac de la Sagesse à l'eau claire, pure et transparente dans la pâle lumière argentée de l'Aube des Jours, qui ne se transformait jamais en matin radieux. Des ombres fraîches s'étiraient à la surface des eaux, la lissant de leurs caresses. La scène était fantomatique, à la fois ensorcelante et ensorcelée, et on pouvait facilement imaginer de la musique résonnant dans l'air, une mélodie tintinnabulante et cristalline : la fameuse Musique des Sphères qui avait accompagné la naissance du Monde.

La description du Lac et de ses habitants qu'avait donnée le Shah de Blah et que Luka avait si souvent entendue qu'il la connaissait par cœur, se révélait d'une exactitude étonnante. On voyait sous la surface des bancs étincelants de petits poissons-savants ainsi que des gros-malins aux couleurs vives et les vieux-sages, plus ternes, venus des profondeurs. Au-dessus de la surface des eaux, les oiseaux pêcheurs, les grands escholiers au bec de pélican et les gourous au bec effilé, à la tête chauve et barbue, volaient bas. De longues vrilles d'une plante qui poussait au fond du lac et qui s'appelait la sagacité ondulaient dans les profondeurs et Luka reconnut le petit groupe d'îles du Lac ; les Théories avec leur végétation sauvage et exubérante, les forêts touffues et les tours d'ivoire des Philosophîles, et les Faits bruts. On voyait au loin ce que Luka avait tellement désiré admirer, le Torrent des Mots, le miracle des miracles, la grande chute d'eau qui dégringolait des nuages et reliait le Monde de la Magie à la Lune de la Grande Mer des Histoires juste au-dessus.

Ils avaient réussi à semer leurs poursuivants et étaient parvenus à la célèbre Face Sud de la Connaissance sans s'être fait capturer, mais voilà que se dressait devant Luka un obstacle bien plus menaçant qu'il ne l'avait imaginé, le versant escarpé de la Montagne, un mur à pic de pierre noire sur laquelle aucune plante n'avait réussi à s'agripper. « Si même les plantes n'y arrivent pas, comment ferai-je, moi ? se demanda Luka, consterné. Et d'abord, quelle sorte de montagne est-ce là ? »

Il connaissait la réponse. C'était la Montagne Magique et elle savait parfaitement se protéger. « La Connaissance est tout à la fois un délice et un dangereux champ de mines, autant une libération qu'un piège, avait coutume de dire Rachid. Les chemins de la Connaissance se déplacent et changent d'aspect à mesure que le Monde lui-même change. Un jour ils sont ouverts et accessibles à tous, le lendemain ils sont fermés et sévèrement gardés. Certaines personnes gravissent cette Montagne aussi facilement qu'une pente verdoyante dans un parc. Pour d'autres c'est une Muraille infranchissable. »

Luka se gratta le sommet du crâne exactement comme le faisait son père. « Je suppose que je dois faire partie du second groupe, se dit-il, parce que cela ne ressemble à aucune pente verdoyante que j'aie pu voir. » Pour parler franchement, la montagne semblait impossible à gravir sans un véritable matériel d'escalade, sans parler de l'entraînement approprié, et Luka n'avait ni l'un ni l'autre. Quelque part, tout là-haut, au sommet de ce mur de pierre, le Feu de la Vie brûlait dans un temple et il n'y avait aucun moyen de connaître son emplacement précis ni comment le découvrir. Les principaux conseillers de Luka n'étaient plus à ses côtés. La Reine Soraya d'Outremont n'avait pas franchi le Pont Arc-en-Ciel et Papapersonne, qui était beaucoup moins fiable mais formidablement bien informé, avait manifestement décidé – *pour on ne savait quelle raison mais pourvu que ce ne soit pas celle-là !* – de retirer son soutien.

« Puis-je te rappeler, fit la voix de Nuthog sur un ton particulièrement doux, que tu as toujours de l'aide à ta disposition et que cette aide est équipée – dois-je le préciser ? – d'*ailes*. »

Nuthog, Badlo et Sara avaient toujours leur apparence de dragons, et Jinn s'empressa de se dragoniser.

« Avec quatre dragons rapides à ton service tu devrais pouvoir atteindre assez vite le Temple du Feu, fit Nuthog.

Surtout s'il se trouve que ces quatre dragons connaissent l'emplacement exact du Temple sur le Sommet.

— L'emplacement approximatif, fit Badlo avec plus de modestie.

— Du moins nous le pensons, dit Sara, et sa remarque ne paraissait absolument pas convaincante.

— En tous les cas, ajouta Jinn, de manière plus utile, avant de continuer ce serait probablement une bonne idée si tu appuyais sur... *ceci.* »

Ceci était un bouton argenté encastré dans la paroi rocheuse de la Face Sud.

« On dirait un bouton de sauvegarde, dit Luka. Mais pourquoi est-il argenté et non pas doré ?

— Le bouton doré se trouve dans le Temple, répondit Nuthog. Mais tu peux au moins sauvegarder le trajet que tu as déjà parcouru jusqu'ici. Et sois prudent. À partir de maintenant, chaque erreur que tu commets peut te coûter 100 vies. »

C'était affolant, pensa Luka, en appuyant sur le bouton argenté. Cela ne laissait presque aucune place à l'erreur. Quatre cent soixante-cinq vies lui autorisaient au maximum quatre fausses manœuvres. De plus, même si la proposition de Nuthog de le conduire par la voie des airs jusqu'à son but était certainement généreuse, et pratique en plus, Luka se rappelait parfaitement ce que son père avait dit à propos de la Montagne de la Connaissance :

« Si tu veux atteindre le sommet de la Montagne et découvrir le Feu de la Vie, tu dois faire l'ascension finale tout seul. Les Hauteurs du Savoir ne sont accessibles que si on gagne le droit d'y parvenir. Et pour cela il faut travailler dur. On ne peut pas tricher pour se rendre au sommet. »

Il avait ensuite ajouté quelque chose et Luka se rappelait s'être dit que c'était cette dernière remarque qui était la plus importante, mais il ne parvenait pas à s'en souvenir. « C'est ça l'ennui, pensa-t-il, de s'entendre raconter toutes ces histoires le soir quand on est toujours mort de fatigue et qu'on tombe de sommeil.

« Merci beaucoup, dit Luka à Nuthog, mais je crois que je suis supposé résoudre cette énigme et parvenir là-haut par mes propres moyens. Voler sur ton dos… eh bien, il me semble que je n'y ai pas droit. »

Curieusement cette notion de *pas droit* lui resta en tête. Ces mots ne cessaient de revenir, résonnant sans cesse comme si ses pensées étaient prises dans un disque rayé ou dans une sorte de boucle. *Pas droit. Pas droit.* Quel était le contraire de droit ? *Courbe*, bien sûr, c'est ce que beaucoup de gens auraient répondu, mais cela pouvait aussi être…

« Gauche, dit-il à haute voix. C'est ça, la réponse. J'ai fait un pas à droite et je suis tombé dans le Monde de la Magie. Maintenant il se pourrait bien que, si d'une manière ou d'une autre je vais *à gauche*, je retrouve mon chemin. »

Luka repensa à ces avertissements que lui donnait son grand frère Haroun pour le taquiner, là-bas à la maison, à Kahani, ce qui à l'instant présent lui semblait très loin. *Fais bien attention de ne pas prendre la Voie de la Main Gauche.* Voilà ce qu'avait dit Haroun. « Mais j'ai horreur qu'on me taquine, se rappela Luka, et je devrais donc peut-être faire le contraire de ce qu'il m'a dit. Oui ! Pour une fois je ne vais pas tenir compte du conseil de mon frère, parce que les gens qui Pensent Droit ne comprennent jamais vraiment ce que c'est de se trouver sur la Gauche, et cette Voie secrète est exactement celle qui doit me conduire là où je veux aller. »

Après tout, Soraya, sa mère, serait de son côté. *Peut-être as-tu raison de penser que les gauchers sont sur le droit chemin et que nous autres droitiers sommes gauches et nous fourvoyons.* Voilà ce qu'elle avait dit et cela lui suffisait amplement.

« Je t'accompagne, dit Ours le chien, toujours fidèle.

— Moi aussi », dit Chien l'ours avec un peu moins d'enthousiasme.

C'est alors que Luka se souvint du détail le plus important que Rachid Khalifa lui avait confié au sujet de la Montagne : « *Pour gravir la Montagne de la Connaissance, tu dois d'abord savoir qui tu es.* » Luka, le Luka à moitié endormi chez lui bien loin d'ici, il y a bien longtemps, n'avait pas vraiment compris. « Tout le monde sait cela, non ? avait-il demandé. Je veux dire, je suis moi, pas vrai ? Et tu es toi. » Rachid lui avait caressé les cheveux, ce qui avait toujours pour effet de calmer Luka et de le rendre somnolent. « Les gens croient être toutes sortes de choses qu'ils ne sont pas, avait-il dit. Ils pensent avoir du talent alors qu'ils n'en ont pas ; ils se croient puissants alors qu'ils ne sont que des pions ; ils se croient bons alors qu'ils sont mauvais. Les gens n'arrêtent pas de se tromper sur leur propre compte et ils ne savent même pas qu'ils sont dupes. En tout cas, moi je suis moi et voilà tout », avait dit Luka avant de sombrer dans le sommeil.

Le voilà ! Voilà le Voleur de Feu ! Il arrive !
C'est Coyote ! Il a un tison enflammé dans la gueule !
Regardez comme il file ! Voyez comme il fait des zigzags et des [détours !
Arrêtez-le ! Oh, on ne va jamais le rattraper ! – Arrêtez ce Coyote !
Oh, on dirait un éclair velu ! – Arrêtez le voleur ! Arrêtez le Voleur [de Feu !

Luka émergea brusquement de sa rêverie et vit Coyote jaillir des ombres au pied de la Montagne de la Connaissance, une torche enflammée dans la gueule, et filer comme un éclair en contournant la Montagne en direction de sa face opposée, et Luka n'aurait jamais cru qu'un coyote pouvait courir aussi vite. Il fonçait à travers des terres caillouteuses dans la direction opposée au Pont Arc-en-Ciel, entraînant délibérément ses poursuivants loin de la route que prendrait probablement Luka, en direction du Wild Oued situé au-delà du Lac. Il s'agissait d'une zone semi-désertique, plus connue sous le nom d'Étang perdu, une vaste étendue de terre aride qui avait subi il y avait bien longtemps une invasion foudroyante d'Herbe de la Paresse. Cette graminée terriblement envahissante avait commencé par étouffer et détruire toutes les autres plantes à l'exception de quelques cactus particulièrement résistants, et puis bizarrement elle s'était détruite elle-même comme si elle ne savait plus trop quoi faire et n'avait même pas envie de le savoir. Elle s'étala apathique sur le sol, puis elle se flétrit et disparut, ne laissant derrière elle que cette étendue jaune et sauvage parsemée de crânes de créatures mortes depuis longtemps. Des serpents se faufilaient sous les rochers et des busards volaient en cercles dans les airs et il était bien connu que les dieux, habitués qu'ils étaient au luxe et à l'opulence, n'avaient pas très envie d'entrer dans cette zone où, d'après les récits de Rachid Khalifa, l'air se mouvait lentement, la brise soufflait sans bien savoir dans quelle direction, et il y avait quelque chose dans ce souffle qui provoquait la négligence, l'apathie et le sommeil. Quelques-uns seulement des dieux gardiens qui avaient répondu à l'Alarme Incendie avaient accepté de poursuivre Coyote dans ce Wild Oued mais leur course sur les traces du véloce animal semblait plus lente, plus chancelante et moins déterminée qu'elle n'aurait dû l'être. Coyote, quant à lui, ne semblait pas affecté par la léthargie contagieuse qui infectait l'air. « Le Wild Oued est son habitat naturel, se dit Luka. Ces dieux vont en avoir pour leur argent, il va drôlement les faire galoper. » Placés tout au long de son chemin à des intervalles que Coyote avait lui-même choisis, il y avait le Lion, le Gros Ours, le Petit Ours, le Loup, l'Écureuil et la Grenouille. Allaient-ils être contaminés par l'Étang perdu, se demanda Luka, ou Coyote avait-il découvert un antidote ? Cela n'avait pas d'importance. La manœuvre de diversion avait commencé.

Il entendit dans sa tête la voix de Coyote lui disant : *Avance du bon pied et file sur ton chemin*. Et autour de lui il y avait des dragons excités, un chien qui aboyait, un ours qui grognait, et Nuthog disait :

« C'est maintenant ou jamais, jeune Luka, et si tu ne trouves pas la Voie Gauchère, comme tu dis, alors tu ferais mieux de nous laisser t'emporter là-haut d'un coup d'ailes et tenter ta chance. Bouge-toi ! C'est le moment de Vérité !

— Qui sont ces monstres lancés à la poursuite de Coyote ? voulut savoir Luka.

— Si tu n'agis pas rapidement, barrit Nuthog prise de panique, c'est toi qu'ils vont se mettre à poursuivre, sans tarder. Regarde Saturne, là-bas, plus sauvage et violent que n'importe quel immortel. À propos, il mange les enfants. Ce ne sera pas la première fois, il a déjà dévoré le sien. Et le barbu qui a un serpent en guise de fouet enroulé autour de lui, c'est Zurvan, le dieu persan du temps – tu n'as pas intérêt à le laisser approcher assez près pour te fouetter, je te le garantis ! Et là-bas c'est le Dagda, regarde cet Irlandais farouche armé d'une énorme massue ! Et voilà Xiuhtecuhtli, bien que d'habitude il ne sorte que la nuit. Et même Ling-pao T'ien-tsun, qu'on a laissé pour une fois sortir de la Bibliothèque Arachnéenne ! Tu vois comme ils s'acharnent à capturer le Voleur de Feu, mais quand ils vont s'apercevoir que le feu dans la gueule de Coyote n'était qu'un leurre, que c'était juste du feu et pas le Feu de la Vie, alors ils comprendront qu'il s'agissait d'une manœuvre de diversion et ils retourneront toute leur fureur contre le véritable Voleur de Feu. Donc si tu connais le moyen d'escalader cette montagne par tes propres moyens, tu ferais bien de t'y mettre tout de suite. »

Décider de faire une chose n'était assurément pas la même chose que la faire vraiment. Luka s'en aperçut rapidement. Il n'avait en réalité aucune idée de la manière dont il devait exécuter la petite culbute vers la gauche qui allait le projeter dans la Dimension Inversée dans laquelle le monde entier, y compris le Monde Magique, prendrait la forme de la Planète à l'Envers, le royaume des gauchers, la version gauchère de la Planète Terre. Il essaya de rouler, de tomber, de sauter vers la gauche ; il s'efforça de s'emmêler les pieds ; il demanda à Ours et Chien de le jeter à terre, et finalement il ferma les yeux en essayant de s'imaginer que le Monde Gaucher appuyait sur son épaule gauche, de sorte qu'en résistant il allait tomber de l'autre côté de l'invisible frontière et se retrouver là où il fallait qu'il soit. Aucune de ces tactiques ne marcha. Ses nombreuses chutes l'abîmèrent considérablement, il se retrouva avec des bleus aux épaules et aux hanches et une jambe gauche égratignée et meurtrie.

« Ça me dépasse, admit-il, au bord du désespoir.

— Ce qu'il faut savoir à propos de la Voie de la Main Gauche, dit doucement Nuthog, c'est qu'il faut être persuadé de l'avoir à portée de la main. »

À ce moment précis, l'Alarme Incendie retentit en un vacarme triomphant pour annoncer la capture du Voleur de Feu, puis encore deux fois de suite, cette fois avec angoisse pour annoncer que la chasse se poursuivait. Nuthog fila aux nouvelles dès la première sonnerie et revint faire son rapport : le feu factice avait été transmis de Coyote au Lion, puis tout le long de la chaîne de l'équipe de relais jusqu'à la Grenouille ; alors le téméraire batracien l'avait avalé avant de plonger dans la Mer Circulaire, mais là Mangequeue, le redoutable Ver, avait englouti la Grenouille d'une seule bouchée avide. Quatre secondes plus tard, Mangequeue avait recraché la Grenouille toute couverte de salive et avait rugi de toutes ses forces pour annoncer au Monde Magique tout entier que ce Voleur de Feu n'était qu'un Vulgaire Imposteur.

« Ils viennent tous par ici maintenant ! s'écria Nuthog hors d'haleine, et pour parler franchement ils sont déchaînés comme l'enfer, alors si tu ne veux pas qu'on t'emmène loin d'ici à tire-d'ailes, tu as intérêt à déguerpir. Cours, si tu tiens à la vie.

« Oui, c'est ce que je devrais faire, courir, pensa Luka. Après tout je courais l'autre fois, lorsque j'ai trébuché et que j'ai fait ce pas magique à droite. » Ce n'était pas facile de connaître avec certitude les lois de la Physique Magique ; la physique normale était déjà bien assez compliquée. Mais qu'est-ce que Rachid avait dit, déjà ? *« Le Temps n'est pas une entité en soi, mais un élément du Mouvement et de l'Espace. »* C'était ça l'important, non ?

« Donc, hum, se dit Luka, si T est affecté par M et par E, il s'ensuit que, ahh, voyons, par conséquent, n'est-ce pas, E, c'est-à-dire l'Espace, y compris l'Espace entre la Dimension de la Main Droite et celle de la Main Gauche – c'est bien ça je pense ? – doit être un élément de T et de M, à savoir le Temps et le Mouvement. Ou, arrgghh ! pour le dire en mots clairs, tout dépend du temps que l'on met à se déplacer, ou, en d'autres termes, de la vitesse à laquelle on court. »

Le sol se mit à vibrer.

« Un tremblement de terre ? s'écria Luka.

— Non, répondit tristement Nuthog. C'est bien pire que cela. C'est le bruit de quelques centaines de dieux enragés qui se rapprochent à toute vitesse. Il faudra bien plus que quatre dragons pour stopper cette horde. »

Chien l'ours fit soudain un pas en avant d'un air décidé.

« Vas-y, dit-il à Luka. Pars immédiatement. Dégage, *bhag jao*, file, décampe. Va faire ce que tu dois faire. Ours et moi on peut les retenir un bon moment.

— Et comment ça ? demanda Nuthog, sceptique.

— En faisant ce pour quoi nous sommes le plus doués, dit Chien l'ours. Tu es prêt, Ours ?

— Prêt », dit Ours le chien.

Luka savait qu'il n'avait pas le temps de discuter. Il se tourna vers la gauche, inclina légèrement son épaule gauche, s'élança du pied gauche et partit au galop comme si sa vie en dépendait. Ce qui, en réalité, était bien le cas.

Il courait sans se retourner. Il entendait derrière lui le bruit, déjà fort, qui se rapprochait et devenait encore plus fort au point d'être assourdissant comme le bruit de mille réacteurs rugissant contre vos tympans. Il sentit sous ses pieds que le sol qui tremblait déjà commençait à s'agiter, comme s'il était pris d'une terreur incontrôlable. Il vit au-dessus de lui le ciel s'obscurcir et des éclairs blancs dardèrent entre les nuages noirs. « Bon d'accord, ils savent monter un spectacle, ces dieux, se dit-il pour tâcher de garder courage, mais rappelle-toi, ce ne sont plus les dieux de nulle part ni de personne. Ce ne sont que des animaux de cirque, des créatures en cage dans un zoo. » Mais une voix moins rassurante lui susurra à l'oreille : « C'est peut-être vrai, mais même dans un zoo tu n'as pas intérêt à sauter dans la fosse aux lions. » Il écarta cette pensée, baissa la tête et accéléra de plus belle. Le conseil de Nuthog était la seule chose qu'il gardait à l'esprit. *Ce qu'il faut savoir à propos de la Voie de la Main Gauche, c'est qu'il faut être persuadé de l'avoir à portée de la main*. Tout à coup le bruit parut s'arrêter, la terre ne tremblait plus, il eut la sensation de flotter à toute vitesse plutôt que de courir, et c'est alors qu'il vit l'abîme.

« Derrière la Montagne de la Connaissance, avait coutume de dire Rachid Khalifa, si on n'a vraiment pas de chance, on tombe sur le Gouffre Sans Fond, connu sous le nom d'Abîme du Temps Sublime. Tiens, au fait ça rime. Tu dis *abîme* et cela rime avec *rime*, qui rime aussi avec *sublime*. Mais si tu tombes dans cet Abîme poétique, tu ne penseras guère à faire des vers. »

Entre-temps, la troupe tonnante d'ex-dieux était arrivée au pied de la Montagne de la Connaissance et avait découvert deux des plus grandes vedettes du Grand Orbe de Feu, le défunt cirque du Capitaine Aag, qui les attendaient calmement en artistes expérimentés qu'ils étaient et qui invitaient par des gestes courtois leur public en plein air à s'installer. Ours, le chien chantant et Chien, l'ours dansant s'étaient mis en position, avec derrière eux le chœur composé des Travelos, un quatuor de truies métalliques géantes. Le spectacle était assez singulier pour inciter les divinités au rebut à freiner des quatre fers. Râ le Suprême leva la main et toutes les rangées d'anciens dieux, égyptiens, assyriens, nordiques, grecs, romains, aztèques, incas et tout le reste stoppèrent maladroitement, dans un grand fracas d'égratignures, de collisions et de jurons. Sans le faire exprès, les Cyclopes se flanquèrent mutuellement le coude dans l'œil, les épées embrasées des dieux du feu roussirent les cheveux des nymphes-trésors, un basilisk tourna le regard vers un griffon et le transforma accidentellement en pierre. Les déesses de la Beauté – Aphrodite, Hathor aux oreilles de vache et toutes les autres – protestèrent à grands cris. Des entités surnaturelles de basse classe profitaient de la bousculade des immortels pour pincer mine de rien les fesses des Beautés. Et en plus, pourquoi donc les minotaures marchaient-ils sur les pieds des belles dames ? Et décidément non, les Beautés n'appréciaient pas du tout que des divinités à tête de serpent issues de mythologies rivales viennent couler des regards indiscrets sous leurs toges. Un peu d'espace, de grâce ! demandaient-elles, un peu de respect. Et puis d'abord, chut, sifflaient-elles. Il y avait des artistes ici, et sur le point de commencer leur numéro.

« 🏳&♋⌧, dit Râ, ♦♒♓⬩ ♒♋♎ ♌♏♦♦♏❒ ♌♏ ♑□□♎📪. »

« Qu'est ce que c'est que *ça* ? demanda Ours le chien.

— Il parle en hiéroglyphes, répondit Nuthog, et il dit ceci : "D'accord, le spectacle a intérêt à être bon."

— Vas-y, danse, murmura Ours le chien à Chien l'ours. Et danse mieux que jamais.

— Et toi chante, grogna Chien l'ours à Ours le chien. Chante comme si ta vie en dépendait.

— Ce qui en réalité est le cas, firent en chœur Nuthog, Sara, Badlo et Jinn. Et nous sommes aussi concernées, ajouta Nuthog. Mais pas de pression. Commence plutôt. »

Et Chien l'ours se mit donc à danser, ouvrant avec un numéro de music-hall, suivi d'un numéro de claquettes, puis du Pas Africain des Bottes de Caoutchouc. Une fois échauffé, il passa au style de Broadway et termina par sa spécialité sensationnelle, le Juba Caribéen, le plus endiablé de tous les numéros de claquettes. Le public était déchaîné. Il en était exactement au stade où il voulait les amener, quand il tapait des pieds, les ex-dieux tapaient aussi des pieds ; quand il battait des mains, les dieux sur le retour tapaient aussi des mains et quand il ondulait au rythme du Juba Tourbillonnant, eh bien, ces vieux débris découvraient qu'ils étaient encore capables de se lever et de danser le boogie ! Râ le Suprême tapait dans ses mains avec les autres. « ✡□◆ ❍♋&♏ ❍⍓ □♋■⧫⬧ ⬧♋■⧫ ⧫□ ♑♏⧫ ⧫□ ♋■♎ ♎♋■♍♏⌨ », hurlait-il et Gyara-Jinn traduisit.

« Il dit : "Tu donnes à mon caleçon l'envie de monter sur scène et de danser à l'unisson." »

Chien l'ours secoua la tête, incrédule.

« Mais il ne porte même pas de caleçon, fit-il remarquer.

— Rien que ce petit pagne, qui n'est pas du genre à cacher grand-chose, admit Ours le chien, mais ne discutons pas.

— À ton tour maintenant, dit Chien l'ours à Ours le chien qui répliqua dans un murmure :

— Essayons un peu de vile flatterie. Après tout cela fait un bon moment que personne n'a correctement adoré ces gens-là. »

Il s'éclaircit la voix et se lança dans une mélodie mugissante, chantant toute une série d'odes sirupeuses à la gloire des dieux de Babylone, d'Égypte, d'Asgard, de Grèce et de Rome qu'il improvisait à partir d'airs fameux qui n'étaient pas particulièrement élogieux. « Ishtarmania », « La vie en Râ », « I can't get no (Poséidon) », et ainsi de suite. Le spectacle se déroulait à la perfection et quand il se lança dans son grand final, les truies de métal derrière lui l'accompagnèrent en chantonnant et en ferraillant.

Vous êtes divins, chanta Ours le chien, et les ferrailleuses reprirent en chœur :

Oh oui ! (clang-clang), Oh oui (clang-clang), Oh oui (clang-clang).

Vous êtes du Niveau Neuf, chantait Ours le chien. *Oh oui ! (clang-clang), Oh oui (clang-clang), Oh oui (clang-clang).*

Vous êtes mes dieux superbes,
Je tiens fort à vous louer !
Oui vraiment, vous m'épatez !
Je tiens vraiment à vous louer,
Vous êtes si magnifiques, mes dieux superbes...

Oh oui ! (clang-clang), Oh oui (clang-clang), Oh oui (clang-clang).
Mes dieux adorés...

Oh oui ! (clang-clang), Oh oui (clang-clang), Oh oui (clang-clang).
Ô mes dieux...

Ours fut interrompu par un rugissement furieux et par un éclair de lumière dorée. Râ le Suprême avait rompu le charme de la musique et s'élevait dans le ciel, chauffé au rouge par la fureur, et se propulsait comme une fusée jusqu'au sommet de la Montagne de la Connaissance. Tous les autres ex-dieux s'envolèrent à sa suite; on aurait dit le plus grandiose des feux d'artifice de toute l'histoire. Ours le chien paraissait inconsolable.

« J'ai perdu mon public », disait-il tristement.

Mais Chien l'ours le consolait.

« Ce n'était pas ta faute. Il s'est produit quelque chose là-haut, dit-il. Peut-être quelque chose de bénéfique. Espérons que nous avons laissé assez de temps à Luka. »

Un énorme cheval blanc à huit pattes arriva vers eux au galop en s'ébrouant avec colère.

« On verra bien si vous avez réussi, dit-il. Je veux dire par là que vous êtes tous les deux en état d'arrestation. »

C'était le vrai Slippy, le Roi des Chevaux, et il ne semblait pas du tout ravi de les voir.

« Quant à toi et tes sœurs, dit-il à Gyara-Jinn et aux autres Transformistes, considérez qu'il en est de même pour vous. Nous déciderons plus tard de votre sort, mais la trahison, puis-je me permettre de vous le rappeler, n'est pas un crime anodin. »

Quand Luka aperçut devant lui le versifiant Abîme du Temps Sublime, il ne ralentit pas, parce qu'à présent il sentait enfin sur son épaule gauche une pression fantomatique qui lui indiquait que la Dimension de la Main Gauche était juste là, à sa portée; il accéléra encore son allure puis, à l'extrême bord de l'Abîme, il se projeta vers la gauche...

... et tomba dans le Gouffre Sans Fond, et tandis qu'il chutait à pic dans l'obscurité, il se désintégra en un million de fragments étincelants. Quand il reprit ses esprits son compteur avait perdu 100 vies et il fonçait de nouveau en direction de l'Abîme, et il se lançait de nouveau à gauche vers la zone de douce pression, et il dégringolait encore une fois dans les ténèbres et se désintégrait.

Et la troisième fois, le même processus se répéta *de nouveau*. Cette fois, lorsque les fragments étincelants de lui-même se rassemblèrent et qu'il vit qu'un total de 300 vies s'était évaporé en quelques instants, ne lui en laissant que 165, il se mit en colère.

« C'est pathétique, Luka Khalifa, pour parler franchement, dit-il, s'admonestant lui-même. Si tu ne peux pas être sérieux à présent, après être arrivé si loin, tu mérites bien la Permination Finale que tu ne vas pas tarder à recevoir. »

À ce moment précis, un écureuil roux traversa le chemin de droite à gauche, à l'extrême bord de l'Abîme, et disparut tout simplement. « Oh, bonté divine, se dit Luka, je ne sais même pas s'il existe des écureuils gauchers – gauchers des pattes ? mais si c'est le cas, celui-ci en était sûrement un, et c'est stupéfiant de voir avec quelle facilité il a bondi sur la Voie de la Main Gauche sans aucun effort. Manifestement, quand vous y croyez vraiment et sincèrement, vous pouvez y filer sans la moindre difficulté chaque fois que vous en éprouvez le besoin. » Moyennant quoi, suivant l'exemple de l'écureuil, Luka Khalifa se contenta de se tourner vers la gauche, fit un pas, et sans même avoir besoin de trébucher, se retrouva dans la version gauchère du Monde de la Magie...

... *dans laquelle la Montagne était complètement différente !* En fait ce n'était plus du tout une Montagne mais une petite colline verdoyante de chênes, d'ormes, de platanes d'Orient et de bouquets de peupliers, et de massifs de fleurs autour desquels des abeilles bourdonnaient, des oiseaux-mouches voletaient et des alouettes gazouillaient mélodieusement tandis que des huppes à la crête orange se pavanaient sur l'herbe comme des princesses, et un joli petit chemin tournant vers la gauche semblait bien pouvoir mener Luka jusqu'au sommet.

« J'ai toujours su que le Monde de la Main Gauche serait beaucoup plus facile à vivre pour moi que celui de la Main Droite si seulement je trouvais le moyen d'y parvenir, pensa Luka avec satisfaction. Je parie que s'il y avait une poignée de porte quelque part par ici, elle tournerait vers la gauche. Il semble que la Connaissance elle-même ne soit plus une Montagne énorme et effrayante à partir du moment où le monde, pour une fois, est adapté à nous autres gauchers. »

L'écureuil roux l'attendait sur une souche basse, où il grignotait un gland.

« Bienvenue de la part de la Reine Soraya, fit-il en faisant la révérence. Je m'appelle Ratatat. Oui, Sa Majesté l'Insultane a pensé que tu apprécierais d'avoir un guide.

— Elle a des amis partout, s'émerveilla Luka.

— Nous autres les rouquins, nous aimons nous serrer les coudes, dit Ratatat, le poil hérissé de plaisir. Et certains d'entre nous – je ne voudrais pas me vanter mais c'est mon cas – sont Ultras Honoraires de longue date – eh oui ! –, membres de la très confidentielle Liste Rouge, la garde secrète d'urgence de l'Insultane, des agents dormants, pour ainsi dire, cachés dans nos Ultra Planques et que la dame peut joindre vingt-quatre heures sur vingt-quatre, sept jours sur sept sur sa Ligne Rouge personnelle quand elle a besoin de nous activer. Je continuerais volontiers à bavarder de ces Ultra Secrets mais je pense que tu dois être très pressé et donc, enchaîna-t-il rapidement en voyant que Luka avait ouvert la bouche et s'apprêtait à répondre, l'obligeant ainsi à la refermer, gravissons à pas d'Ultras cette prétendue Montagne pendant que nous en sommes capables. »

Luka grimpa presque d'un bond cette colline tant étaient grandes sa détermination et sa joie. Il avait sauté vers la Gauche, passant d'une Montagne de Difficultés à une Douce Colline, et le Feu de la Vie se trouvait désormais à sa portée. Bientôt il allait rentrer chez lui à toute vitesse pour verser le Feu dans la bouche de son père, et Rachid Khalifa ne manquerait pas de s'éveiller, et il se mettrait à raconter de nouvelles histoires et Soraya sa mère se remettrait à chanter...

« Tu as conscience, dit Ratatat l'écureuil, qu'il va y avoir des gardiens ?

— Des gardiens ? »

Luka freina des quatre fers, terrifié, et hurla presque ce mot, parce que d'une certaine façon il avait espéré ne plus rencontrer aucun autre obstacle – pas ici, dans la Dimension de la Main Gauche, certainement pas ! Son bonheur s'écoula de lui comme le sang d'une blessure.

« Tu ne t'attendais tout de même pas que le Feu de la Vie soit laissé sans surveillance ? fit d'un ton sévère Ratatat, comme s'il faisait la leçon à un élève légèrement attardé.

— Y a-t-il aussi des Dieux du Feu dans ce Monde Magique ? demanda Luka, puis il se sentit si stupide qu'il en rougit. Oui, bien sûr, je suppose qu'il doit y en avoir, mais ne sont-ils pas occupés ailleurs pour le moment, à surveiller le Pont Arc-en-Ciel ou à poursuivre... eh bien, moi, justement ?

— De même qu'il y a des Dieux du Feu, dit Ratatat, il y a aussi des Gardiens du Feu. Évidemment. »

De nos jours, expliqua l'écureuil, la tâche de garder le Feu de la Vie a été confiée aux plus puissants Esprits Gardiens du monde des religions disparues, c'est-à-dire de la mythologie. Cerbère le tacheté, le chien grec aux cinquante têtes qui était autrefois le gardien des Enfers ; Anzu, le démon sumérien qui a la tête et les pattes d'un lion, les serres et les ailes d'un aigle ; la tête coupée mais toujours vivante du géant nordique Mimir, qui garde le Feu depuis si longtemps qu'il a fini par s'y mêler et à en devenir partie intégrante, la Montagne de la Connaissance elle-même ; Fafnir, le super dragon de la taille des quatre Transformistes réunies mais cent fois plus fort ; et Argus Panoptes, le bouvier aux cent yeux qui voit tout et à qui rien n'échappe, voilà quels sont les cinq gardiens attitrés et chacun d'eux est plus féroce que l'autre.

« Ah, fit Luka, fâché contre lui-même. J'aurais dû m'y attendre. Mais puisque tu sais tout, pourrais-tu me dire comment je suis supposé venir à bout de cette petite bande ?

— Par la ruse, dit Ratatat. As-tu cela en réserve ? Parce qu'il vaut mieux en avoir une bonne quantité. Hermès, par exemple, a trompé autrefois Argos par la ruse en lui chantant des berceuses jusqu'à ce que ses cent yeux se ferment et qu'il s'endorme. Oh oui, pour voler le Feu de la Vie tu vas devoir te montrer rusé, retors, sournois, malin, bizarre et compliqué. Est-ce que par hasard tu es comme ça ?

— Non, répondit Luka, désespéré, en s'asseyant sur la pente herbue. Je suis désolé, je ne suis rien de tout cela. »

Alors qu'il parlait, le ciel s'obscurcit, des nuages de tempête noirs et traversés d'éclairs s'amoncelèrent au-dessus d'eux. « 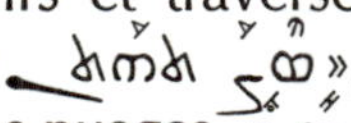 », clama une voix terrifiante sortant du cœur des nuages, « 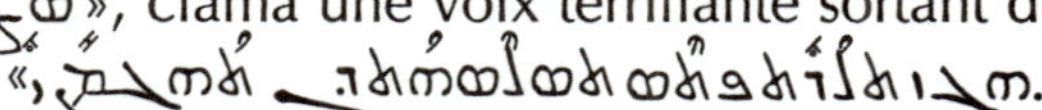. »

— En ce cas, traduisit le petit Ratatat entre ses dents qui claquaient de peur, tu risques de trouver cette dernière étape un peu rude. »

Alors que les dieux s'élevaient comme un essaim de frelons vers le sommet de la Montagne de la Connaissance, l'Alarme Incendie sonna la fin de l'alerte, annonçant à tout le Cœur de la Magie la capture du Voleur de Feu. Ours le chien et Chien l'ours, que le Roi des Chevaux emportait sur son dos, entendirent les éclats triomphants de la sirène et furent saisis de tristesse. Nuthog et ses sœurs volaient à côté d'eux et elles avaient vraiment la queue entre les pattes.

« La danse est finie, je regrette de le dire, dit Nuthog à Ours et Chien, confirmant leurs craintes. C'est le moment de payer le musicien. »

À cet instant, tout l'essaim de dieux vira brutalement à gauche – et sous le regard stupéfait d'Ours et de Chien, il déchira véritablement le bleu du ciel comme s'il était fait de papier et s'engouffra dans la brèche pour déboucher dans un autre ciel plein de nuées d'orage. Le Roi des Chevaux et ses prisonniers passèrent à la suite de l'essaim à travers la déchirure pour pénétrer dans le Monde de la Main Gauche, et Ours et Chien découvrirent pour la première fois la nouvelle version de la Montagne de la Connaissance qu'ils trouvèrent immédiatement tous les deux la plus jolie des collines verdoyantes, même si le ciel était sombre et menaçant et le moment si désespéré. Au sommet de la Connaissance s'étendait un champ couvert de fleurs couronné par un beau frêne au feuillage vigoureux. Pourtant cet arbre, en dépit de sa beauté, s'appelait l'Arbre de la Terreur et sous ses branches se tenait Luka Khalifa, un petit écureuil roux sur l'épaule, et le Pot-au-Feu, accroché à son cou, gardé par celui qui l'avait capturé, Anzu, le dieu sumérien de la foudre avec sa tête de lion et son corps d'aigle qui semblait avoir beaucoup de mal à se retenir de déchirer le garçon en petits morceaux à l'aide de ses énormes serres. Les autres Gardiens du Feu, Cerbère aux multiples têtes, Mimir la tête sans corps, Fafnir le super dragon et Argos Panoptes aux cent yeux, se tenaient à côté, tout aussi furieux. Et derrière le grand arbre on voyait un petit temple de marbre aux colonnes minces, à peine plus grand qu'une simple cabane de jardin. À l'intérieur une lumière brillait avec une intensité presque choquante, emplissant l'air tout autour du Temple de chaleur, d'éclat et d'un crépitement d'énergie que l'on ressentait malgré l'humeur sinistre que provoquaient l'échec, la captivité et l'imminence du jugement; et au-dessus de la colonnade d'entrée il y avait une boule d'or, le Bouton de Sauvegarde de cet infranchissable Dernier Niveau.

« C'est la lueur du Feu de la Vie, grogna doucement Chien l'ours à Ours le chien. Comme sa demeure semble ordinaire après un voyage aussi grandiose, et on est arrivés si près du but ! Et quelle tristesse de ne pas avoir pu… »

Ours le chien l'interrompit sèchement.

« Ne dis pas cela, aboya-t-il. Ce n'est pas fini », mais dans son cœur il pensait que ça l'était.

Le procès débuta.

« 💣♋♋♦✏, hurla Râ le Suprême, qui semblait avoir pris la direction des opérations.

— *Maat*, hurla en retour la foule des dieux, ou plutôt, rugit, cria, gazouilla ou siffla, selon le cas.

— 💣♋♋♦ ♒♋⬧ ♌♏♏■ ♎♓⬧❑◆❑♦♏♎ ♋■♎ ❍◆⬧♦ ♌♏ ❑♏⬧♦❑❑♏♎✏, cria Râ.

— *Maat a été dérangé et doit être rétabli*, fit en écho la foule divine.

— ❄♒♏❑♏♐❑❑♏ ●♏♦ 💣♋♋♦ ♌♏ ♎❑■♏📪, brailla Râ.

— *Donc que Maat soit.*

— Qu'est-ce que c'est que Maat ? demanda Luka à Ratatat l'écureuil.

— Hum, fit Ratatat en haussant les sourcils et en se tordant les moustaches d'une façon très professorale. C'est une référence à la musique divine de l'Univers et, bien sûr, à la structure du Monde, et à la nature du Temps, c'est la plus fondamentale de toutes les Forces, et la contrarier est un crime…

— En bref ? insista Luka.

— Oh, fit Ratatat d'un air un peu déçu. Bon, eh bien, en résumé, Râ veut dire que l'ordre a été perturbé et que justice doit être faite. »

Luka découvrit tout à coup qu'il se sentait extrêmement contrarié. Comment ce ramassis de has-been osait-il le juger ? Qui étaient-ils pour venir lui dire qu'il ne devait pas tenter de sauver la vie de son père ? C'est à ce moment-là qu'il vit ses compagnons arriver et la vue de son ours et de son chien bien-aimés et des quatre fidèles Transformistes prisonniers accrut encore son irritation. Ces retraités surnaturels ont bien du culot, pensa-t-il. Il allait devoir les ramener à plus de modestie.

« 🏳■♍♏ ♋■♎ ♐□❒ ♋●●📪, cria Râ le Suprême, 💣♏❍♌♏❒⬧ □♐ ⧫♒♏ ☼♏♋● 🕈□❒●♎ ❍◆⬧⧫ ♌♏ ⬧♒□⬥■ ⧫♒♋⧫ ⧫♒♏⍓ ♋❒♏ ■□⧫ ◻♏❒❍♓⧫⧫♏♎ ⧫♒♏ ◆⬧♏ □♐ ⧫♒♏ ☞♓❒♏ □♐ ☹♓♐♏📬 ✋⧫ ♍♋■■□⧫ ❒♏❖♓❖♏ ⧫♒♏ 👎♏♋♎📫 ♐□❒ ⧫♒♏⍓ ♒♋❖♏ ♏■⧫♏❒♏♎ ⧫♒♏ 👌□ □🙵 □♐ ⧫♒♏ 👎♏♋♎ ♋■♎ ♋❒♏ ■□ ●□■♑♏❒ ♌♏♓■♑ ⬧📫 ♌◆⧫ □■●⍓ ⬥□❒♎⬧📫 👌◆⧫ ⧫□ ⧫♒♏ 👎⍓♓■♑ ♓⧫ ♑ ♓❖♏⬧ ■♏⬥ ●♓♐♏📪 ♋■♎ ♓■ ⧫♒♏ ♒♏♋●⧫♒⍓ ♓⧫ ♍♋■ ♓■♎◆♍♏ ♑❒♏♋⧫ ●□■♑♏❖♓⧫⍓📫 ♏❖♏■ ♓❍❍□❒⧫♋● ♓⧫⍓📫 ⬥♒♓♍♒ ♌♏●□■♑⬧ ⧫□ ⧫♒♏ ♑□♎⬧ ♋●□■♏📬 ☸♒♏ ☞♓❒♏ □♐ ☹♓♐♏ ❍◆⬧⧫ ■□⧫ ♍❒□⬧⬧ ⧫♒♏ ♌□◆■♎ ♋❒⍓ ♋■♎ ♏■⧫♏❒ ⧫♒♏ ☼♏♋● 🕈□❒●♎📫 ♋■♎ ⍓♏⧫ ♒♏❒♏ ♓⬧ ♋ ☞ ♓ ❒ ♏ ☸ ♒ ♓ ♏ ♐ ⬥ ♒ □ ◻ ● ♋ ■ ⬧ ◻❒♏♍♓⬧♏●⍓ ⧫□ ⧫♋🙵♏ ♓⧫ ♋♍❒□⬧⬧ ⧫♒♋⧫ ♐□❒♌♓♎♎♏■ ♐❒□■♓♏ ❒📬 ✌■ ♏⌧♋❍◻●♏ ❍◆⬧⧫ ♌♏ ❍♋♎♏📬 »

— Dois-je aussi traduire cela ? demanda Ratatat sans enthousiasme.

— Oui, insista Luka.

— Heureusement pour toi, dit Ratatat en poussant un petit soupir, j'ai une excellente mémoire et je suis de bonne composition, mais tu ne vas pas aimer ce qu'il a dit... "Une fois pour toutes, commença-t-il, les habitants du Monde Réel doivent comprendre qu'ils n'ont pas le droit de se servir du Feu de la Vie. Il ne peut pas ressusciter les Morts car ils sont déjà entrés dans le Livre des Morts et ne sont plus des Êtres mais seulement des Mots. Mais aux Mourants il peut rendre une vie nouvelle et aux bien-portants il peut procurer une grande longévité et même l'immortalité, qui est pourtant l'apanage des dieux. Le Feu de la Vie ne doit pas franchir la frontière pour entrer dans le Monde Réel, et pourtant voici devant vous un Voleur de Feu qui envisage précisément de lui faire franchir cette frontière interdite. Un exemple doit être fait."

— Ah c'est ainsi ? dit Luka, et un feu intérieur s'était mis à brûler dans son cœur et flamboyait dans son regard.

L'étrange force qui s'était emparée de lui après la disparition de Papapersonne s'éveilla à nouveau, lui donnant toute l'énergie dont il avait besoin.

« Il se trouve, remarqua-t-il, que je sais exactement quoi dire. »

Il héla si fort l'assemblée d'ex-dieux qu'ils cessèrent tous de rugir, de siffler, de gazouiller et de hennir et de faire tous les autres bruits bizarres qu'ils faisaient habituellement, pour se taire et écouter.

« C'est à mon tour de parler, maintenant, cria Luka à tue-tête devant l'assemblée des Êtres Surnaturels, et croyez-moi, j'en ai beaucoup à dire à propos de toutes ces sornettes et vous feriez bien de m'écouter très attentivement parce que votre avenir en dépend tout autant que le mien. Figurez-vous que je sais une chose que vous ignorez à propos de ce Monde de la Magie... *Ce n'est pas votre Monde !* Il n'appartient même pas aux Aalim, peu importe qui ils sont et où ils se cachent en ce moment. *Ce Monde appartient à mon père !* Je suis sûr qu'il existe d'autres Mondes Magiques rêvés par d'autres gens, des Pays des Merveilles, des Narnias, des Terres du Milieu et ainsi de suite et peut-être, qui sait, existe-t-il de tels Mondes qui se sont rêvés eux-mêmes, c'est certainement possible et je n'objecterai pas si vous me dites que c'est le cas, mais celui-ci, dieux et déesses, ogres et chauves-souris, monstres et choses gluantes, c'est le Monde de Rachid Khalifa, le célèbre Océan de Notions, le fabuleux Shah de Blah. Du début jusqu'à la fin ; du Niveau Un au Niveau Neuf et inversement, tout le fourbi, de l'entrée jusqu'au dessert, c'est à lui.

« C'est lui qui l'a construit ainsi, qui lui a donné sa forme et ses lois et qui vous a tous amenés ici pour le peupler parce qu'il avait entendu parler de vous, qu'il avait pensé à vous et même rêvé de vous pendant toute sa vie. La raison pour laquelle ce Monde est comme il est, c'est que de la Main Droite ou de la Main Gauche, Monde de Personne ou Monde de l'Absurde, c'est le Monde qu'il a dans la tête ! Je le sais bien, et c'est probablement pour cette raison que j'ai réussi à trébucher sur la droite puis à faire un pas à gauche pour arriver jusqu'ici, parce que j'en ai entendu parler tous les jours de ma vie, sous forme d'histoires pour m'endormir, de sagas au petit déjeuner, d'épopées au dîner et de fables racontées devant un public dans toute la ville de Kahani et tout le pays d'Alifbay, et aussi sous la forme de quelques petits secrets qu'il me chuchotait à l'oreille, pour moi tout seul. D'une certaine façon c'est donc aussi mon Monde à présent. Et la vérité toute simple est que si je ne lui rapporte pas à temps le Feu de la Vie, il ne sera pas le seul à connaître sa fin. Tout ce qui se trouve ici disparaîtra également. Je ne sais pas exactement ce qu'il adviendra de chacun d'entre vous mais dans le meilleur des cas vous n'aurez plus ce Monde confortable pour y vivre, ce lieu où vous pouvez continuer à faire semblant d'être omniprésents alors que plus personne ne se soucie de vous. Et dans le pire des scénarios, vous disparaîtrez complètement, *pouf,* comme si vous n'aviez jamais existé parce que, soyons francs, combien de gens autres que Rachid Khalifa se donnent vraiment la peine de continuer à raconter vos histoires de nos jours ? Combien de gens ont entendu parler de la Salamandre qui vit dans le Feu, ou du Squonk qui est si triste d'être laid qu'il finit par se dissoudre dans ses propres larmes ?

« Réveillez-vous ! Secouez-vous, Vieilles Branches ! Vous êtes finis ! Vous êtes morts ! Comme dieux et comme créatures fabuleuses, vous avez cessé d'exister ! Vous dites que le Feu de la Vie ne doit pas franchir la frontière du Monde Réel ? Et moi je vous dis que, s'il n'arrive pas à toute vitesse jusqu'à une certaine personne de ce Monde Réel, vous êtes fichus. Vos œufs d'or sont frits et vos carottes magiques sont cuites.

— Whaouh ! lui murmura à l'oreille Ratatat l'écureuil. Tu as drôlement capté leur attention, cette fois-ci. »

Toute l'armée de divinités sur le retour, choquée et stupéfaite, avait été réduite au silence. Mais Luka, sous l'Arbre de la Terreur, savait qu'il ne devait laisser personne rompre le charme. De plus il avait encore beaucoup à dire.

« Voulez-vous que je vous dise ce que vous êtes désormais ? hurla-t-il. Eh bien, pour commencer, je vais vous dire ce que vous n'êtes plus. Vous n'êtes plus en réalité les dieux de nulle part ni de personne. Vous n'avez plus le pouvoir de vie et de mort ni celui d'accorder le salut ou la damnation. Vous ne pouvez plus vous transformer en taureau pour enlever les Filles de la Terre ni intervenir dans les guerres ni vous livrer à toutes ces intrigues dont vous êtes friands. Regardez-vous ! Au lieu de disposer de vrais Pouvoirs, vous vous livrez à des Concours de Beauté. Ce n'est pas très grandiose, pour vous dire la vérité. Écoutez-moi. Ce n'est que grâce aux Histoires que vous pouvez exister dans le Monde Réel et retrouver un semblant de pouvoir. Quand votre histoire est bien racontée, les gens croient en vous, pas de la façon dont ils croyaient autrefois, pas au point de vous vénérer, mais de la façon dont les gens croient aux histoires – avec bonheur, avec passion, avec l'espoir qu'elles ne finiront jamais. Vous voulez l'Immortalité ? Il n'y a que mon père et des gens comme lui qui peuvent désormais vous l'assurer. Mon père est capable de faire oublier aux gens qu'ils ont tout oublié de vous, il peut les inciter à vous adorer de nouveau, à s'intéresser à ce que vous manigancez et à souhaiter que vous ne disparaissiez jamais. Et vous voudriez m'arrêter ? Vous devriez me supplier d'achever cette tâche que je suis venu accomplir ici. Vous devriez m'aider. Vous devriez déposer le Feu dans mon Pot-au-Feu, et vous assurer qu'il a bien embrasé mes Patates Chaudes, puis m'escorter jusqu'à chez moi. Qui suis-je ? Je suis Luka Khalifa. Je suis votre dernière chance. »

C'était le plus grand discours de sa vie en tant qu'orateur, prononcé sur la scène la plus importante sur laquelle il soit jamais monté et il avait mobilisé toute l'éloquence et la passion qu'il avait en lui, c'était bien vrai, mais avait-il réussi à convaincre son public ? « Peut-être que oui, se disait-il, soucieux, peut-être que non. »

Ours le chien et Chien l'ours, toujours sur le dos du Roi des Chevaux, manifestaient leur soutien en hurlant à pleine voix : « Ça, c'est bien envoyé ! », et ce genre de choses, mais le silence des dieux devint si dense, si oppressant, que finalement même Ours retint sa langue. Ce silence effrayant gagnait en intensité comme un brouillard et le ciel noir s'obscurcit encore davantage jusqu'à ce que la seule lumière que Luka pût distinguer soit la lueur qui provenait du Temple du Feu, et dans cet éclat intermittent il voyait des ombres géantes remuer lentement tout autour de lui, des ombres qui semblaient se rapprocher de l'Arbre de la Terreur et du garçon qui se tenait prisonnier à son pied sous la garde du démon sumérien de l'orage. Les ombres se rapprochaient et formaient une sorte de poing géant qui se refermait sur Luka et n'allait pas tarder à l'écraser comme on essore une éponge. « C'en est fait de moi, pensa-t-il. Mon discours n'a eu aucun effet, il ne les a pas convaincus, c'est donc la fin. » Il aurait voulu embrasser une dernière fois son chien et son ours. Il aurait voulu que les gens qu'il aimait soient là pour lui tenir la main. Il aurait voulu trouver une ultime solution pour se sortir de ce pétrin. Il aurait voulu…

La Montagne de la Connaissance se mit à trembler violemment, comme si quelque colosse invisible s'amusait à sauter sur ses pentes. Le tronc de l'Arbre de la Terreur se fendit depuis la souche jusqu'au sommet et il s'écroula, et ses branches, dans leur chute, manquèrent de peu Luka et le démon de l'orage. L'une d'entre elles heurta Mimir la Tête qui, sous le choc, poussa un cri. Des rangs des dieux et des monstres montait tout un vacarme de cris d'angoisse, de stupéfaction et de terreur. Le phénomène le plus effrayant de tous se produisit alors. Il y eut un moment, très bref en vérité, quelques fractions de secondes, où *tout disparut complètement*, et où Luka, Ours et Chien, les trois visiteurs venus du Monde Réel, se retrouvèrent comme suspendus dans *une absence*, sans couleurs, sans bruits, sans mouvements, sans lois, sans rien du tout. Puis le Monde Magique refit son apparition. Mais un horrible sentiment commença à se faire jour en toutes choses et en chacun : le Monde de la Magie allait mal. Ses fondations les plus solides étaient ébranlées, sa géographie devenait incertaine, son existence même était devenue intermittente comme s'il obéissait à une commande marche-arrêt. Qu'allait-il se passer si les moments d'arrêt commençaient à se prolonger ? S'ils duraient plus longtemps que les moments de marche ? Qu'arriverait-il si ces moments de marche se réduisaient à quelques secondes ou même disparaissaient complètement ? Et si tout ce que le Voleur de Feu leur avait dit n'était que la stricte vérité qu'ils avaient jusqu'à présent refusé d'admettre, engoncés comme ils l'étaient dans les lambeaux de leur ancienne gloire divine, dans les derniers vestiges de leur orgueil ? Était-ce donc là la vérité toute nue et sans apprêt : que leur survie dépendait de la vie déclinante d'un homme malade, sur le point de mourir ? Telles étaient les questions qui hantaient les habitants du Monde de la Magie, mais dans l'esprit affolé de Luka, il y avait une autre interrogation plus simple et plus terrifiante :

Rachid Khalifa était-il en train de mourir ?

Anzu, le démon de l'orage, tomba à genoux et se mit à supplier Luka d'une voix douce, triste et pitoyable :

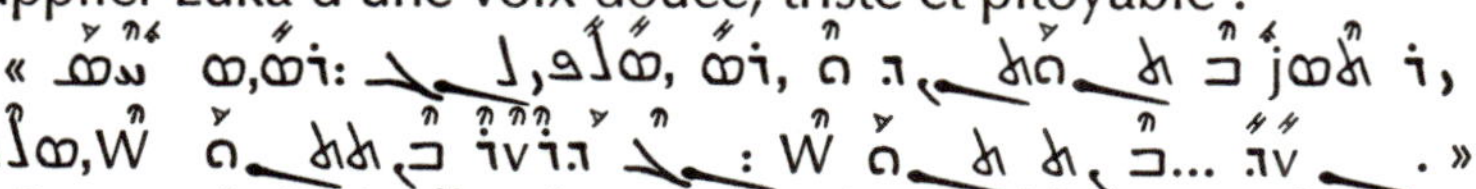

Ratatat était si effrayé que sa voix tremblait quand il traduisit le Sumérien.

« Sauve-nous, seigneur ! C'est que, seigneur, de grâce, nous ne voulons pas être de simples contes de fées. Nous voulons être de nouveau adorés ! Nous voulons être... divins. »

« Seigneur ? se dit Luka. Voilà un changement de ton comme je n'en ai jamais entendu. » L'espoir rejaillit en lui, luttant contre l'abattement, et il rassembla toutes ses forces pour un dernier effort, clamant avec toute l'énergie dont il disposait :

« C'est à prendre ou à laisser, vous tous autant que vous êtes. On ne vous fera jamais une meilleure proposition. »

Les ténèbres cessèrent de les encercler, le courroux des dieux vacilla; submergé par leur peur, il se désintégra et disparut complètement pour laisser la place à une terreur abjecte. Les nuages de colère se dissipèrent, la lumière du jour reparut et chacun put constater que la déchirure dans le ciel dans laquelle s'était engouffré l'essaim des dieux était dix fois plus grande qu'avant, qu'on voyait des fêlures dans les cieux d'un bout à l'autre de l'horizon et que l'armée elle-même de personnages mythologiques se détériorait, elle vieillissait, se fendillait, pâlissait, s'affaiblissait, diminuait et perdait pour tout dire sa capacité à être. Aphrodite, Hathor, Vénus et les autres déesses de la Beauté regardaient la peau ridée de leurs mains et de leurs bras en hurlant : « Que l'on fracasse tous les miroirs ! » Et ce personnage immense, la Divinité Égyptienne Suprême à la tête de faucon, tomba à genoux comme l'avait fait Anzu, et son corps commençait à s'écrouler comme un vieux monument. Tous les autres dieux imitèrent l'exemple de Râ, du moins ceux qui avaient des genoux. Et d'une voix basse, effrayée et pénétrée de respect, Râ le Suprême déclara :

« ⌖♏⌧●● ♦♋&♏ ♓♦📫 »

— Qu'est-ce qu'il a dit? demanda Luka à Ratatat, qui s'était mis à faire des bonds sur son épaule en poussant de grands cris.

— Il dit qu'il est d'accord, avec ton offre, je veux dire, couina Ratatat d'une voix qui exprimait à la fois sa terreur et son soulagement. Tu peux prendre le Feu à présent. Dépêche-toi ! Qu'est-ce que tu attends? Sauve ton père ! Sauve-nous tous ! Ne reste pas planté là ! Bouge-toi ! »

Des ombres dans le ciel passèrent rapidement au-dessus d'eux.

« Dites donc, voyez-vous cela ! dit la voix chaleureuse de l'Insultane d'Outremont. Moi qui pensais mener ma fidèle Ultra Air Force dans une tentative de sauvetage chevaleresque mais condamnée à l'échec au secours d'un jeune homme incompétent mais étonnamment aimable parce que, en dépit de ton irresponsable témérité, je ne pouvais en fin de compte rester inactive et t'abandonner à ton destin avec pour seul compagnon mon Ultra Honoraire Ratatat pour me représenter; mais je constate à ma grande surprise, compte tenu de ton inconséquence, que tu t'en es plutôt bien sorti tout seul. »

Dans le ciel à présent dégagé mais montrant des signes de décrépitude, survolant la Montagne de la Connaissance, se trouvait toute l'UAF sur ses tapis volants chargés de quantités de légumes pourris et d'avions en papier pleins de poil à gratter, prêts à intervenir, et à sa tête se tenait la Reine Soraya sur *Resham,* le Tapis Volant du Roi Salomon le Sage, accompagnée de Coyote, le roi de la diversion, et les Oiseaux-Éléphants.

« On est venus nous aussi ! crièrent-ils de là-haut. On ne veut plus seulement se rappeler les choses. On veut aussi *faire* des choses ! »

Il y avait aussi un étranger très âgé, d'une taille invraisemblable, entièrement nu, et qui avait une grande cicatrice sur le ventre.

Luka n'avait le temps de répondre à personne ni de demander qui était cet étranger tout nu ni même d'embrasser Ours et Chien qui avaient sauté de la croupe du Roi des Chevaux pour venir le rejoindre.

« Il faut que j'aille chercher le Feu, s'écria-t-il. Chaque seconde compte. »

Ours le Chien réagit immédiatement; il fonça à toute vitesse dans le Temple du Feu et en ressortit au bout de quelques secondes, tenant entre ses crocs un tison enflammé qui brillait de l'éclat le plus vif, le plus joyeux, le plus beau, le plus réconfortant que Luka ait jamais vu, et Chien l'ours escalada les colonnes du temple et donna de toutes ses forces un coup de sa grosse patte sur la boule d'or placée au-dessus de l'entrée. Luka entendit le fameux petit *ding* et vit le compteur dans le coin supérieur droit de son champ de vision passer à 8. Il saisit le tison flambant dans la gueule d'Ours, le plongea dans son Pot-au-Feu où les petites Patates Chaudes se mirent aussitôt à brûler avec la même joie optimiste et réconfortante que le morceau de bois.

« Allons-y ! » hurla Luka en raccrochant le Pot autour de son cou.

Sa chaleur lui fit du bien et Soraya descendit au ras du sol pour permettre à Luka, Ours et Chien de bondir sur le Tapis du Roi Salomon.

« Il n'existe pas de moyen de transport plus rapide dans tout le Monde Magique, cria-t-elle. Fais tes adieux et allons-y. »

Alors Nuthog, ses sœurs et Ratatat l'écureuil s'écrièrent :

« On n'a pas le temps ! Au revoir ! Bonne chance ! Partez vite ! »

C'est ce qu'ils firent. Le tapis de Soraya s'engouffra dans la déchirure du ciel.

« Tu es venu par le Monde de la Main Droite, c'est donc par là qu'il va falloir repasser » dit-elle.

Le reste de l'Ultra Air Force les suivait mais le Tapis du Roi Salomon volait au maximum de sa vitesse et les autres furent rapidement distancés.

« Ne t'inquiète pas, ajouta Soraya de sa voix la plus résolument joyeuse. Je te ramènerai à la maison à temps. Après tout maintenant, c'est le Monde entier que tu dois sauver et pas seulement ton père. »

8

La Course contre la Montre

Le ciel s'écroulait. Tandis qu'ils franchissaient la brèche dans la voûte céleste, des pans entiers des cieux tombaient et s'écrasaient en bas sur le Cœur de la Magie. Luka, qui s'était de nouveau enroulé pour avoir chaud dans la couverture enchantée de Soraya, ne sentait pas le vent à l'intérieur de la bulle protectrice que l'Insultane avait mise en place autour du tapis volant mais il en voyait les effets sur le monde au-dessous de lui. Des arbres entiers étaient déracinés et volaient dans les airs comme de simples graines de pissenlit; de farouches dragons aux ailes de cuir étaient ballottés de-ci de-là comme des jouets d'enfants; et le Filet Céleste Arachnéen, la partie la plus fragile du Cœur de la Magie, fait de cinquante-cinq couches de toiles d'araignées étincelantes, était déchiré en morceaux. Le « Grand Royaume de la Pureté », la légendaire bibliothèque de Ling-pao T'ien-tsun, installée depuis des milliers d'années dans les Filets Arachnéens, n'existait plus. Ses antiques volumes étaient projetés dans les airs, leurs pages volaient comme des ailes.

« Les Vents du Changement soufflent, cria le Canard-Éléphant, et la Cane-Éléphante se lamenta :

— Nos pauvres petites connaissances ne comptent pour rien comparées à tout le savoir qui a été détruit aujourd'hui. »

Il était presque impossible à Luka d'entendre ce qu'ils disaient parce qu'il y avait dans le vent un hurlement qui paraissait pour ainsi dire *vivant*. C'est Coyote, le poil complètement hérissé, qui lui expliqua que « *les Hurlevents étaient lâchés et quand ils se mettent à crier c'est que la création tout entière est en train de craquer aux coutures* ». Luka se dit qu'il valait mieux ne pas demander quel genre de choses ou de personnes pouvaient bien être les Hurlevents.

Luka, entouré de Coyote, des Oiseaux-Éléphants, d'Ours le chien et de Chien l'ours, se tenait attentif à l'avant du tapis volant et observait le monde chaotique qui défilait sous ses yeux. Derrière eux au centre du tapis, Soraya était debout les yeux fermés et les bras largement écartés, contraignant *Resham* à voler à une vitesse qu'il n'avait jamais encore atteinte. Derrière elle, les mains posées sur ses épaules pour lui insuffler sa force, se tenait à genoux le vieux géant nu que Luka n'avait encore jamais rencontré.

« *C'est lui*, souffla Coyote à l'oreille de Luka. *Le Vieux Type. Le Premier et le plus Grand. Il a entendu parler de ton projet et il est venu nous prêter main forte. Le Vieux Type. Depuis le temps ! C'est une chance, mon gars, et un honneur pour nous tous*. »

Ils quittèrent le Cœur de la Magie et survolaient à présent les Chenaux Fourchus dont les eaux bouillonnaient et se projetaient en l'air pour former de véritables murailles liquides puis retombaient en provoquant des inondations.

« C'est donc cela, le Niveau Neuf », s'entendit dire Luka.

Soraya lui répondit d'un air lugubre :

« Non, c'est la Fin du Monde. »

L'Incontournable Tourbillon et le piège temporel d'El Tiempo tournoyaient de plus en plus vite, aspirant dans leur gueule toutes sortes de matériaux avec une avidité qui augmentait sans cesse et Soraya dut conduire le tapis jusqu'à une altitude dangereuse, à cent kilomètres au-dessus de la surface de la Terre, à moins d'un kilomètre de la Ligne de Kármán, mais à un moment donné Soraya dut conduire le tapis jusqu'à une altitude dangereuse, à cent kilomètres au-dessus de la surface de la Terre, à moins d'un kilomètre de la Ligne de Kármán mais à un moment donné Soraya dut conduire le tapis jusqu'à une altitude dangereuse, à cent kilomètres au-dessus de la surface de la Terre, à moins d'un kilomètre de la Ligne de Kármán mais à un moment donné Soraya dut conduire le tapis jusqu'à une altitude dangereuse à cent kilomètres au-dessus de la surface de la Terre, à moins d'un kilomètre de la Ligne de Kármán, mais à un moment donné... alors qu'ils étaient pratiquement pris au piège ils se dégagèrent brusquement et filèrent comme un projectile lancé par la fronde d'un gamin dans une direction que Soraya n'était plus capable de contrôler. Le tapis tournoyait sur lui-même comme une pièce de monnaie et ses passagers se cramponnaient les uns aux autres au péril de leur vie. Luka ne remarqua même pas la Grande Stagnation sous eux, puis ils arrivèrent aux Brumes du Temps. Les Brumes avaient des problèmes, elles aussi : des grands trous et des accrocs étaient apparus dans le mur de grisaille autrefois impénétrable. Au sein des Brumes le tapis continuait à tourner sur lui-même et les Oiseaux-Mémoire pleuraient, hantés par la peur de l'Oubli, et Coyote hurlait, et la situation aurait pu devenir insupportable si le Vieux Type, le Titan Prométhée, ne s'était pas mis debout et n'avait pris la parole pour la première fois, prononçant des mots Puissants.

« *Khulo!* hurla-t-il au brouillard de néant tourbillonnant. Je n'ai pas échappé à l'Oiseau de Zeus pour périr dans le brouillard! *Dafa ho !* Disparais, méchant Rideau, et laisse-nous sortir d'ici. »

Aussitôt le tapis volant émergea des Brumes et Luka vit enfin où ils étaient.

Ce n'était pas réjouissant à voir. Ils avaient été emportés très loin du Fleuve. Ils survolaient à présent la Cité des Rêves et tandis que Soraya luttait pour mener le tapis volant dans la bonne direction, Luka vit les tours de la Cité des Rêves s'effondrer comme des châteaux de cartes, ses maisons étaient réduites à l'état de ruines sans toit, et il vit tant de Rêves désormais sans abri, des rêves qui ne pouvaient s'épanouir que derrière des rideaux tirés dans une obscurité confortable qui titubaient dans les rues éclairées et s'effondraient avant de s'étioler à la lumière. Des cauchemars fonçaient au galop dans les rues de la ville et seuls quelques habitants semblaient épargnés, mais même eux erraient vaguement sans prêter la moindre attention au chaos environnant, comme s'ils vivaient dans leur propre monde. « Des Rêveurs éveillés, probablement », pensa Luka.

L'effondrement du Monde de la Magie le plongeait dans la terreur car il ne pouvait signifier qu'une chose, c'est que la vie de Rachid Khalifa glissait sur sa dernière pente, et tandis que Luka observait avec horreur la destruction des champs et des fermes de la Terre de l'Enfance Perdue, tandis qu'il regardait la fumée monter des incendies de forêts sur les Collines Bleues du Souvenir, tandis qu'il voyait la Cité de l'Espoir tomber en ruine, il n'avait qu'une seule idée en tête : *« Ramenez-moi à temps à la maison, par pitié faites que je n'arrive pas trop tard, ramenez-moi à temps. »*

Il aperçut alors Baadal-Garh, la Forteresse bâtie sur un nuage qui semblait s'approcher d'eux à toute vitesse, ses murailles massives étaient intactes et le nuage sur lequel elle se dressait frémissait et bouillonnait comme s'il s'agissait des images d'un film que l'on passe en accéléré ; saisi de découragement, Luka comprit que son dernier combat était encore à venir. De la main gauche il serra le Pot-au-Feu qui lui pendait autour du cou, et sa chaleur lui rendit un peu de force. Il rampa à quatre pattes sur le tapis volant pour rejoindre Soraya – car il était impossible de marcher sur cette surface battue par les vents qui ne cessait de tanguer et d'onduler – et lui demanda, même s'il connaissait déjà la réponse :

« Qui garde cette forteresse ? S'agit-il d'ennemis ? »

Soraya avait le visage et le corps tout entier tendus :

« Je regrette d'avoir distancé l'Ultra Air Force, dit-elle comme si elle parlait toute seule. Mais de toute façon elle ne nous aurait pas été d'un grand secours contre un tel ennemi. (Puis, se tournant tristement vers Luka, elle lui répondit :) Tout au fond de mon cœur je savais bien que cela finirait par arriver. Je ne savais ni où ni quand ni comment, mais je savais qu'ils ne resteraient pas en dehors de l'affaire. Ce sont les Aalim, Luka, les Gardiens du Feu, les Seigneurs du Temps. Jo-Hua, Jo-Hai, Jo-Aiga. La pire Trinité que tu puisses jamais rencontrer. Et avec eux, juste comme je m'y attendais, il y a un traître qui a retourné sa veste. Regarde là-haut sur le rempart. Cette saharienne vermillon. Ce panama cabossé. Le voilà, le fripon dans les rangs de tes plus redoutables ennemis. »

Oui, c'était Papapersonne, il n'était plus transparent comme un spectre mais paraissait aussi solide que n'importe qui. Colère et douleur se disputèrent dans le cœur de Luka mais il lutta pour les tenir à l'écart. La situation exigeait d'avoir l'esprit calme. La Cité Fortifiée de Baadal-Garh s'était placée au-dessus d'eux et plus elle approchait, plus elle grandissait. Le Nuage sur lequel elle était bâtie enveloppa le Tapis Volant du Roi Salomon le Sage et la Forteresse en fit autant en élargissant ses murailles. Ils se retrouvaient dans une prison en plein ciel, se dit Luka, et même si l'air au-dessus d'eux semblait dégagé, il était certain qu'une barrière invisible leur bloquerait la route s'ils essayaient de s'échapper. Ils étaient prisonniers du Temps et le tapis volant vint s'arrêter juste au pied du rempart où se tenait la créature que Luka avait connue sous le nom de Papapersonne et qui les regardait avec mépris.

« Regarde-moi, dit-il. Comme tu peux le constater, tu arrives trop tard. »

Luka dut faire un terrible effort pour se maîtriser avant de parvenir à crier à tue-tête :

« Ça ne peut pas être vrai, sinon tu ne serais plus là à rôder dans les parages, n'est-ce pas ? Si tu as dit la vérité à propos de ce qui doit t'arriver quand tu auras accompli ta tâche, alors tu aurais déjà dû faire cette chose qui est le contraire du Bang, tu aurais dû, quel que soit le nom que tu donnes à cela, *désapparaître,* et tu m'as dit que ce n'était pas ce que tu voulais.

— *Non-Être,* le corrigea Papapersonne. Tu devrais connaître la terminologie à présent. À propos, quand je t'ai dit que je ne souhaitais pas cela, j'ai menti. Pourquoi une créature ne voudrait-elle pas atteindre le but pour lequel elle a été créée ? Si tu es né pour danser, tu danses. Si tu es né pour chanter, tu ne restes pas assis là, la bouche close. Et si tu as été amené à l'existence pour dévorer la vie d'un homme, alors accomplir ce travail et *Non-Être* une fois que c'est terminé, c'est l'aboutissement suprême, le summum absolu de la satisfaction. Oui, c'est une véritable extase !

— On dirait que tu es amoureux de la mort, pour parler franchement, fit Luka et il comprit immédiatement la portée de ce qu'il venait de dire.

— Absolument, dit Papapersonne. Tu as enfin saisi. Je dois confesser un certain amour-propre. Et ce n'est pas une qualité très noble, je suis prêt à te l'accorder. Mais je te le répète : l'*extase*. Et d'autant plus dans un cas comme celui-ci. Ton père a lutté contre moi de toutes ses forces, je peux te l'assurer. Je l'en félicite. Il a manifestement de puissantes raisons de vouloir rester en vie, et peut-être es-tu l'une de ces raisons. Mais à présent je tiens sa gorge entre mes mains. Et tu as aussi raison sur ce point : quand je t'ai dit que tu arrivais trop tard, j'ai menti une fois de plus. Regarde. »

Il leva sa main droite et Luka vit qu'il lui manquait la moitié du majeur.

« C'est tout ce qui lui reste de vie, dit Papapersonne, et tandis que nous parlons il continue à se vider et moi à me remplir. Qui sait ? Tu seras peut-être encore là pour assister au grand événement. Tu peux en tout cas oublier ton projet de rentrer à temps pour le sauver même si tu as le Feu de la Vie dans ce Pot-au-Feu accroché à ton cou. Au fait, tous mes compliments pour être parvenu aussi loin. Niveau Huit ! Un véritable exploit. Mais à présent n'oublie pas, le Temps est avec moi.

— Tu as révélé ton vrai visage, celui d'un être véritablement malfaisant, aucun doute là-dessus, dit Luka. J'ai été bien bête de me laisser embobiner par toi. »

Papapersonne eut un petit rire glacial.

« Oh, mais si tu ne m'avais pas accompagné, cela aurait été beaucoup moins amusant. Tu as rendu toute cette attente nettement plus agréable. Je dois vraiment t'en remercier.

— Tout cela n'a donc été qu'un jeu pour toi, hurla Luka.

Papapersonne agita son demi-doigt dans sa direction.

« Non, non, fit-il d'un air de reproche. Ce n'est jamais *seulement un jeu*. C'est une question de vie ou de mort. »

Chien l'ours se dressa sur ses pattes arrière et grogna :

« Je ne peux plus supporter ce type. Laisse-moi m'occuper de lui. »

Mais Papapersonne, sur son rempart, était hors de la portée de Chien et il n'y avait apparemment aucun moyen de monter jusqu'à lui. Alors, de sa voix très très grave, le Titan prit la parole, le Vieux Type balafré en personne.

« Laisse-moi faire », dit-il à genoux derrière Soraya, et il se remit debout et commença à grandir, grandir, grandir.

Et lorsqu'un Titan atteint sa taille maximale, l'univers entier se met à trembler. (Et l'Univers cherche aussi à détourner le regard parce que la nudité multipliée dans de telles proportions est beaucoup plus impressionnante que la nudité de taille normale, et plus difficile à ignorer.) Il y a fort longtemps, l'oncle du Vieux Type s'était dressé de la même façon et avait détruit le ciel lui-même. Après quoi la bataille des Dieux grecs contre les Douze Titans avait ébranlé la terre, tandis que les colosses luttaient et s'écroulaient. Le Vieux Type, vétéran et héros de cette guerre et qui méprisait les habits comme les Héros Grecs et les Anciens l'avaient toujours fait, continua à grandir et devint si gigantesque que Soraya dut en vitesse élargir le tapis jusqu'à sa taille maximale avant qu'ils ne soient tous poussés à terre par ses pieds de plus en plus encombrants. Luka vit avec plaisir une expression de peur apparaître sur le visage de Papapersonne au moment où le Titan tendait vers lui son énorme main gauche, l'attrapait et le serrait bien fort.

« Laisse-moi », fit Papapersonne d'un cri aigu et sa voix n'avait à présent plus rien d'humain, c'était celle d'un lutin ou d'un démon et, à cet instant précis, un cri de pure terreur. Lâche-moi, hurla-t-il. Tu n'as pas le droit de faire cela ! »

Le Vieux Type eut un sourire de la taille d'un stade.

« Pas le droit ? Non, mais j'ai la gauche, et nous autres gauchers, nous nous serrons les coudes, tu le sais bien. »

Sur ce, il tendit sa main en arrière le plus loin possible, avec Papapersonne qui se débattait et hurlait dans son poing serré, puis il projeta cette affreuse créature, traîtresse et suceuse de vie, loin, très loin dans le ciel. Et tout au long de sa trajectoire, on l'entendit hurler en route vers les limites de l'atmosphère, puis au-delà de la Ligne de Kármán, là où le monde prend fin et où commence l'obscurité de l'espace extérieur.

« Nous sommes toujours prisonniers », fit remarquer Chien l'ours en ronchonnant parce qu'il se sentait un peu rejeté au second plan par l'effort titanesque du Titan. (Puis, un peu trop fort et de manière provocatrice, il ajouta :) Et d'abord, où sont-ils les Aalim ? Qu'ils se montrent, à moins qu'ils n'aient trop peur pour nous affronter.

— Attention à tes souhaits », s'empressa de dire Soraya, mais il était trop tard.

« *On ne sait pas,* disait Rachid Khalifa, *quelle est l'apparence physique des Aalim. Peut-être ont-ils vraiment un corps ou peut-être revêtent-ils simplement une apparence physique quand ils en ont besoin et le reste du temps ils sont des entités désincarnées répandues à travers tout l'espace. Parce que, après tout, le temps est partout ; il n'existe aucun lieu qui n'ait pas ses hiers, qui ne vive dans un aujourd'hui et qui ne rêve d'un lendemain heureux. Quoi qu'il en soit, les Aalim sont réputés pour leur extrême répugnance à se montrer en public, ils préfèrent opérer en silence et dans les coulisses. Les rares fois où on a pu les apercevoir, ils étaient toujours cachés dans de grandes capes à capuches comme des moines. Personne n'a jamais vu leur visage et tout le monde a très peur de leur passage, à l'exception de quelques rares enfants…* »

« Quelques rares enfants, dit Luka à voix haute, en se souvenant, qui peuvent défier le pouvoir du Temps par le simple fait d'être né et qui sont capables de nous rendre notre jeunesse. »

C'était sa mère la première qui avait dit cela, ou quelque chose d'approchant – il le savait bien parce qu'elle avait tenu à le lui raconter –, mais très vite l'idée avait été adoptée par Rachid Khalifa pour son inépuisable réserve de fabuleuses histoires. « C'est vrai, avait-il admis devant Luka avec un sourire éhonté. Je l'ai volée à ta mère. N'oublie pas : s'il t'arrive de devenir un voleur, tâche de voler ce qui en vaut la peine. »

« Bon, se dit Luka, le Voleur du Feu de la Vie. J'ai suivi tes conseils, Papa, et regarde ce que j'ai volé et vois où cela m'a mené. »

Les trois personnages encapuchonnés qui se tenaient sur les remparts de Baadal-Garh, la Forteresse Nuageuse, n'étaient ni grands ni impressionnants. Leur visage était caché et ils croisaient les bras comme s'ils tenaient contre eux un bébé. Ils ne disaient rien – mais ce n'était pas nécessaire. L'expression du visage de Soraya, le geignement plaintif de Coyote – « *Madre de Dios, si j'étais pas sur un tapis volant en plein ciel je détalerais immédiatement pour sauver ma peau* » –, le tremblement des Oiseaux-Éléphants – « D'accord, finalement on ne tient pas à faire des choses ! On veut plutôt vivre tout simplement et se rappeler les choses comme on est censés le faire » – montraient à l'évidence que leur simple apparition frappait de terreur tous les habitants du Monde Magique. Même le Vieux Type grisonnant, le grand Titan en personne, montrait des signes de nervosité. Luka savait qu'ils pensaient tous avec horreur à Sniffelheim et à la perspective d'être emprisonnés à jamais dans d'épais blocs de glace. Ou peut-être redoutaient-ils les oiseaux mangeurs de foie. « Hum, se dit-il, on dirait que mes Amis Magiques ne vont pas m'être d'un grand secours pour l'occasion. C'est donc à l'équipe du Monde Réel de surmonter cette épreuve d'une manière ou d'une autre. »

Les Aalim prirent alors la parole à l'unisson, trois voix basses et surnaturelles dont la triple froideur évoquait l'acier de trois épées invisibles. Même l'intrépide Soraya défaillit en les entendant.

« Je n'aurais jamais cru être forcée un jour d'entendre les Voix du Temps, s'écria-t-elle et elle porta les mains à ses oreilles. Oh ! Oh ! C'est insupportable ! Je n'en peux plus ! » et elle tomba à genoux, transpercée de douleur.

Les autres êtres magiques étaient frappés eux aussi et se tordaient sur le tapis volant dans de grandes souffrances, à l'exception du Vieux Type dont le seuil de tolérance à la douleur était manifestement plus grand après toute une éternité à la merci de l'Oiseau de Zeus mâcheur de foie. Chien l'ours ne paraissait pourtant nullement impressionné et Ours le chien, dont le poil était hérissé, montrait les crocs en un rictus furieux.

« *Vous nous avez arrachés à nos Fuseaux,* disaient les voix tranchantes et douces. *Nous sommes les Tisseurs, tous les trois, et sur la Navette des jours nous tissons les Fils du Temps, nous tissons tout ce qui doit Advenir pour en faire le tissu de l'Être, toute la Connaissance pour en faire l'étoffe du Savoir, tous les Actes pour en faire la trame de l'Action. Vous nous avez arrachés à nos Fuseaux et les choses sont en désordre. Le désordre nous déplaît. Le déplaisir nous déplaît aussi. Nous sommes donc doublement mécontents.* (Puis, après une pause :) *Rendez-nous ce que vous avez volé et peut-être vous accorderons-nous la vie sauve.*

— Regardez donc ce qui arrive autour de vous, leur hurla Luka. Vous ne voyez donc pas ? La Chute de ce Monde tout entier ? Ne voulez-vous pas le sauver ? C'est ce que j'essaie de faire, moi, et vous feriez mieux de me laisser passer et retourner chez moi.

— *Cela n'a aucune importance pour nous que ce Monde vive ou meure* », telle fut leur réponse.

Luka en fut choqué.

« Cela vous est égal ? demanda-t-il, incrédule.

— *La compassion n'est pas notre affaire,* répondirent les Aalim. *Les époques passent sans pitié, que les gens le veuillent ou non. Toute chose passe. Il n'y a que le Temps qui dure. Si ce Monde disparaît, un autre continuera d'exister. Le bonheur, l'amitié, l'amour, la souffrance, la douleur ne sont que des illusions fluctuantes comme des ombres sur un mur. Les secondes s'écoulent pour former des minutes, les minutes des jours, les jours des années, sans aucun sentiment. Il n'y a pas à se faire de "souci". Seul ce savoir est la sagesse. La sagesse seule est ce savoir.* »

Les secondes s'écoulaient bien en effet, et à la maison, à Kahani, la vie de Rachid Khalifa était en train de s'étioler. « Les Aalim sont mes ennemis mortels », avait-il dit, et c'était bien en train de se vérifier. Une bouffée de rage s'empara de Luka, et un cri d'amour et de colère lui échappa :

« Alors je vous maudis, comme j'ai maudit le Capitaine Aag, hurla-t-il aux Trois Jos. Il enfermait ses animaux dans des cages, il les traitait avec cruauté, et c'est exactement ce que vous faites, pour dire la vérité. Vous pensez détenir tout le monde dans votre cage, et donc vous pouvez ignorer les gens et les tourmenter et leur faire faire ce que vous voulez et vous ne vous intéressez à personne d'autre qu'à vous-mêmes. Eh bien, je vous maudis tous les trois ! De toute façon, qui êtes-vous ? Jo-Hua, le Passé, a disparu et ne reviendra jamais, et s'il survit ce n'est que dans notre souvenir, et dans la mémoire des Oiseaux-Éléphants, bien sûr, et il ne se tient sûrement pas ici sur les remparts de cette Forteresse Nuageuse, accoutré de cette cape ridicule. Quant à toi Jo-Hai, le Présent existe à peine, même un garçon de mon âge comprend cela. Il disparaît dans le passé chaque fois que je cligne de l'œil, et une chose aussi, disons, *temporaire*, n'a aucun pouvoir sur moi. Et Jo-Aiga ? L'Avenir ? Laissez-moi rire. L'avenir est un rêve et personne ne sait à quoi il ressemblera. La seule chose certaine, c'est que c'est nous, Ours, Chien, ma famille, mes amis, *nous* qui le construirons, qu'il soit bon ou mauvais, heureux ou triste, et nous n'avons certainement pas besoin de vous pour nous dire ce qu'il est. Le Temps n'est pas un piège, bande d'imposteurs. Ce n'est que la route sur laquelle j'avance, et en ce moment je suis vraiment pressé, alors écartez-vous de mon chemin. Il y a trop longtemps que vous terrorisez tous les gens ici. Puissent-ils se délivrer de leur peur et… et… et vous enfermer dans la glace pour changer. Et maintenant arrêtez de m'embêter. Je… je vous claque des doigts à la figure. »

On en était donc là. Il avait défié les pouvoirs du Temps, comme sa mère (et plus tard son père) avait dit qu'il en était capable et tout ce qu'il y avait gagné, au bout du compte, c'était ce talent récemment acquis de faire claquer ses doigts bruyamment. Cela ne constituait pas une arme bien redoutable. Mais il était tout de même intéressant, n'est-ce pas, de remarquer que les Aalim avaient été stoppés dans leur élan par sa malédiction et qu'ils avaient rapproché leurs têtes pour marmonner et murmurer d'une manière, semblait-il à Luka, *désespérée*. Était-ce possible ? Étaient-ils donc désarmés face au fameux Pouvoir de Malédiction de Luka Khalifa ? Pouvaient-ils savoir qu'il était un de ces Rares Enfants insensibles aux pouvoirs du Temps ? Si ce Monde Magique était celui de Rachid Khalifa, les Aalim avaient-ils aussi été créés par lui et devaient-ils donc obéir à ses lois ? De manière délibérée, tel un sorcier jetant un sort, Luka leva sa main gauche très haut au-dessus de sa tête et fit claquer ses doigts de toutes ses forces.

Au signal, les murailles de la Forteresse Nuageuse de Baadal-Garh, tout autour d'eux, se mirent à trembler comme un décor de théâtre de pacotille et les prisonniers sur leur tapis volant virent à leur grande surprise des pans entiers de murs crénelés de cette prison aérienne qui commençaient à craquer et à s'écrouler.

« La Forteresse est attaquée de l'extérieur ! », cria Luka et tout le monde sur le tapis volant laissa exploser sa joie tandis que les Aalim disparaissaient pour tenter de faire face à cet assaut inattendu.

« Qui est-ce ? demanda Soraya en rassemblant ses forces, l'air extrêmement embarrassée du moment de faiblesse qu'elle avait eu. Serait-ce l'Ultra Air Force ? Si c'est le cas j'ai bien peur qu'ils se soient lancés dans une mission suicide. »

Le Titan nu secoua la tête et un sourire s'étala lentement sur son énorme visage.

« Ce ne sont pas les Ultras. Ce sont des dieux odieux !

— Bon d'accord, dans l'ensemble nous partageons votre avis sur les dieux, dirent les Oiseaux-Éléphants, mais ce n'est pas une raison pour se montrer grossier.

— Je veux simplement dire, précisa le Vieux Type en soupirant, que les dieux viennent de se révolter. »

Et c'était bien le cas. Plus tard dans sa vie, en repensant à ces événements, Luka ne put jamais savoir avec certitude si la Révolte des Dieux avait été provoquée par son discours sous l'Arbre de la Torture, quand il s'était efforcé de persuader les divinités oubliées que leur survie dépendait de celle de son père, ou alors par sa malédiction dont le but avait été d'en finir avec la mainmise des Aalim sur les affaires des deux mondes, le Réel et le Magique, ou encore si les immortels à la retraite avaient décidé que c'en était assez, et que Luka et ses amis s'étaient trouvés là au bon moment pour assister aux conséquences de cette décision. Quoi qu'il en soit, l'essaim des ex-dieux du Cœur de la Magie s'engouffra dans la brèche du ciel et abattit sa colère sur la Forteresse Nuageuse de Baadal-Garh. Bast, la déesse chat d'Égypte, Hadadu, le dieu akkadien de la Foudre, Gong Gong, le dieu chinois des Inondations qui avait la tête si dure qu'il pouvait fracasser le Pilier du Ciel, Nyx, la Déesse grecque de la Nuit, le sauvage Loup Fenris venu du Nord, Quetzalcoatl, le Serpent à Plumes du Mexique, et tout un assortiment de Démons, de Walkyries, de Rakshasas et de Gobelins se pressaient aux côtés des dieux importants, Râ, Zeus, Tlaloc, Odin, Anzu, Vulcain et les autres – pour brûler la Forteresse Nuageuse, lancer des tsunamis contre ses murailles, la foudroyer à coups d'éclairs, lui donner des coups de tête et, dans le cas d'Aphrodite et des autres déesses de la Beauté, pour se plaindre amèrement des Ravages du Temps sur leur teint, leur silhouette et leur chevelure.

S'il y avait un champ de force qui protégeait la Forteresse Nuageuse, l'Assaut de la Magie[1] avait été trop puissant pour lui. Et tandis que les forces réunies de tous les anciens dieux achevaient de démolir le bastion des Aalim et qu'un étrange miaulement très fort et perçant se faisait entendre, Luka cria à Soraya :

« C'est le moment ! », et aussitôt le tapis volant s'éleva très haut dans le ciel, emmenant au loin ses passagers à toute vitesse.

---

1. *Ou pour en donner la définition complète le Renversement de la Dictature des Aalim par les Habitants du Cœur du Monde Magique et son Remplacement par une Relation Plus Raisonnable au Temps, autorisant Rêveries, Lenteur, Flou, Retards, Mauvaise Volonté et Refus Généralisé de Vieillir.*

Ce ne fut pas facile de prendre la fuite. Les Aalim tentaient de faire face une dernière fois ; leur temps s'achevait mais ils pouvaient encore compter sur quelques serviteurs fidèles. Soraya venait tout juste de mettre le cap sur la Butée, la berge du Fleuve Silsila où Luka devrait retourner d'un bond dans le Monde Réel, quand un escadron d'oiseaux bizarres à une seule patte, les fabuleux Shang Yang, ou Oiseaux-Pluie de Chine, attaquèrent le tapis volant par en haut. Les Shang Yang transportaient des fleuves entiers dans leur bec et les déversaient sur le *Resham* pour tenter d'éteindre les flammes brûlant dans le Pot-au-Feu que Luka avait autour du cou. Le tapis faisait des embardées et perdait de l'altitude sous le poids du déluge qui lui tombait dessus ; mais, démontrant ses remarquables pouvoirs de récupération, il parvenait à se redresser et à reprendre sa fuite. Les attaques des Oiseaux-Pluie se poursuivirent ; cinq, six, sept fois, l'avalanche liquide tombait du ciel, et les passagers du tapis étaient renversés, se cognaient les uns aux autres et roulaient dangereusement tout près du bord. Pourtant la bulle protectrice tenait le coup. À la fin, les réserves d'eau des Shang Yang s'épuisèrent et ils s'éloignèrent, de mauvaise humeur, à grands battements d'ailes.

« Oui, c'est une bonne chose d'avoir résisté à cette attaque, mais ce n'est pas la fin de nos soucis, dit Soraya à Luka qui se réjouissait déjà. Les Aalim ont fait une autre tentative encore plus désespérée pour empêcher le Feu de la Vie de passer la frontière du Monde Réel. Tu as entendu cet épouvantable et pitoyable miaulement qui emplissait l'air au moment où nous quittions la Forteresse Nuageuse ? C'étaient les Aalim qui jouaient leur dernière carte. Je suis désolée de te le dire mais ce bruit était l'Invocation qui déchaîne les redoutables Chats-Pluie. »

Les Chats-Pluie – puisque le moment est venu d'aborder les questions félines ! – se mirent bientôt à tomber du ciel. C'étaient de grands chats, des tigres-pluie, des lions-pluie, des jaguars-pluie et des guépards-pluie, des Félins d'Eau de toutes sortes à taches et à rayures. Ils étaient faits de pluie, d'une pluie ensorcelée par les Aalim et transformée en Chats

Sauvages aux crocs en sabre. Ils pleuvaient comme tombent les chats, avec agilité et sans crainte, et quand ils atteignaient la bulle protectrice invisible du tapis volant, ils y enfonçaient leurs griffes et s'y cramponnaient. Il y eut bientôt des Chats-Pluie sur toute la surface de la bulle, des centaines puis des milliers, et de leurs griffes longues et puissantes ils attaquaient la bulle, provoquant de grands dégâts.

« J'ai bien peur qu'ils ne finissent par crever l'écran, cria Soraya, et ils sont trop nombreux pour qu'on puisse les combattre.

— Pas du tout ! Venez donc un peu par ici, Sales Matous ! Je vais vous apprendre, moi ! » aboyait courageusement Ours le chien en direction des Chats-Pluie au-dessus de lui, occupés à griffer et déchirer, tandis que le Vieux Type s'apprêtait à reprendre une fois de plus sa taille de géant.

Cependant Luka savait bien que tout cela n'était que vaines bravades. Des milliers de chats sauvages ensorcelés finiraient sûrement par venir à bout du grand Titan lui-même ; Ours et Chien (et peut-être même Coyote) allaient sans doute se battre de toutes leurs forces et Soraya devait avoir d'autres pouvoirs magiques en réserve, mais en fin de compte ils ne pouvaient remporter la victoire dans un combat si inégal. « Chaque fois que je crois m'être tiré d'affaire, pensa Luka, il y a un autre obstacle insurmontable qui se dresse sur ma route. » Il prit la main de Soraya et la serra.

« Il ne me reste plus que 165 vies, et je ne crois pas que ce sera suffisant pour me sortir de cette dernière épreuve, dit-il. Pour le cas où je perdrais cette fois, je voulais vous remercier parce que je n'aurais même pas fait la moitié de tout ce chemin sans votre aide. »

L'Insultane d'Outremont lui serra la main à son tour, regarda par-dessus son épaule et laissa éclater un grand sourire.

« Ce n'est pas la peine de devenir sentimental avec moi, stupide gamin, parce que tu ne te fais pas seulement trop d'ennemis, même si tu sembles en avoir des réserves inépuisables. Regarde un peu derrière toi. On dirait aussi que tu t'es fait quelques amis drôlement puissants. »

D'énormes bancs de nuages s'étaient empilés derrière le Tapis Volant du Roi Salomon le Sage, mais Soraya fit remarquer en jubilant que ce n'étaient pas des nuages ordinaires. C'étaient tous les Dieux du Vent du Monde Magique réunis.

« Et leur présence ici, dit-elle d'un ton rassurant, signifie que les dieux sont fermement décidés à te ramener à la maison pour faire ce que tu as à faire. »

À présent, Luka distinguait à l'intérieur des bancs de nuage le visage des Dieux du Vent, des têtes de nuages gonflant les joues et soufflant de toutes leurs forces.

« Il y a *trois* Dieux Chinois du Vent qui sont venus, dit Soraya surexcitée, Chi Po, Feng-Po-Po et Pan-Gu ! Et tu vois ce groupe de Lions volants, ce sont les Fong-shih-ye de l'archipel de Kinmen à Taiwan. Les Chinois refusent généralement de leur parler ou même de reconnaître leur existence, et les voilà réunis ici en train de travailler ensemble ! C'est stupéfiant de voir comment tout le monde se rassemble derrière toi ! Même Fujin du Japon est venu et pourtant il ne va *jamais nulle part*. Regarde là tous les dieux américains, Ga-Oh le dieu Iroquois, et Taté, dieu des Sioux, et là le féroce Esprit des Vents Cherokee, Oonawieh Unggi ! Je veux dire que les Sioux et les Cherokee n'ont jamais été alliés et qu'ils viennent en plus rejoindre la Confédération des Iroquois... Oh là là ! Même Chup le Dieu du Vent de la tribu des Chumash en Californie a interrompu son bain de soleil pour venir ; d'habitude il est trop paresseux pour faire frémir juste une petite brise. Et les Africains sont là aussi – là c'est Yansan la déesse Yoruba du Vent ! Et ceux d'Amérique centrale et d'Amérique du Sud, Ecalchot des Indiens Niquiran, et les Pauahtuns Mayas, et Unáhsinte des Indiens Zuni, et Guabancex des Caraïbes... Ils sont si vieux, ceux-là, que franchement je les croyais morts d'essoufflement mais on dirait qu'ils ont encore de sacrées réserves. Et la grosse Fa'atiu des îles Samoa et Buluga le bossu des îles Andaman est par là, et Ara Tiotio, le Dieu Tornade de Polynésie, et Paka'a de Hawaii. Et puis Ays le Démon Arménien du

Vent et les Vilas, les déesses Slaves, et le géant nordique Hraesvelg qui produit le vent en battant des ailes, et la Déesse coréenne Yondung Halmoni, elle soufflerait mieux si elle ne passait pas son temps à s'empiffrer de gâteaux de riz, la goulue ! et Mbon de Birmanie et Enlil…

— Assez, de grâce, assez, supplia Luka. Cela n'a pas d'importance de connaître leur nom, c'est ce qu'ils font qui compte. »

Et voici ce qu'ils faisaient : ils soufflaient sur les Chats-Pluie pour les chasser. Avec force grognements et feulements les Chats-Pluie perdaient leurs prises sur la bulle qui entourait le tapis volant et ils étaient projetés dans le néant, culbutés sens dessus dessous dans les profondeurs du ciel en ruine. À bord du *Resham* tous poussèrent un grand cri de joie, puis les Dieux du Vent redoublèrent d'ardeur et le tapis se mit à filer à une vitesse ahurissante. Même Soraya, avec tout son talent, n'aurait pas pu le faire aller moitié aussi vite. Le Monde Magique, sous eux, et le ciel au-dessus devinrent flous. Tout ce que voyait Luka, c'était le tapis lui-même et toute la troupe des Dieux du Vent derrière qui le ramenaient chez lui en soufflant. « *Faites que j'arrive à temps,* pensa-t-il une fois de plus avec ferveur. *De grâce, faites que je n'arrive pas trop tard. Ramenez-moi à temps.* »

Le vent tomba, le tapis se posa, les Dieux du Vent disparurent et Luka était à la maison : pas sur la rive du Silsila comme il s'y était attendu, mais dans sa propre rue, devant sa propre maison, à l'endroit même où il avait entendu Chien et Ours parler pour la première fois, là où il avait rencontré Papapersonne et s'était embarqué dans sa grande aventure. Les couleurs du monde étaient toujours étranges. Le ciel était trop bleu, la terre trop brune et la maison plus rose et plus verte que d'habitude d'ailleurs, la présence d'un tapis volant garé là n'avait rien de très normal non plus, avec à son bord une Sultane du Monde Magique, un Titan, un Coyote et deux Oiseaux-Éléphants, qui avaient tous l'air plutôt mal à l'aise.

« La vérité, c'est que nous ne sommes pas chez nous ici, à la Frontière, dit Soraya à Luka tandis que Chien l'ours et

Ours le chien descendaient de *Resham* pour se retrouver dans la rue poussiéreuse. Donc, puisqu'il faut que tu y ailles, vas-y rapidement pour que nous aussi nous puissions partir. Va retrouver cette autre Soraya qui habite cette maison et quand tu glisseras la Patate Chaude dans le bouche de ton père, souviens-toi que c'est l'Insultane d'Outremont qui te l'a donnée; et plus tard, quand tu seras devenu un jeune homme, pense de temps en temps à l'Insultane, si tu ne m'as pas complètement oubliée.

— Je ne vous oublierai jamais, dit Luka, mais s'il vous plaît, est-ce que je peux vous poser une dernière question ? Est-ce que je peux prendre la Patate Chaude de mes mains nues ? Et si je la mets dans la bouche de mon père, ne va-t-elle pas le brûler affreusement ?

— Le Feu de la Vie ne fait aucun mal à ceux qu'il touche, répondit Soraya d'Outremont. Au contraire, il guérit les blessures. Tu ne te brûleras pas en saisissant ce tubercule rougeoyant, et à ton père il ne pourra faire que du bien. Au fait, il y a six Patates Chaudes dans le Pot, fit-elle en conclusion, une pour chacun d'entre vous si vous en décidez ainsi.

— Alors adieu, dit Luka, puis se tournant vers le Vieux Type, il ajouta : Et je voulais vous dire que je suis désolé de ce qui est arrivé au Capitaine Aag, parce que c'était votre frère après tout. »

Le Vieux Type haussa les épaules.

« Il n'y a pas de quoi être désolé, assura-t-il. Je ne l'ai jamais aimé de toute façon. »

Puis, sans plus de cérémonies, l'Insultane Soraya leva les bras et le Tapis Volant du Roi Salomon le Sage s'éleva dans les airs et disparut avec seulement un petit *whoosh* en guise d'adieu.

Luka regarda la porte de sa maison et vit, placée sur le seuil, brillant dans les premières lueurs du jour, une grande boule dorée : le Bouton de Sauvegarde du Neuvième et Dernier Niveau, la fin du « jeu » qui n'avait pas du tout été un jeu mais, selon l'expression de Papapersonne, une question de vie et de mort.

« Venez, cria-t-il à Chien l'ours et à Ours le chien, rentrons à la maison. »

Il courut vers le Bouton de Sauvegarde et au moment précis où il l'atteignait, il trébucha comme il s'attendait à le faire et réussit à le frapper d'un coup de son pied gauche alors qu'il titubait bizarrement vers la droite ; il entendit pour la dernière fois le *ding* distinctif qui confirmait son exploit, il vit tous les chiffres disparaître de son champ de vision, il éprouva un instant une curieuse sensation de vertige, puis il retrouva son équilibre et vit que la boule dorée avait disparu et que les couleurs étaient redevenues normales. Il comprit qu'il avait quitté le Monde de la Magie et qu'il était revenu là où il devait être. « On dirait qu'il est exactement la même heure qu'au moment où je suis parti, s'émerveilla-t-il, tout étonné. De sorte que tout cela n'a pas eu lieu, sauf évidemment que cela s'est effectivement produit. » Le Pot-au-Feu lui pendait toujours autour du cou et il en sentait la chaleur contre sa poitrine. Il prit une profonde respiration, rentra en courant et monta l'escalier à toute vitesse, suivi par Ours le chien et Chien l'ours.

Les douces odeurs de la maison l'accueillirent : le parfum de sa mère, les mille et un mystères de la cuisine, la fraîcheur des draps propres, les fragrances accumulées de tout ce qui s'était passé entre ces murs depuis le commencement de sa vie et les senteurs plus anciennes et plus diffuses qui flottaient dans l'air depuis avant sa naissance. Au sommet des marches se tenait son frère Haroun ; il avait un drôle d'air.

« Toi, tu as été quelque part, pas vrai ? dit-il. Tu as dû mijoter quelque chose, je le vois à ton visage. »

Luka fonça sans s'arrêter, lançant :

« Je n'ai pas le temps de t'expliquer pour le moment, pour dire la vérité. »

Haroun se retourna et se mit à courir après lui.

« Je le savais, s'exclama-t-il. Tu as vécu ton aventure ! Allez, vas-y, raconte ! Et au fait, qu'est-ce que tu as, accroché au cou ? »

Luka continua à courir sans répondre. Ours le chien et Chien l'ours dépassèrent à leur tour Haroun au moment où

Luka déboulait dans la chambre de son père. Ils avaient pris part à l'aventure, eux aussi, et ne tenaient pas à rater le dernier acte.

Rachid Khalifa était couché dans son lit, il dormait la bouche ouverte exactement comme la dernière fois que Luka l'avait vu ; il avait toujours des perfusions branchées au bras et l'écran placé à son chevet montrait que son cœur battait toujours mais très, très faiblement. Il avait l'air heureux pourtant, il avait encore l'air heureux comme si on était en train de lui raconter une histoire agréable. Et auprès du lit se tenait Soraya, la mère de Luka, elle tapotait ses lèvres du bout des doigts et Luka comprit, à l'instant même où il entra dans la chambre et la vit, qu'elle s'apprêtait à déposer un baiser sur ses doigts puis à toucher la bouche de Rachid pour lui faire ses adieux.

« Qu'est-ce qui te prend à débouler ici en courant comme un fou ? cria Soraya, et aussitôt Ours le chien, Chien l'ours et Haroun firent irruption à leur tour. Arrêtez, vous tous, implora-t-elle. Où vous croyez-vous ? Dans une cour de récréation ? Dans un cirque ? Ou quoi ?

— S'il te plaît, Maman, supplia Luka, je n'ai pas le temps de t'expliquer. Laisse-moi seulement faire ce que j'ai à faire. »

Et sans attendre la réponse de sa mère, il glissa une Patate Chaude rougeoyante du Feu de la Vie dans la bouche ouverte de son père où, à sa grande surprise, elle fondit immédiatement. Luka, observant fixement ce qui se passait entre les lèvres de son père, vit de petites langues de feu plonger dans les entrailles de Rachid, puis elles disparurent et pendant un moment il ne se passa rien, et le cœur de Luka se brisa.

« Aah ! se lamentait sa mère, qu'est-ce que tu as fait, stupide garçon… »

Mais les reproches moururent sur ses lèvres car elle vit alors, comme tous ceux qui étaient dans la chambre, que le visage de Rachid reprenait des couleurs. Après quoi, un teint de bien-portant se répandit sur ses joues comme s'il rougissait d'embarras, et l'appareil placé à son chevet se mit à faire entendre des battements de cœur fermes et réguliers.

Les mains de Rachid se mirent à bouger. Sa main droite jaillit à l'improviste et commença à chatouiller Luka. En voyant cela, Soraya en eut le souffle coupé, en partie par la joie d'assister à ce miracle, en partie à cause d'une sorte de frayeur.

« Arrête de me chatouiller, Papa », dit joyeusement Luka.

Rachid Khalifa répondit sans ouvrir les yeux.

« Je ne te chatouille pas, c'est Personne. (Et puis il se tourna sur le côté pour attaquer Luka de la main gauche.)

— Si, tu me, tu me chatouilles ! » dit Luka dans un éclat de rire.

Rachid Khalifa, ouvrant les yeux et faisant un grand sourire, répondit d'un air innocent :

« Moi ? Te chatouiller ? Non, non, c'est juste Absurde. »

Rachid se mit assis, s'étira, bâilla et lança à Luka un drôle de regard inquisiteur.

« Je viens de faire un rêve vraiment étrange à ton sujet, dit-il. Laisse-moi voir si j'arrive à m'en souvenir. Tu étais parti à l'aventure dans le Monde de la Magie, je crois bien que c'est cela, et l'endroit tout entier tombait en ruine. Hmm, et il y avait des Oiseaux-Éléphants et des Respecto-Rats et un véritable Tapis Volant, en bonne et due forme, et puis s'est posé ce petit problème de savoir si tu deviendrais un Voleur de Feu et si tu allais voler le Feu de la Vie. Tu ne saurais rien de ce rêve par hasard, jeune Luka ? Ne serais-tu pas capable, par un hasard vraiment improbable, de remplir les blancs ?

— Peut-être que oui, peut-être que non, répondit timidement Luka. Mais tu devrais déjà le savoir, Papa, parce que, à vrai dire, j'ai eu le sentiment que tu m'accompagnais tout le temps, que tu me donnais des conseils et que tu me réconfortais, et que j'aurais été perdu sans toi.

— Alors nous sommes deux dans le même cas, dit le Shah de Blah, parce que je serais perdu à l'heure qu'il est, si tu n'avais pas accompli ton petit exploit, c'est certain. Ou plutôt ton exploit pas si petit que ça. Plus exactement ton super-colossal ultra-exploit. Non pas que je veuille que tu aies la grosse tête ou quoi que ce soit. Mais le Feu de la Vie. Franchement. Quelle prouesse ! Hmm, hmm. Des Patates

Chaudes, c'est cela ? Et cette chose qui pend à ton cou, est-ce que ce ne serait pas par hasard un authentique Pot-au-Feu ?

— Je ne sais pas de quoi vous parlez, intervint Soraya Khalifa, toute contente, mais ça fait plaisir d'entendre à nouveau ces vieilles fadaises dans cette maison. »

L'histoire, pourtant, n'était pas terminée. Tandis que Luka se détendait, persuadé d'avoir accompli sa mission, il entendit un bruit désagréable, comme une bulle qui gonflerait dans un coin de la chambre de son père et là, horrifié, il vit la Créature qu'il pensait avoir aperçue pour la dernière fois lorsque le Vieux Type l'avait projetée dans les profondeurs de l'espace. Il ne portait plus de saharienne vermillon ni de panama. Il était incolore et sans visage puisque Rachid Khalifa était revenu à lui, et cependant cette vile chose mortifère essayait visiblement d'acquérir une sorte de forme humaine ; en fait il n'arrivait qu'à avoir l'air hideux, tordu et plus ou moins gluant, comme s'il était fait de colle.

« On ne se débarrasse pas de moi aussi facilement que ça, siffla-t-il. Tu sais pourquoi ? *Quelqu'un doit mourir*. Je te l'ai dit depuis le début qu'il y avait un *hic*, eh bien, nous y voilà. Une fois que j'ai été appelé à l'existence, je ne disparais pas avant d'avoir avalé une vie. Pas de discussions, c'est compris ? Quelqu'un doit mourir.

— Va-t'en ! hurla Luka. Tu as perdu. Mon père se porte bien maintenant. Désintègre-toi et retourne là où tu dois aller. »

Rachid, Soraya et Haroun le regardaient avec stupéfaction.

« À qui parles-tu ? demanda Haroun. Il n'y a personne dans ce coin, tu sais. »

Mais Ours le chien et Chien l'ours voyaient très bien la Créature, et avant que Luka puisse ajouter quoi que ce soit, il fut interrompu par Ours.

« Que se passerait-il, demanda-t-il à la Créature, si un être immortel renonçait à son Immortalité ?

— Pourquoi Ours aboie-t-il ainsi ? interrogea Soraya, déconcertée. Je ne comprends pas ce qui se passe.

— Tu te rappelles ? demanda Ours à Luka d'un ton pressant. *"Je suis Barak de It-Barak, âgé de mille ans et plus ? Transformé en chien par une malédiction chinoise ?"* Tu n'avais pas beaucoup apprécié quand je t'avais raconté cela parce que tu voulais que je sois ton chien et rien d'autre. Eh bien, à présent, c'est tout ce que je veux être moi aussi. Après mille ans, ça suffit. Au diable, le passé. Qui voudrait vivre encore mille ans de plus ? J'en ai assez de tout cela. Je veux seulement être ton chien, Ours.

— C'est un trop grand sacrifice, dit Luka, très impressionné par la loyauté de son chien et son abnégation si courageuse. Je ne peux pas te demander cela.

— Je ne te demande pas de me le demander, dit Ours le chien.

— Ce chien est un peu plus bruyant que dans mon souvenir, dit Rachid. Luka, tu ne peux pas essayer de le calmer ?

— Une Immortalité, dit la Créature dans le coin, d'un air avide. Miam ! Oui, bien sûr ! Avaler une Immortalité ! L'aspirer hors de l'être immortel, s'en remplir et abandonner l'ex-Immortel sous sa forme mortelle ! Oh oui. Voilà qui doit être délectable !

— Ahem, fit brusquement Chien l'ours. Il y a une chose que je voudrais confesser. »

Luka trouva qu'à cet instant Chien ressemblait à un mouton et pas du tout à un ours.

« Tu sais, cette histoire que je t'ai racontée, que j'étais un prince et que je pouvais tisser l'air pour en faire de l'or ? Et Bulbul Dev, l'ogre à tête d'oiseau, et tout le reste ?

— Bien sûr que je m'en souviens, dit Luka.

— Regarde, mon époux, maintenant c'est l'ours qui grogne et le garçon lui parle, fit Soraya avec un geste d'impuissance. Ces animaux, aussi bien que ton fils d'ailleurs, deviennent vraiment impossibles à contrôler.

— Ce n'était pas vrai, admit Chien l'ours en baissant la tête d'un air honteux. La seule chose que j'ai réussi à tisser à partir de rien, c'est cette histoire sans queue ni tête, ou peut-être devrais-je dire mal léchée. Je m'étais dit qu'il fallait que j'aie une bonne histoire à raconter. J'ai cru que c'était ce que l'on attendait de moi sur le moment, surtout après que Ours a chanté la chanson où il raconte sa vie. Je l'ai fait pour me rendre intéressant. Je n'aurais pas dû. Je suis désolé.

— Ne t'en fais pas, dit Luka. Nous sommes ici dans la maison d'un conteur. Tu devrais savoir comment ça se passe à présent. Tout le monde ici invente des histoires à longueur de temps.

— Voilà qui règle la question, dit Ours le chien. Seul l'un d'entre nous dispose d'une vie immortelle à céder, et c'est moi. »

Et sans attendre d'autres remarques, il fonça vers le coin où était tapie la Créature et bondit; Luka vit la Créature ouvrir une sorte d'horrible gueule incroyablement large et vit Ours avalé par cette gueule pour être l'instant d'après rejeté, apparemment semblable et pourtant différent, et la Créature avait pris la forme d'un ours. Non-Ours avait pris la place de Papapersonne.

« Oh! s'exclama la Créature, oh, quelle extase! »

Puis il y eut une sorte d'éclair inversé, comme si la lumière était aspirée dans un point au lieu d'exploser à partir d'un point, et la Créature en forme d'ours implosa, *whoommpppfff*, et elle disparut.

« Woof, fit Ours le chien en agitant la queue.

— Qu'est-ce que tu veux dire par woof? demanda Luka. Tu as donné ta langue au chat?

— Grrr, fit Chien l'ours.

— Oh, fit Luka, comprenant tout. La partie magique est vraiment terminée, c'est cela? Et à partir de maintenant, vous êtes mon chien ordinaire et mon ours ordinaire et je suis mon moi ordinaire.

— Woof », fit Ours le chien et il sauta contre la jambe de Luka pour lui lécher la figure.

Luka le serra très fort contre lui.

« Après ce que tu viens de faire, je ne laisserai jamais personne dire que les chiens portent la poisse, parce que le jour où tu es devenu mon chien était vraiment un jour de chance pour nous tous.

— Quelqu'un pourrait-il m'expliquer ce qui se passe? demanda Soraya d'une voix faible.

— Tout va bien, Maman, dit Luka, en la serrant contre lui de toutes ses forces. Calme-toi. La vie est finalement redevenue ordinaire.

— Il n'y a rien d'ordinaire avec toi, lui affirma sa mère en l'embrassant sur le sommet de la tête. D'ailleurs, une vie ordinaire ? Dans cette famille tout le monde sait bien que ça n'existe pas. »

Sur le toit en terrasse de la maison des Khalifa, par cette fraîche soirée, on dressa la table du dîner sous les étoiles – eh oui, les étoiles étaient de retour ! – et on fit un véritable festin, un festin de délicieuses viandes lentement rôties et de légumes rapidement sautés à la poêle, de pickles aigres et de bonbons sucrés, de jus de grenade glacé et de thé chaud, mais on goûta aussi quelques mets et quelques boissons plus rares : de la soupe de bonheur, du curry de joie et de la glace au grand soulagement. Au beau milieu de la table, dans leur petit Pot-au-Feu se trouvaient les cinq Patates Chaudes restantes, rougeoyant doucement du Feu de la Vie.

« Et donc, cette autre Soraya dont tu es devenu tellement entiché, dit Soraya Khalifa à Luka d'un ton un peu trop mielleux, t'a confié que si une personne en bonne santé en mange une, elle pourra vivre très longtemps et peut-être même pour toujours ? »

Luka secoua la tête.

« Non, Maman, répondit-il, ce n'est pas l'Insultane d'Outremont qui me l'a dit. C'est Râ le Suprême. »

Bien qu'elle ait passé toute sa vie auprès du légendaire Shah de Blah, Soraya Khalifa n'avait jamais véritablement apprécié toutes ces histoires fantastiques qu'elle devait maintenant supporter de la part de ses deux fils aussi bien que de son conteur de mari. Ce soir, pourtant, elle faisait vraiment un effort.

« Et donc ce Râ..., commença-t-elle, mais Luka finit sa phrase à sa place :

— ... me l'a dit personnellement en s'exprimant en hiéroglyphes que me traduisait un écureuil parlant nommé Ratatat.

— Bon, cela ne fait rien, capitula Soraya. Tout est bien qui finit bien. Quant à ces prétendues Patates Chaudes, je vais les fourrer quelque part dans la resserre et nous déciderons un autre jour ce que nous en ferons. »

Luka s'était demandé quel effet cela ferait, si lui, son frère, sa mère et son père pouvaient vivre pour toujours. L'idée lui avait paru plus effrayante qu'agréable. Le chien Ours avait peut-être raison ; peut-être valait-il mieux se passer d'Immortalité ou de la possibilité de l'obtenir. Oui, peut-être était-il préférable que Soraya cache ces Patates Chaudes quelque part pour que tous les Khalifa puissent lentement oublier leur existence. Et puis les Patates dans leur Pot finiraient peut-être par s'ennuyer à attendre d'être mangées, et elles retraverseraient en douce la Frontière du Monde Magique, et le Monde Réel serait de nouveau Réel et la vie serait simplement cela, la vie, et ce serait amplement suffisant.

Le ciel nocturne était rempli d'étoiles.

« Comme nous le savons, dit Rachid Khalifa, il arrive parfois que les étoiles se mettent à danser, et alors tout peut arriver. Mais certaines nuits c'est bien agréable de voir chaque chose rester exactement à sa place et de pouvoir se reposer.

— Se reposer, mon œil ! lança Soraya. Les étoiles ont bien le droit de ne pas danser, mais nous c'est ce que nous allons faire. »

Elle frappa dans ses mains et aussitôt Chien l'ours se dressa sur ses pattes arrière et se mit à exécuter le Pas Africain des Bottes de Caoutchouc, et Ours le chien bondit et entonna de toutes ses forces un air à la mode, puis toute la famille Khalifa se leva et se mit à danser une gigue effrénée en chantant pour accompagner le chien. Et c'est là que nous allons les quitter, le père sauvé, la mère aimante, le grand frère et le jeune garçon de retour de sa grande aventure, avec le chien heureux et l'ours fraternel, là-haut sur le toit de leur maison par une nuit délicieusement fraîche sous les étoiles immobiles et immuables, occupés à chanter et à danser.

Dans la même collection

Svetlana Alexievitch, *Ensorcelés par la mort*. Traduit du russe par Sophie Benech.

Vladimir Arsenijević, *À fond de cale*. Traduit du serbo-croate par Mireille Robin.

Trezza Azzopardi, *La Cachette*. Traduit de l'anglais par Edith Soonckindt.

Trezza Azzopardi, *Ne m'oubliez pas*. Traduit de l'anglais par Edith Soonckindt.

Kirsten Bakis, *Les Chiens-Monstres*. Traduit de l'anglais (États-Unis) par Marc Cholodenko.

Sebastian Barry, *Les Tribulations d'Eneas McNulty*. Traduit de l'anglais (Irlande) par Robert Davreu.

Saul Bellow, *En souvenir de moi*. Traduit de l'anglais (États-Unis) par Pierre Grandjouan.

Saul Bellow, *Tout compte fait. Du passé indistinct à l'avenir incertain*. Traduit de l'anglais (États-Unis) par Philippe Delamare.

Alessandro Boffa, *Tu es une bête, Viskovitz*. Traduit de l'italien par Nathalie Bauer.

Joan Brady, *L'Enfant loué*. Traduit de l'anglais par Pierre Alien. Prix du Meilleur Livre Étranger 1995.

Joan Brady, *Peter Pan est mort*. Traduit de l'anglais par Marc Cholodenko.

Joan Brady, *L'Émigré*. Traduit de l'anglais par André Zavriew.

Peter Carey, *Jack Maggs*. Traduit de l'anglais (Australie) par André Zavriew.

Peter Carey, *Oscar et Lucinda*. Traduit de l'anglais (Australie) par Michel Courtois-Fourcy.

Peter Carey, *L'Inspectrice*. Traduit de l'anglais (Australie) par Marc Cholodenko.

Peter Carey, *Un écornifleur* (Illywhacker). Traduit de l'anglais (Australie) par Jean Guiloineau.

Peter Carey, *La Vie singulière de Tristan Smith*. Traduit de l'anglais (Australie) par André Zavriew.

Peter Carey, *Ma vie d'imposteur*. Traduit de l'anglais (Australie) par Elisabeth Peellaert.

Peter Carey, *Véritable histoire du Gang Kelly*. Traduit de l'anglais (Australie) par Elisabeth Peellaert. Prix du Meilleur Livre Étranger 2003.

Sandra Cisneros, *Caramelo*. Traduit de l'anglais (États-Unis) par Rémy Lambrechts.

Martha Cooley, *L'Archiviste*. Traduit de l'anglais (États-Unis) par André Zavriew.

Fred D'Aguiar, *La Mémoire la plus longue*. Traduit de l'anglais (États-Unis) par Gilles Lergen.

Junot Díaz, *Comment sortir une Latina, une Black, une blonde ou une métisse*. Traduit de l'anglais (États-Unis) par Rémy Lambrechts.

Junot Díaz, *La Brève et Merveilleuse Vie d'Oscar Wao*. Traduit de l'anglais (États-Unis) par Laurence Viallet.

Edward Docx, *Le Calligraphe*. Traduit de l'anglais par Marie-Claire Pasquier.

Albert Drach, *Voyage non sentimental*. Traduit de l'allemand par Colette Kowalski.

Stanley Elkin, *Le Royaume enchanté*. Traduit de l'anglais (États-Unis) par Claire Maniez et Marc Chénetier.

Nathan Englander, *Pour soulager d'irrésistibles appétits*. Traduit de l'anglais (États-Unis) par Elisabeth Peellaert.

Nathan Englander, *Le Ministère des Affaires spéciales*. Traduit de l'anglais (États-Unis) par Elisabeth Peellaert.

Jeffrey Eugenides, *Les Vierges suicidées*. Traduit de l'anglais (États-Unis) par Marc Cholodenko.

Kitty Fitzgerald, *Le Palais des cochons*. Traduit de l'anglais par Bernard Hœpffner.

Susan Fletcher, *Un bûcher sous la neige*. Traduit de l'anglais par Suzanne Mayoux.

Susan Fletcher, *Avis de tempête*. Traduit de l'anglais par Marie-Claire Pasquier.

Susan Fletcher, *La Fille de l'Irlandais*. Traduit de l'anglais par Marie-Claire Pasquier.

Dario Fo, *Le Pays des Mezaràt*. Traduit de l'italien par Nathalie Bauer.

Erik Fosnes Hansen, *Cantique pour la fin du voyage*. Traduit du norvégien par Alain Gnaedig.

Erik Fosnes Hansen, *La Tour des faucons*. Traduit du norvégien par Johannes Kreisler.

Erik Fosnes Hansen, *Les Anges protecteurs*. Traduit du norvégien par Lena Grumbach et Hélène Hervieu.

William Gaddis, *JR*. Traduit de l'anglais (États-Unis) par Marc Cholodenko.

William Gaddis, *Le Dernier Acte*. Traduit de l'anglais (États-Unis) par Marc Cholodenko.

William Gaddis, *Agonie d'agapè*. Traduit de l'anglais par Claro.

Eduardo Galeano, *Mémoire du feu*, tome I, *Les Naissances*. Traduit de l'espagnol par Claude Couffon.

Eduardo Galeano, *Mémoire du feu,* tome II, *Les Visages et les Masques.* Traduit de l'espagnol par Véra Binard.

Eduardo Galeano, *Mémoire du feu,* tome III, *Le Siècle du vent.* Traduit de l'espagnol par Véra Binard.

Petina Gappah, *Les Racines déchirées*. Traduit de l'anglais par Anouk Neuhoff.

Natalia Ginzburg, *Nos années d'hier.* Traduit de l'italien par Adrienne Verdière Le Peletier. Nouvelle édition établie par Nathalie Bauer.

Paul Golding, *L'Abomination*. Traduit de l'anglais par Robert Davreu.

Nadine Gordimer, *Le Safari de votre vie.* Nouvelles traduites de l'anglais par Pierre Boyer, Julie Damour, Gabrielle Rolin, Antoinette Roubichou-Stretz et Claude Wauthier.

Nadine Gordimer, *Feu le monde bourgeois.* Traduit de l'anglais par Pierre Boyer.

Nadine Gordimer, *Personne pour m'accompagner.* Traduit de l'anglais par Pierre Boyer.

Nadine Gordimer, *L'Écriture et l'existence.* Traduit de l'anglais par Claude Wauthier.

Nadine Gordimer, *L'Arme domestique.* Traduit de l'anglais par Claude Wauthier et Fabienne Teisseire.

Nadine Gordimer, *Vivre dans l'espoir et dans l'Histoire.* Traduit de l'anglais par Claude Wauthier et Fabienne Teisseire.

Nadine Gordimer, *La Voix douce du serpent.* Traduit de l'anglais par Pierre Boyer, Julie Damour, Dominique Dussidour, Claude Wauthier.

Nadine Gordimer, *Le Magicien africain*. Traduit de l'anglais par Pierre Boyer, Julie Damour, Fabienne Teisseire et Claude Wauthier.

Lauren Groff, *Les Monstres de Templeton*. Traduit de l'anglais (États-Unis) par Carine Chichereau.

Lauren Groff, *Fugues*. Traduit de l'anglais (États-Unis) par Carine Chichereau.

Arnon Grunberg, *Douleur fantôme*. Traduit du néerlandais par Olivier Van Wersch-Cot.

Arnon Grunberg, *Lundis bleus.* Traduit du néerlandais par Tina Hegeman.

Allan Gurganus, *Bénie soit l'assurance.* Traduit de l'anglais (États-Unis) par Simone Manceau.

Allan Gurganus, *Et nous sommes à Lui.* Traduit de l'anglais (États-Unis) par Elisabeth Peellaert.

Allan Gurganus, *Lucy Marsden raconte tout.* Traduit de l'anglais (États-Unis) par Elisabeth Peellaert.

Allan Gurganus, *Les Blancs.* Traduit de l'anglais (États-Unis) par Simone Manceau et Elisabeth Peellaert.

Oscar Hijuelos, *Les Mambo Kings.* Traduit de l'anglais (États-Unis) par Pierre Alien et Jean Clem.

Nick Hornby, *Slam*. Traduit de l'anglais par Francis Kerline.

Nick Hornby, *À propos d'un gamin.* Traduit de l'anglais par Christophe Mercier.

Nick Hornby, *Carton jaune.* Traduit de l'anglais par Gabrielle Rolin.

Nick Hornby, *Conversations avec l'ange*. Traduit de l'anglais par Marie-Claire Pasquier.

Nick Hornby, *Haute Fidélité*. Traduit de l'anglais par Gilles Lergen.

Nick Hornby, *La Bonté : mode d'emploi*. Traduit de l'anglais par Isabelle Chapman.

Nick Hornby, *Vous descendez?* Traduit de l'anglais par Nicolas Richard.

Neil Jordan, *Lignes de fond*. Traduit de l'anglais (Irlande) par Gabrielle Rolin.

Nicholas Jose, *Pour l'amour d'une rose noire*. Traduit de l'anglais par Anne Rabinovitch.

Ken Kalfus, *Un désordre américain*, Traduit de l'anglais (États-Unis) par Marie-Hélène Dumas.

Ryszard Kapuściński, *Autoportrait d'un reporter*. Traduit du polonais par Véronique Patte.

Ryszard Kapuściński, *Cet Autre*, Traduit du polonais par Véronique Patte.

Ryszard Kapuściński, *Ébène*. Traduit du polonais par Véronique Patte.

Ryszard Kapuściński, *Imperium*. Traduit du polonais par Véronique Patte.

Ryszard Kapuściński, *La Guerre du foot*. Traduit du polonais par Véronique Patte.

Ryszard Kapuściński, *Le Christ à la carabine*. Traduit du polonais par Véronique Patte.

Ryszard Kapuściński, *Mes voyages avec Hérodote*. Traduit du polonais par Véronique Patte.

Wolfgang Koeppen, *Pages du journal de Jacob Littner écrites dans un souterrain*. Traduit de l'allemand par André Maugé.

Jerzy Kosinski, *L'Ermite de la 69ᵉ Rue*. Traduit de l'anglais (États-Unis) par Fortunato Israël.

Hari Kunzru, *Mes révolutions*. Traduit de l'anglais par Marie-Hélène Dumas.

Barry Lopez, *Les Dunes de Sonora*. Traduit de l'anglais (États-Unis) par Suzanne V. Mayoux.

James Lord, *Cinq Femmes exceptionnelles*. Traduit de l'anglais (États-Unis) par Pierre Leyris et Edmonde Blanc.

Patrick McCabe, *Le Garçon boucher*. Traduit de l'anglais (Irlande) par Edith Soonckindt.

Norman Mailer, *L'Amérique*. Traduit de l'anglais (États-Unis) par Anne Rabinovitch.

Norman Mailer, *L'Évangile selon le fils*. Traduit de l'anglais (États-Unis) par Rémy Lambrechts.

Norman Mailer, *Oswald. Un mystère américain*. Traduit de l'anglais (États-Unis) par Pierre Grandjouan.

Norman Mailer, *Un château en forêt*. Traduit de l'anglais (États-Unis) par Gérard Meudal.

Salvatore Mannuzzu, *La Procédure*. Traduit de l'italien par André Maugé.

Salvatore Mannuzzu, *La Fille perdue*. Traduit de l'italien par Nathalie Bauer.

Valerie Martin, *Mary Reilly*. Traduit de l'anglais (États-Unis) par Annie Saumont.

Daniel Mason, *Un lointain pays*. Traduit de l'anglais (États-Unis) par Isabelle Chapman.

Paolo Maurensig, *Le Violoniste*. Traduit de l'italien par Nathalie Bauer.

Piero Meldini, *L'Antidote de la mélancolie*. Traduit de l'italien par François Maspero.

Lisa Moore, *Février*. Traduit de l'anglais (Canada) par Carole Hanna.

Jess Mowry, *Hypercool*. Traduit de l'anglais (États-Unis) par Pierre Alien.

Péter Nádas, *Amour*. Traduit du hongrois par Georges Kassai et Gilles Bellamy.

Péter Nádas, *La Fin d'un roman de famille*. Traduit du hongrois par Georges Kassai.

Péter Nádas, *Le Livre des mémoires*. Traduit du hongrois par Georges Kassai. Prix du Meilleur Livre Étranger 1999.

Péter Nádas, *Minotaure*. Traduit du hongrois par Georges Kassai et Gilles Bellamy.

V. S. Naipaul, *L'Inde. Un million de révoltes*. Traduit de l'anglais par Béatrice Vierne.

V. S. Naipaul, *La Traversée du milieu*. Traduit de l'anglais par Marc Cholodenko.

V. S. Naipaul, *Un chemin dans le monde*. Traduit de l'anglais par Suzanne V. Mayoux.

V. S. Naipaul, *La Perte de l'Eldorado*. Traduit de l'anglais par Philippe Delamare.

V. S. Naipaul, *Jusqu'au bout de la foi. Excursions islamiques chez les peuples convertis*. Traduit de l'anglais par Philippe Delamare.

V. S. Naipaul, *La Moitié d'une vie*. Traduit de l'anglais par Suzanne V. Mayoux.

V. S. Naipaul, *Semences magiques*. Traduit de l'anglais par Suzanne V. Mayoux.

Tim O'Brien, *À la poursuite de Cacciato*. Traduit de l'anglais (États-Unis) par Yvon Bouin.

Tim O'Brien, *À propos de courage*. Traduit de l'anglais (États-Unis) par Jean-Yves Prate. Prix du Meilleur Livre Étranger 1993.

Tim O'Brien, *Au lac des Bois*. Traduit de l'anglais (États-Unis) par Rémy Lambrechts.

Tim O'Brien, *Matou amoureux*. Traduit de l'anglais (États-Unis) par Rémy Lambrechts.

Jayne Anne Phillips, *Camp d'été*. Traduit de l'anglais (États-Unis) par André Zavriew.

Salman Rushdie, *Est, Ouest*. Traduit de l'anglais par François et Danielle Marais.

Salman Rushdie, *Franchissez la ligne...* Traduit de l'anglais par Philippe Delamare.

Salman Rushdie, *Furie*. Traduit de l'anglais par Claro.

Salman Rushdie, *Haroun et la mer des histoires*. Traduit de l'anglais par Jean-Michel Desbuis.

Salman Rushdie, *La Honte*. Traduit de l'anglais par Jean Guiloineau.

Salman Rushdie, *La Terre sous ses pieds*. Traduit de l'anglais par Danielle Marais.

Salman Rushdie, *Le Dernier Soupir du Maure*. Traduit de l'anglais par Danielle Marais.

Salman Rushdie, *L'Enchanteresse de Florence*. Traduit de l'anglais par Gérard Meudal.

Salman Rushdie, *Le Sourire du jaguar*. Traduit de l'anglais par Anne Rabinovitch.

Salman Rushdie, *Les Enfants de minuit*. Traduit de l'anglais par Jean Guiloineau.

Salman Rushdie, *Les Versets sataniques*. Traduit de l'anglais par A. Nasier.

Salman Rushdie, *Shalimar le clown*. Traduit de l'anglais par Claro.

Paul Sayer, *Le Confort de la folie*. Traduit de l'anglais par Bernard Hoepffner.

Diane Setterfield, *Le Treizième Conte*. Traduit de l'anglais par Claude et Jean Demanuelli.

Donna Tartt, *Le Maître des illusions*. Traduit de l'anglais (États-Unis) par Pierre Alien.

Donna Tartt, *Le Petit Copain*. Traduit de l'anglais (États-Unis) par Anne Rabinovitch.

Marcel Theroux, *Au nord du monde*. Traduit de l'anglais par Stéphane Roques.

Pramoedya Ananta Toer, *Le Fugitif*. Traduit de l'indonésien par François-René Daillie.

Hasan Ali Toptaş, *Les Ombres disparues*. Traduit du turc par Noémi Cingöz.

Rose Tremain, *Les Ténèbres de Wallis Simpson*. Traduit de l'anglais par Claude et Jean Demanuelli.

Rose Tremain, *Retour au pays*. Traduit de l'anglais par Claude et Jean Demanuelli.

Joanna Trollope, *Les Vendredis d'Eleanor*. Traduit de l'anglais par Isabelle Chapman.

Joanna Trollope, *La Deuxième Lune de miel*. Traduit de l'anglais par Isabelle Chapman.

Dubravka Ugrešić, *L'Offensive du roman-fleuve*. Traduit du serbo-croate par Mireille Robin.

Dubravka Ugrešić, *Dans la gueule de la vie*. Traduit du serbo-croate par Mireille Robin.

Sandro Veronesi, *La Force du passé*. Traduit de l'italien par Nathalie Bauer.

Serena Vitale, *Le Bouton de Pouchkine*. Traduit de l'italien par Jacques Michaut-Paternò. Prix du Meilleur Livre Étranger 1998.

Edith Wharton, *Les Boucanières*. Traduit de l'anglais (États-Unis) par Gabrielle Rolin.

Edmund White, *City Boy*. Traduit de l'anglais (États-Unis) par Philippe Delamare.

Edmund White, *Écorché vif*. Traduit de l'anglais (États-Unis) par Elisabeth Peellaert et Marc Cholodenko.

Edmund White, *Fanny*. Traduit de l'anglais (États-Unis) par Anne Rabinovitch.

Edmund White, *La bibliothèque qui brûle*. Traduit de l'anglais (États-Unis) par Philippe Delamare.

Edmund White, *La Symphonie des adieux*. Traduit de l'anglais (États-Unis) par Marc Cholodenko.

Edmund White, *L'Homme marié*. Traduit de l'anglais (États-Unis) par Anne Rabinovitch.

Edmund White, *Mes vies*. Traduit de l'anglais (États-Unis) par Philippe Delamare.

Edmund White, *Hotel de Dream*. Traduit de l'anglais (États-Unis) par André Zavriew.

Jeanette Winterson, *Écrit sur le corps*. Traduit de l'anglais par Suzanne Mayoux.

Jeanette Winterson, *Le Sexe des cerises*. Traduit de l'anglais par Isabelle Delors-Philippe.

Jeanette Winterson, *Art et mensonges*. Traduit de l'anglais par Isabelle Delors-Philippe.

Tobias Wolff, *Un mauvais sujet*. Traduit de l'anglais (États-Unis) par Anouk Neuhoff.

Tobias Wolff, *Dans l'armée de Pharaon*. Traduit de l'anglais (États-Unis) par Rémy Lambrechts.

Tobias Wolff, *Portrait de classe*. Traduit de l'anglais (États-Unis) par Elisabeth Peellaert.

Tobias Wolff, *Retour au monde*. Traduit de l'anglais (États-Unis) par Rémy Lambrechts.

Pedro Zarraluki, *Un été à Cabrera*. Traduit de l'espagnol par Laurence Villaume.

Cet ouvrage a été imprimé en France par

CPI
BUSSIÈRE

à Saint-Amand-Montrond (Cher)
en octobre 2010

Composition Firmin-Didot
à Mesnil-sur-l'Estrée

N° d'édition : 14632 – N° d'impression : 102928/1
Dépôt légal : octobre 2010